ullstein

CLAUDIA THESENFITZ lebt und schreibt an der Nordseeküste. Bevor sie ihre erfolgreiche Sylter Glücksroman-Reihe ins Leben rief, die mittlerweile neun Bände umfasst, hat sie als Journalistin gearbeitet und die Autobiografien von und mit Nena (2005, Luebbe), Dieter Wedel (2008, Luebbe) und Uwe Ochsenknecht (2013, Luebbe) geschrieben. Ihre Glücksroman-Reihe hat sich bislang über 350.000 mal verkauft.

Von Claudia Thesenfitz sind bei uns erschienen:

Sylt oder Selters

Meer Liebe auf Sylt

Sylt oder solo

Mit James auf Sylt

Sylt oder Sahne

Sylt auf unserer Haut

Schlaflos auf Sylt

Sylt oder Süßes

claudia thesenfitz

sylt im getriebe

Ein Glücksroman

Ullstein

Besuchen Sie uns im Internet:
www.ullstein.de

Originalausgabe im Ullstein Taschenbuch
1. Auflage April 2024
2. Auflage 2024

Umschlaggestaltung: zero-media.net, München
Titelabbildung: © FinePic®, München
Gesetzt aus der Quadraat Pro powered by *pepyrus*
Druck und Bindearbeiten: ScandBook, Litauen
ISBN 978-3-548-06828-2

Für alle Wechseljahresfrauen

1

Der Anruf von Sabine kam zur denkbar schlechtesten Zeit. Marina hatte gerade im Wartezimmer Platz genommen und zuckte über das unerwartete und – angesichts der Stille im Raum – ohrenbetäubend laute Klingeln ihres Handys erschrocken zusammen. Fahrig wühlte sie das lärmende Ding aus ihrer Handtasche und schaute kurz aufs Display.

Kann gerade nicht. Rufe dich in einer Stunde zurück, tippte sie hektisch eine WhatsApp-Message und stopfte das Handy zurück in die Tasche. Sie würde Sabine nach ihrer Sitzung zurückrufen – jetzt war das eindeutig zu viel für ihre angespannten Nerven. Der blasse junge Mann, der ihr gegenübersaß, schaute sie teilnahmslos an.

Marinas Blick schweifte durch den Raum: taubenblauer Teppich, ein Fenster zum Hinterhof, das Aussicht auf die abblätternde Farbe einer ehemals weißen Hauswand bot, eine durstige Zimmerpalme – und sehr viele Stühle. Es war zwar eine Gemeinschaftspraxis, dennoch zweifelte Marina, dass hier mal alle elf Stühle gleichzeitig besetzt wären.

»Piep, piep!« Aus den Tiefen ihrer Handtasche verkündete Marinas Handy, dass eine Textnachricht eingegangen war. Genervt kramte sie das iPhone erneut hervor, las die Nachricht und stellte es auf lautlos. *Ruf bitte an, sobald du kannst!*, hatte Sabine geschrieben. *Es ist eilig!*

Na prima! Jetzt war sie endgültig nervös. Und nervös war sie eigentlich schon mehr als genug, denn gleich würde die erste Therapiestunde ihres 56-jährigen Lebens beginnen. Hoffentlich war Sabine nichts passiert! Ob sie kurz rausgehen und sie zurückrufen sollte? Nein, wenn wirklich etwas Schlimmes passiert wäre, hätte sie ja nicht anrufen können, beruhigte sie sich. Sie musste sich jetzt auf sich selbst konzentrieren – Sabine würde warten müssen.

Marina drückte den Rücken durch, schloss die Augen, atmete tief ein und aus und versuchte, ihren Puls wieder unter Kontrolle zu bekommen. Dies war ihre erste »Sitzung«. Ihre Probestunde, ihr Infotermin, ihr »therapeutisches Erstgespräch«, wie man es nannte. Am Telefon hatte ihr Therapeut sehr nett geklungen. Freundliche Stimme, positive Energie. Die Terminkoordination lief so unspektakulär und sachlich ab, als hätte Marina einen Reparaturtermin für ihr Auto vereinbart.

»Frau Scholz?« Ein kleiner, glatzköpfiger Mann erschien im Türrahmen des Wartezimmers und nickte Marina freundlich zu. Sein gedrungener Körper steckte in schwarzen Karottenjeans und einem dunkelgrauen Rollkragenpullover.

Marina erhob sich und folgte ihm in sein »Behandlungszimmer«. Wieder der blaue Teppich, wieder eine vertrocknete Palme, zwei sesselartige Stühle und ein kleines Tischchen, auf dem Taschentücher lagen. »Ott, Guten Tag, freut mich sehr!« Herr Ott reichte ihr die Hand und wies sie an, sich zu setzen. Er selbst ließ sich auf dem ihr gegenüberstehenden Sessel nieder und notierte etwas auf seinem Klemmbrett.

»Ja, Frau Scholz, dann erzählen Sie doch am besten mal ein bisschen von sich«, eröffnete er die Stunde und lehnte sich zurück. »Ich muss mir ja zunächst ein Bild von Ihnen machen!« Er schob seine runde John-Lennon-Brille ein Stück auf der Nase hoch und lächelte ihr motivierend zu.

Marina zupfte an ihrer Bluse, lächelte auch und referierte ihren bisherigen Lebenslauf: behütete Kindheit, eine Schwester, Abitur, Hochzeit mit 24, zwei Kinder, Hausfrau-und-Mutter-Dasein. Die Kinder waren seit zwei Jahren aus dem Haus und Marina seitdem quasi »arbeitslos«. Sie hatte ihr Lehramtsstudium abgebrochen, als sie schwanger wurde, und noch nie fest angestellt gearbeitet. Rolf, ihr Mann, hatte in einer Autohauskette Karriere gemacht und kam stets erst sehr spät nach Hause.

Während Marina all dies erzählte, fühlte sie sich aus unerfindlichen Gründen bemüßigt, total strahlend, euphorisch, stark und optimistisch zu wirken. So als müsste sie ihr Gegenüber und sich selbst davon überzeugen, dass mit ihr eigentlich alles in Ordnung war. Nur eine kleine Sache am Vergaser. Ein Witz von Reparatur. Im Nu erledigt. Komisch ... Warum tat sie das? Sie hatte schon einen Krampf in den Kiefermuskeln vom Dauergrinsen.

Herr Ott notierte immer wieder etwas auf seinem Klemmbrett, was Marina irritierte. Welche Problematik sie denn zu ihm geführt habe?, wollte er nun von ihr wissen.

Marina druckste herum und pulte an ihren Fingern. Es war ihr furchtbar unangenehm. »Ich habe zu viel Angst«, platzte es schließlich aus ihr heraus, und sie schaute ihn unsicher an.

Er nickte und machte sich eine weitere Notiz.

»Mehr, als gut ist – und vor allen Dingen mehr, als mir guttut«, fuhr Marina fort. »Ich leide unter plötzlichen Panikattacken! Wenn ich zum Beispiel in überfüllten Kaufhäusern oder Autobahnstaus stehe, kann es passieren, dass ich plötzlich unglaubliche Angst kriege. Angst, auf der Stelle verrückt zu werden. Oder Angst, dass mein Herz zu schnell schlägt und ich dann kollabiere. Furchtbare Angst! Angst, die mich zittern macht, von der ich Durchfall kriege und kalte Hände. Das ist lästig und ziemlich unpraktisch. Warum das so ist und woher das kommt, weiß ich auch nicht. Aber dass es keinen Spaß macht und ich diese ›Macke‹ deshalb so schnell wie möglich wieder loswerden will – das weiß ich ganz genau. Inzwischen habe ich nämlich schon Angst vor der Angst!«

Puh, nun war es raus. Erschöpft von ihrem Redefluss schaute sie Herrn Ott unsicher an. Er lächelte verständnisvoll und mitfühlend. Das war die neue Masche bei den Psychologen, hatte Marinas Schwester ihr erzählt. Nicht mehr streng sein – sondern positiv und herzlich. Warm. Menschlich. Damit der Patient sich nicht so allein fühlt. Marina fand das gerade sehr angenehm.

»Wann fing das an?«, fragte er.

»Vor etwa zwei Jahren. Seit die Kinder aus dem Haus sind.«

»Verstehe.«

Aus irgendeinem Grund brach bei Marina plötzlich der Damm, und sie offenbarte ihren Frust über ihre leer gelaufene Ehe und ihren aufgabenlosen Alltag, seit die Kinder ausgezogen waren. Sie erzählte von ihren Wechseljahres-Stimmungsschwankungen, -Hitzewallungen und -Schlafstörungen und berichtete über unerwünschte Gewichtszunahme, sinkendes Selbstbewusstsein und sinnlos vor dem Fernseher verbrachte Nachmittage. Über für Rolf gekochte Menüs, die ungegessen im Mülleimer verschwanden, weil er immer öfter erst nachts nach Hause kam. Und über stundenlanges Warten auf Anrufe der Kinder, die nicht erfolgten. Sie fühlte sich so nutzlos und überflüssig wie eine kaputte Glühbirne. Die hatte lange Zeit allen Licht und Wärme gespendet, war nun aber nur noch ein Fall für den Altglascontainer.

Herr Ott notierte sich einiges auf seinem Klemmbrett und lächelte sie zwischendurch immer wieder aufmunternd an. Manchmal sagte er: »Das war sicherlich sehr schwer für Sie ...«, oder »mmmhm« oder »aha«. »Was stellen Sie sich als Ziel dieser Therapie vor?«, fragte er schließlich.

»Mich wieder völlig angstfrei bewegen zu können«, sagte Marina. »Mich nicht mehr in der ewig gleichen Was-wenn-Spirale von sich aneinanderreihenden Katastrophenszenarien zu verheddern, wenn ich etwas vorhabe. Ich möchte mich endlich wieder mutig in das Abenteuer Leben stürzen können ...«

Während sie die Worte aussprach, kam ihr der letzte Satz so unerhört kitschig vor, als befände sie sich gerade in einem ihrer geliebten Rosamunde-Pilcher-Filme oder säße auf dem Traumschiff und ein unerhört gut aussehender Offizier in weißer Uniform streichelte ihr zuversichtlich lächelnd die Hand …

Sie saß aber nicht auf einem Schiff, sondern in einem ungemütlich beleuchteten, karg eingerichteten Zimmer in der Hamburger Innenstadt, mit dreckigem, ehemals blauem Teppich. Und ihr gegenüber saß auch nicht die Liebe ihres Lebens – sondern Herr Ott, ein mindestens fünfzigjähriger Psychologe mit schütterem Haarkranz. Aber zuversichtlich lächeln tat er auch, während er »Das sollte hinzukriegen sein« sagte, was Marina sehr erleichterte.

»Sie haben eine ganz normale Angststörung. Das ist gut und schnell zu behandeln!«

Marina nickte erfreut. Herrn Otts Worte klangen wie Musik in ihren Ohren. So wie: »Sie haben eine ganz normale Bronchitis, das ist völlig unproblematisch! Eine medizinische Bagatelle.«

»Für heute ist unsere Stunde beendet, aber in der nächsten Sitzung steigen wir sofort ein!«, sagte Herr Ott, erhob sich und reichte ihr die Hand.

Zuversichtlich ob der ihr bevorstehenden angstfreien Zeiten und stolz, es endlich angepackt zu haben, verabschiedete sie sich und sprang erleichtert die Treppen der vier Stockwerke herunter, die sie auf dem Hinweg in Zeitlupe hochgeschlichen war, um kein Herzklopfen zu bekommen.

2

In freudiger Erwartung einer angstfreien, wundervollen Zukunft lächelte Marina beschwingt vor sich hin, während sie die Colonnaden-Fußgängerzone entlangschlenderte und in die Schaufensterauslagen der Geschäfte schaute, die sie auf dem Hinweg vollkommen ignoriert hatte. Das Leben konnte so unbeschwert und schön sein ... Und würde das olivgrüne Leinenhemd da ihr nicht hervorragend stehen? Gerade als sie die Tür der Boutique öffnen wollte, fiel ihr Sabine ein. Sie sollte sie doch zurückrufen!

Genervt setzte Marina sich auf eine der vielen Bänke, die mittig unter den blühenden Linden standen, kramte ihr Handy aus der Tasche und stellte den Klingelton wieder an. Sabine hatte schon zweimal erneut angerufen und drei Nachrichten geschickt. Marina tippte auf ihre Nummer.

»Na endlich!«, schrie Sabine vorwurfsvoll ins Telefon. »Ich dachte schon, du meldest dich GAR NICHT mehr!« Sie klang sehr aufgeregt. Ihre Stimme überschlug sich fast.

»Ist was passiert?«, erkundigte sich Marina besorgt.

»Ja! Ich muss zu Bea nach Barcelona!«

»Huch?«, rief Marina erstaunt. »Warum das denn?«

»Bea ist mit dem Kleinen restlos überfordert, schläft keine Nacht mehr, und das Geschäft geht den Bach runter!«

Bea war Sabines 28-jährige Tochter, die mit ihrem Mann in Barcelona kürzlich ein Architekturbüro eröffnet und vor zwei Monaten Leon, ihr erstes Kind, zur Welt gebracht hatte. Leider hatte Max, ihr Mann, kurz vor der Geburt sowohl Bea als auch die Firma zugunsten einer blutjungen Spanierin verlassen und war mit ihr nach Madrid durchgebrannt. Die Existenz retten, sich durch den Scheidungskrieg kämpfen und gleichzeitig 24/7 einen Neugeborenen betreuen – das war offenbar auch für die Powerfrau Bea nicht zu schaffen ...

»Ich muss sie sofort unterstützen, sonst klappt die mir noch zusammen«, schloss Sabine. »Du musst mir helfen, Rini!«

»Wie denn?«, fragte Marina beklommen. Wollte Sabine etwa, dass sie mit nach Barcelona kam?

»Du musst mein Geschäft auf Sylt weiterführen!«, verlangte Sabine.

Marina hatte ihre Cousine damals sehr für deren Mut bewundert, mit fast 50 noch mal ganz neu anzufangen. Sabine war vor einem Jahr kurz entschlossen von Bremen nach Sylt gezogen, hatte in Keitum eine Geschäftsaufgabe übernommen, einen E-Bike-Verleih mit Rikscha-Service eröffnet – und dafür sogar Start-up-Gelder von der Wirtschaftsförderung Nordfriesland erhalten. Sie war schon seit über sechs Jahren Single und lebte auf Sylt allein mit ihrem geliebten Kater »Tiger« in einer kleinen Zwei-Zimmer-Wohnung über dem Verleih.

»Die Saison geht ja gerade erst los, und das Geschäft muss weitergehen. Ich kann sonst die Kredite nicht mehr bedienen, und dann bricht alles zusammen«, jammerte Sabine.

Marina wurde vor Entsetzen ganz blass. Sie konnte mit ihrer Angststörung ja noch nicht mal längere Strecken allein mit dem Auto fahren, ohne panisch zu werden. Und jetzt sollte sie ganz allein nach Sylt? Ihr sank das Blut in den Bauch. Ihr Magen krampfte sich zusammen. Die Angst kroch hoch.

»Aber Rolf …?«, stammelte sie ratlos.

»Schätzchen! Der kommt sehr gut ohne dich zurecht. Glaub mir!« Sabine klang erschreckend resolut. Was sollte das denn heißen? War ihr in Bezug auf ihren Mann irgendetwas entgangen? Wusste Sabine etwas über Rolf, das sie nicht wusste?

»Kannst du nicht jemanden einstellen?«, versuchte Marina noch mal, ihren Kopf aus der Schlinge zu ziehen.

»Kannst du vergessen!«, entgegnete Sabine. »Auf der Insel herrscht absoluter Personalmangel. Und abgesehen davon kann ich mir kein zusätzliches Gehalt leisten.«

»Äh …« Marina brach der Schweiß aus.

»Bitte, Rini!«, flehte ihre Cousine nun. »Ich weiß sonst echt nicht, was ich machen soll. Und du hast doch eh nichts zu tun …«

Was sollte das denn nun wieder heißen? Kurz schoss ein Zornesanfall in Marina hoch.

»Du bist die Einzige ohne Job und Verpflichtungen!«, ergänzte Sabine.

»Ab wann soll das denn sein?«, versuchte Marina, Zeit zum Kreieren einer Ausrede zu schinden.

»Am besten gestern!«, seufzte Sabine. »Bea heult nur noch. Ich würde am liebsten sofort losfahren.«

»Und wie lange?«

»Das kann ich noch nicht abschätzen. Aber zwei bis drei Wochen bestimmt!«

»Ich überlege es mir!«

»Bitte, Rini! Du bist meine letzte Rettung!«, flehte Sabine erneut.

Natürlich konnte sie die Bitte ihrer Cousine nicht ablehnen. Und Sabine wusste ganz genau, dass es keine Ausreden gab. Aber wie sollte sie das schaffen? Noch nie war sie ohne Begleitung irgendwohin unterwegs gewesen – und nun sollte sie sich ganz allein in die Bahn setzen und an einem Ort, an dem sie noch nie war, einen Betrieb managen?

»Ich versuche es«, versprach Marina. »Aber ich müsste natürlich einiges organisieren.«

»Tu das! Ein paar Tage würde meine Nachbarin den Laden übernehmen. Aber spätestens Montag müsstest du hier sein, da ist ihr Urlaub zu Ende, und sie muss wieder arbeiten!«

»O. k.!« Marina beendete das Gespräch mit dem Versprechen, sich schnellstens wieder bei Sabine zu melden, und vereinbarte einen Nottermin bei Herrn Ott. Vielleicht konnte der ja eine Speed-Behandlung oder Blitzheilung initiieren …

3

Die Freude über ihren Therapiebeginn war restlos verflogen, als Marina wieder zu Hause ankam und die Einkäufe auspackte, die sie noch kurz im Supermarkt geholt hatte. Jetzt war sie gerade dabei gewesen, sich von ihren inneren Quälgeistern zu befreien – und schon hing eine neue düstere Wolke über ihr und verdunkelte den Horizont. Die Wolke hieß Sabine – bzw. Sylt. Was sollte sie bloß machen? Sie konnte ihrer Cousine unmöglich ihre Hilfe verwehren …

Um sich abzulenken, blätterte sie in der neuen *Lust auf Genuss*, in der es diesmal um kreative Spargelgerichte ging. Marina liebte die Zeitschrift, die stets an den Supermarktkassen angeboten wurde, auch wenn sie selten etwas daraus kochte. Rolf war nicht besonders offen für neue Rezepte. Er liebte traditionelle Hausmannskost und hasste kulinarische Experimente.

An dem überbackenen grünen Spargel mit Lachs, Kirschtomaten und Parmesan könnte sie sich heute durchaus trotzdem mal versuchen, befand sie, denn sie hatte alle Zutaten dafür im Haus. Das könnte Rolf mögen, und es wäre auch gut für ihrer beider Figur. Da sie und ihr Mann ein bisschen auf die Linie achten mussten, versuchte Marina neuerdings, weniger kohlehydratlastig und möglichst kalorienarm zu kochen. Routiniert begann sie, das Abendessen vorzubereiten. Obwohl sie – wie fast immer – nicht wusste, ob Rolf zum Essen zu Hause sein würde.

Sie wusch den Spargel und entfernte die harten Enden, halbierte die Tomaten und würzte den noch tiefgefrorenen Lachs. Wie beschrieben, drapierte sie die Zutaten auf einem Backblech und schob sie schließlich in den Ofen. Dann machte sie sich daran, die Kartoffeln zu schälen, öffnete einen trockenen Riesling, der angeblich wunderbar mit dem Spargel harmonieren sollte, und schenkte sich ein großzügiges Glas ein.

Sabines Bitte lag ihr wie Blei im Magen. Sie hatte überhaupt keinen Appetit.

Während das Essen garte, schaltete sie den Fernseher im Wohnzimmer ein, auf den man von der offenen Küche aus freien Blick hatte. Sie zappte sich vom Küchentresen aus durchs Programm und trank ein paar Schlucke von dem Wein, der ihr, wie immer, sofort zu Kopf stieg. Da im Fernsehen nichts Interessantes zu finden war, schaltete sie das Gerät wieder ab, nahm ihr Glas und öffnete die Terrassentür.

Sie bewohnten einen Bungalow am Rande der Stadt mit großem Garten. Früher, als die Kinder noch klein waren, hatte sie den Garten mit der großen Rasenfläche sehr genossen. Und für die Kinder war es herrlich gewesen. Jetzt machte er ihr nur noch Arbeit, und sie nutzte ihn kaum. Automatisch begann Marina, die Blumen zu gießen und die anderen Pflanzen zu wässern. Es war einer der ersten warmen Frühsommerabende. Der Flieder blühte, die Hummeln brummten, und die Vögel zwitscherten ihre Balzlieder. Die Luft war lau, und Marina beschloss, das Essen draußen zu servieren.

»Piep, piep!« Der Signalton ihres Handys plärrte in die Idylle. Marina ging wieder hinein, um die Nachricht zu checken. Hoffentlich war es nicht schon wieder Sabine!

Warte nicht mit dem Essen auf mich, Mäuschen. Es wird später, schrieb Rolf.

Schon wieder! Frustriert schenkte Marina sich Wein nach, stellte den Rasensprenger an und setzte sich draußen auf die Terrasse.

Als nach Simon auch noch Carla ausgezogen war, hatte sie Rolf gefragt, ob sie nicht in seiner Firma mitarbeiten könne, statt den ganzen Tag zu Hause zu sitzen. Aber davon hatte er nichts wissen wollen.

»Bei meinem Gehalt ist es nicht nötig, dass meine Frau arbeitet«, hatte er barsch jede weitere Diskussion darüber unterbunden. »Ich verdiene gut genug!«

Marina hatte sich daraufhin nach anderen Jobs umgesehen. Aber mit Anfang 50 und ohne jegliche Berufserfahrung waren ihre Chancen gleich null. Taxi fahren kam wegen ihrer Angststörung nicht infrage, und sich bei Aldi an die Kasse zu setzen hätte Rolf niemals geduldet.

Also verbrachte sie ihre Tage allein zu Hause und ließ schon von morgens an den Fernseher laufen, damit es in den unbelebten Räumen nicht so still war. Quizshows, Talkrunden und Streaming-Serien rieselten auf sie ein, während sie sich an diversen Beschäftigungsmöglichkeiten versuchte: Sie bemalte T-Shirts und Blusen mit Textilfarben und verschenkte sie an Nachbarinnen und Freundinnen, bis diese nur noch dankend ablehnten. Sie legte ein Hochbeet für Kräuter und Gemüse an, das allerdings regelmäßig von Rehen abgefressen wurde. Sie bestellte zahlreiche Kochbücher, perfektionierte ihr Wissen zudem mit Kochsendungen und zauberte komplizierte Menüs, die überwiegend im Mülleimer landeten, da Rolf selten vor 22 Uhr nach Hause kam und dann keinen Hunger mehr hatte.

Ihre neueste Passion war die 30-%-Ermäßigung an den Fleischtruhen von Aldi und REWE. Mit detektivischer Akribie hatte sie herausgefunden, wann genau das verpackte Fleisch reduziert wurde: Bei REWE war es abends kurz vor Kassenschluss – bei Aldi morgens direkt nach Ladenöffnung. In jedem Fall aber erst dann, wenn das Fleisch am nächsten Tag nur noch einen Tag MHD hatte.

Regelmäßig schleppte Marina dann vakuumierte Fleischberge zur Kasse und freute sich diebisch, wenn sie beim Kauf von sechs Filetsteaks 27 Euro gespart hatte und die Kassiererin anerkennend die Augenbrauen hochzog. Das Fleisch fror sie sofort in der großen Tiefkühltruhe ein, die im Keller stand, um es irgendwann für eines der Gerichte zu verwenden, die Rolf nicht essen würde …

Draußen war es mittlerweile kühl geworden. Marina füllte sich eine Portion des gratinierten Spargels mit Lachs auf einen Teller und setzte sich vor den Fernseher. Es lief *Goodbye Germany* auf RTL. Eine Frau hatte irgendwo in der afrikanischen Pampa ein Haus gekauft und versuchte verzweifelt, es zu renovieren. Eine andere hatte in einer sehr dreckigen, sehr lauten namibischen Großstadt ein Tonstudio eröffnet. Wie mutig diese Frauen waren! Gingen ganz allein ins Ausland! Und sie selbst war zu feige, um zumindest »Goodbye Hamburg« zu sagen und für kurze Zeit auf eine 120 Kilometer entfernte Insel zu wechseln?

Marina versuchte, ihre Kinder zu erreichen. Ihre Tochter war hörbar genervt, als sie anrief: »Mami, ist gerade schlecht. Ich melde mich die Tage bei dir, o. k.?«

Ihr Sohn ging gar nicht erst ran. Sie kam sich vor wie eine lästige Schmeißfliege. Eine Stalkerin. Es war demütigend. Zermürbt trank sie die Weinflasche aus.

Es war bereits fast 23 Uhr, als sie den Fernseher ausschaltete. Rolf war noch nicht da, und auf seinem Handy erreichte sie nur die Mailbox. Was hielt sie eigentlich noch hier? Wäre es nicht an der Zeit, auch mal »Goodbye Rolf« zu sagen? Vom Alkohol sediert und plötzlichem Kampfeswillen geflutet, beschloss sie, Sabines Bitte zu erfüllen, und ging ins Schlafzimmer, um ihre Koffer zu packen.

Sie schmiss wahllos in den Koffer, was ihr zwischen die Finger kam. Auf Sylt war das Wetter so wechselhaft, dass man praktisch Kleidung für alle vier Jahreszeiten mitnehmen musste. Auf jeden Fall wäre es besser, zu viel als zu wenig einzupacken. Aber ob ihr die alten Jeans noch passen würden? Kurz entschlossen probierte sie sie an und bekam den Knopf mit Mühe und Not zu. Skeptisch drehte sie sich vor dem großen Schlafzimmerspiegel, der ihnen in der Glanzzeit ihrer Ehe mal rare erotische Momente beschert hatte. Nun schlief Rolf schon lange in Simons ehemaligem Kinderzimmer, um sie nicht zu wecken, wenn er spät nach Hause kam.

Die Jeans spannten über ihrem Hintern, und ihre Hüftringe quollen über den Bund. Sie hatte deutlich zugenommen in den letzten Monaten. Kein Wunder, wenn sie immer nur Chips und Schokolade aß, während sie vor dem Fernseher saß. »Verdickung der weiblichen Körpermitte«, hatte ihr Gynäkologe ihren Rettungsring neulich betitelt.

Skeptisch betrachtete Marina ihr Spiegelbild von oben bis unten für eine gnadenlose Bestandsaufnahme: Keine Frage, der Lack war ab! Die vergangenen fünfeinhalb Jahrzehnte hatten nicht nur für Krähenfüße, Hängebusen und frei liegende Zahnhälse gesorgt – auch ihre graustichige Kurzhaarfrisur könnte mal wieder eine Farbauffrischung vertragen und war eher praktisch als in irgendeiner Form out-of-bed-erotisch.

Meistens trug sie weite Blusen in gedeckten Farben, Hosen mit Gummizug, Funktionsjacken, bequeme Schuhe und selten Make-up. Ihre Figur-kaschierenden Klamotten machten sie eher zum Neutrum denn zur Femme fatale.

Dabei hatte sie eigentlich ein hübsches Gesicht, große Augen, eine zierliche Nase und wenig Falten! Man sagte, im Alter würden Frauen entweder zur Kuh oder Ziege, also rundlich, aber glatt – oder schlank, aber faltig. Sie war eindeutig eine Kuh.

Fakt war: Sie könnte zweifellos mehr aus sich machen! Aber wozu? Und für wen? Rolf schaute sie so leidenschaftslos an wie ein Küchengerät (wenn er sie überhaupt mal anschaute) – und für sich selbst waren ihr das Geschminke und auf hohen Absätzen Gestöckele viel zu anstrengend.

Zaghaft probierte sie ein paar Hüftschwünge. Sie hatte mal sehr gut tanzen können. Sollte sie ihr Hüftgold nicht mal wieder zur erotischen Schwungmasse machen? War sie mit ihren 56 Jahren für Männer tatsächlich schon unsichtbar? Würde sie jemals wieder Sex haben? Wollte sie das überhaupt? Erschöpft schloss sie die Koffer und ging unter die Dusche.

4

Es war ein herrlich klarer, frischer Frühsommermorgen, wie es ihn nur in Hamburg gibt – und schon wieder stand Marina vor der Tür der psychologischen Gemeinschaftspraxis Ott, Krüger & Zimmermann. Nachdem sie geklingelt hatte, ging die Tür automatisch auf, und sie nahm im Wartezimmer Platz. Ihr Blick fiel auf einen Schwung Zeitschriften, die ordentlich aneinandergereiht auf einem sehr sauberen Tisch auslagen. Wer hier wohl die Muße hätte, in aller Ruhe Zeitung zu lesen? Sie selbst jedenfalls nicht ...

Der Herr mit Aktentasche, der ihr gegenübersaß, dagegen offenbar schon. Konzentriert blätterte er sich durch den *Spiegel*. Marina kontrollierte ihren Puls, fixierte die durstige Palme und fragte sich, ob Herr Ott wohl gleich von außen die Tür abschließen würde, weil er beschlossen hatte, sie lieber doch gleich einliefern zu lassen? Und ob sie dann notfalls durchs Fenster entkommen könnte? Ihre Fantasie schlug mal wieder Kapriolen und entwarf alle möglichen Schreckensszenarien. Marina versuchte, ruhig zu atmen, und überprüfte erneut ihren Puls, indem sie ihren Zeigefinger unauffällig ans Handgelenk legte, auf ihre Uhr schaute und im Stillen zählte. Noch unter 100 – gut! Ruhig bleiben!

Die Tür ging auf, und Herr Ott holte sie ab. Schon wieder trug er diese altmodischen Karottenjeans. Ob er davon mehrere hatte? Oder nur diese und gar keine anderen? Was machte er dann mit dem ganzen Geld, das er bei den Klamotten sparte? Waren die Jeans sein Glücksbringer? Sagte ihm denn niemand Bescheid, dass solche Hosen absolut unmodern waren? Hatte er keine Frau? Und wenn nein – was hatte er dann? Einen Mann? Ein Hausschwein? Einen Kanarienvogel? Lebte er am Ende noch bei seiner Mutter? Diese Gedanken schossen Marina durch den Kopf, während sie ihrem Therapeuten ins Sprechzimmer folgte.

Sie setzten sich, und wie schon beim letzten Mal bemühte Marina sich, möglichst stark, strahlend, gesund und positiv zu wirken. Warum sie das tat, wusste sie auch nicht. Sie war ja schließlich hier, weil sie Probleme hatte, es war also absurd, so zu tun, als hätte sie keine.

»Wie geht es Ihnen heute?«, eröffnete Herr Ott die Sitzung und lächelte sie freundlich an.

»Es geht so«, stammelte Marina unsicher.

»Verstehe.« Herr Ott nickte und notierte sich etwas. »Sie hatten um einen Notfalltermin gebeten. Mögen Sie mir erzählen, warum?«

Marina erzählte von Sabines Bitte – und ihrem Konflikt. »Das schaffe ich auf keinen Fall! Ich war doch seit Jahren nicht mehr allein unterwegs!«, schloss sie.

»Aber das ist doch eine hervorragende Verhaltenstherapieübung!« Zu Marinas großem Entsetzen war Herr Ott begeistert. »Ich werde Ihnen heute mal erklären, wie Angstattacken überhaupt entstehen«, sagte er und referierte, dass Angst eigentlich ein gutes, wichtiges Ur-Gefühl sei, das der Menschheit in der Steinzeit das Überleben gesichert hätte. Das Problem sei nun aber, dass man nicht mehr in der Steinzeit lebe, sondern im Jahr 2023, und dass sich der menschliche Körper den neuen Lebensumständen noch nicht angepasst hätte.

»Will sagen«, Herr Ott räusperte sich und schaute Marina konzentriert an, »Ihre Reaktionen sind noch die aus der Neandertaler-Zeit: Mit Herzrasen, Muskelzittern und beschleunigtem Atem stellt sich Ihr Körper bei Gefahr auf Flucht ein. Eigentlich eine tolle Sache, das Problem ist nur, dass Sie heute nicht dauernd weglaufen können!« Er lachte.

Und dass mein Hirn schon einen Supermarktbesuch als Gefahr ausruft, dachte Marina.

»Panikattacken kommen besonders gern dann, wenn man Zeit dafür hat«, dozierte Herr Ott. »Weil sich das menschliche Gehirn nur auf eine Sache voll konzentrieren kann. Wenn man vollkommen mit etwas beschäftigt ist, hat man keine Kapazität für eine Panikattacke.« Er fixierte Marina. »Beim Autofahren auf einer bekannten Strecke, die einen konzentrationsmäßig nicht besonders fordert, kann man gedanklich abschweifen in die Was-wäre-wenn-Spirale. Genauso in der Supermarkt-Schlange oder im Kino, wenn einen das Geschehen auf der Leinwand nicht besonders fesselt.«

»Und die Konsequenz ist, nur noch Thriller zu sehen

und unbekannte Strecken zur Hauptverkehrszeit zu fahren?«, fragte Marina provozierend.

Herr Ott musste lachen. »Nein, das ist natürlich nicht die Lösung! Die Lösung ist, die Angst vor der Angst zu verlieren. Wenn die Angst nämlich sein darf – und damit wären wir beim nächsten Punkt –, dann kommt sie nicht! Sie kommt nur, wenn man Angst vor ihr hat und sie krampfhaft unterdrückt ...«

»Aha«, nickte Marina. »Und wie verliere ich die Angst vor der Angst?«

»Indem man sie im emotionalen Langzeitgedächtnis neu besetzt«, erklärte Herr Ott. »Das gelingt mittels Verhaltenstherapie. Man tut genau das, wovor man Angst hat, merkt, dass man daran nicht stirbt, macht das ungefähr dreihundertmal, hat dabei jedes Mal weniger Angst – und irgendwann gar keine mehr.«

Marina schluckte. Das klang sehr anstrengend.

»Angst wird man nicht durch Gespräche los«, fuhr Herr Ott fort. »Das gelingt tatsächlich nur durch praktische Übungen: Die Angst toppen, bis man sieht, dass die körperlichen Symptome nicht so schlimm sind und man trotz allem funktioniert. Dadurch gelingt die Neuprogrammierung im Gehirn.«

»Sie würden mir also raten, nach Sylt zu fahren?«, fasste sie beklommen zusammen.

»Auf jeden Fall!«, lächelte Herr Ott. »Versuchen Sie es einfach! Schritt für Schritt.«

Marina starrte ihn fragend an. Sie hatte eigentlich gehofft, er würde das Vorhaben – angesichts ihrer Symptomatik – für viel zu gefährlich und riskant halten und es ihr quasi untersagen. Das hätte ihr dann die erleichternde Absolution gegeben, Sabine abzusagen. Aber zu ihrer Verblüffung schien er die Idee im Gegenteil sehr gut zu finden.

»Die Realität ist nie so brutal wie die Fantasie!«, lächelte Herr Ott sie nun Ruhe und Zuversicht verströmend an. »Alles, was Sie an Schreckensszenarien in Ihrem Kopf entwerfen, wird nicht halb so schlimm sein, wenn Sie es einfach ausprobieren. Und oft wird die Angst einfach verpuffen. Sie werden sehen.«

»Und wenn ich auf dem Weg nach Sylt mit einer Panikattacke im Auto zusammenbreche?«, versuchte Marina es noch mal.

»Dann fahren Sie rechts ran, atmen ruhig durch und warten, bis die Angst wieder abebbt. Und das wird sie – versprochen!« Er lächelte schon wieder so buddhistisch.

Marina war unzufrieden. Sie fühlte sich, als hätte er gerade das letzte Tau gekappt, das ihr Boot vorm Abdriften ins offene Meer gesichert hatte.

»Angst ist keine Krankheit, sondern ein normales Gefühl. Nichts, das Sie unbedingt loswerden müssen. Sie sind nicht krank.«

Marina nickte tapfer.

»Sie wollen Ihrer Cousine helfen und müssen dafür aus Ihrem Alltag ausbrechen. Natürlich ist das eine Herausforderung – aber ich bin mir sicher, dass Sie das schaffen!«

Wie schön, dachte Marina. Sie selbst war davon keineswegs so überzeugt.

»Bei Bedarf können Sie auf Sylt jederzeit eine Sitzung per Videochat mit mir vereinbaren.«

Marina schluckte.

»Ich wünsche Ihnen eine großartige Zeit auf Sylt«, strahlte Herr Ott, als er ihr zum Abschied die Hand gab.

Marina zweifelte allmählich an seiner Kompetenz. Der Mann schickte sie sehenden Auges in den Untergang – und lächelte dabei auch noch.

»Ich habe noch eine kleine Hausaufgabe für Sie«, sagte er, als Marina sich gerade schwer enttäuscht zum Gehen wenden wollte. »Schreiben Sie in einer ruhigen Minute doch bitte mal auf, wie Ihr Leben aussehen würde, wenn es total optimal wäre. Wie würde es aussehen ohne Ihre Ängste? Was würden Sie machen? Was hätten Sie für Pläne, Ziele und Träume?«

Marina sah ihn verblüfft an.

»Legen Sie die Notizen neben Ihr Bett, und lesen Sie sie jeden Abend vor dem Einschlafen durch!« Er zwinkerte ihr zu.

Marina fühlte einen Weinkrampf in sich aufsteigen. Sie hatte nicht die geringste Ahnung, wie sie die Aufgabe, die vor ihr lag, bewältigen sollte. Sie fühlte sich von Herrn Ott im Stich gelassen. Er hätte sie retten können – und hatte es nicht getan. Enttäuscht verabschiedete sie sich.

5

Mit hängenden Schultern schlurfte sie das Treppenhaus hinunter und fühlte sich wie auf dem Gang zum Schafott. Sie steuerte auf ihr sicheres Ende zu – daran gab es für sie keinen Zweifel. Sie würde schon bei der Anreise kapitulieren. Der trotzige Mut von gestern Abend war restlos verflogen.

Wieder zu Hause angekommen, setzte sie sich erst mal aufs Sofa und trank ein großes kühles Glas Wasser. Aus der Nummer kam sie nicht mehr raus. So viel stand fest. Resigniert griff sie zu ihrem Handy und wählte Sabines Nummer.

»Sabine?«

»Ja?«, klang es unsicher am anderen Ende der Leitung.

»Ich mach's!«

»Juchhuuuu!!!« Sabines laut gekreischter Jubelschrei führte bei Marina fast zu einem Hörsturz. »Du bist so ein Schatz«, schluchzte sie plötzlich. »Was für eine Erleichterung!! Mir fällt ein ganzes Gebirge vom Herzen! Das vergesse ich dir nie!«

»Ist ja gut«, beruhigte Marina. »Ich kann dich doch nicht hängen lassen ...«

»Das ist so lieb von dir ...« Sabine schnäuzte sich lautstark. Sie räusperte sich und atmete hörbar tief durch, um sich wieder in den Griff zu bekommen. »Ich schreibe dir alles auf und hinterlege es in der Küche. Ich reise dann noch heute nach Barcelona ab. Und du kommst Samstag im Laufe des Tages, ja?«

»Genau.« Bei dem Gedanken daran schnürte sich Marinas Magen zu.

»Hanni, meine Nachbarin, kann dir helfen. Ich schicke dir gleich ihre Kontaktdaten«, gab Sabine ihr noch mit auf den Weg und verabschiedete sich dann hektisch und unter tausend Dankesbekundungen, um zum Flughafen zu eilen.

Nachdem sie aufgelegt hatten, schenkte sich Marina einen Schnaps ein, was sie sonst nie tat. Und trank ihn auf ex. Dann machte sie sich daran, ihr Gepäck zu komplettieren und ins Auto zu laden. Sie wollte am nächsten Morgen möglichst früh aufbrechen, um den Berufsverkehr zu vermeiden.

Sabine schickte im Laufe des Tages noch etliche Herzen und Gefaltete-Hände-Emojis – die Reaktion von Rolf war dagegen weniger euphorisch: »Was??«, schrie er empört, als er kurz nach 22 Uhr nach Hause kam. »Und wie soll das hier deiner Meinung nach gehen? Wie soll ich klarkommen?«

Seine Entrüstung überraschte Marina. Sie hatte schon lange das Gefühl, dass ihm ihre Anwesenheit vollkommen gleichgültig war.

»Wer bügelt meine Hemden? Was soll ich essen?«, motzte er, während er auf dem Weg zur Dusche sein Sakko und sein Hemd auszog und beides einfach auf den Boden fallen ließ.

»Du bist erwachsen, Rolf, und leitest mehrere Autohäuser. Du wirst ja wohl imstande sein, dich zu ernähren«, rief Marina ihm hinterher.

Er hielt inne, drehte sich um und schaute sie irritiert an. Widerworte oder schnippische Antworten war er von ihr nicht gewohnt.

»Und deine Hemden kannst du in die Reinigung bringen«, ergänzte sie, hob sein Hemd vom Boden auf und hielt es ihm hin. »Ich bin nicht deine Haushälterin, Rolf!«

Er schnaubte und nahm das Hemd entgegen. »Und wie willst du das schaffen, Mäuschen? Du kriegst doch schon Schnappatmung, wenn du zwei Schritte vor die Tür gehst«, zischte er verächtlich. »Morgen Abend bist du wieder da, wetten?«

Schnellen Schrittes lief er ins Bad und knallte die Tür so kraftvoll zu, dass Marina Angst hatte, die Scheibe würde rausfliegen.

Wütend öffnete sie sie wieder und rief ihm zu: »Vielen Dank für deine Unterstützung! Sehr liebevoll von dir!«

»Du musst ja wissen, was du tust«, sagte er eisig und stellte die Dusche an.

Angst ist das Fehlen von Liebe, hatte Marina in einem der zahlreichen Angststörungsratgeber gelesen, die sich neben ihrem Bett stapelten. Der Satz schoss ihr jetzt durch den Kopf. Die Liebe fehlte zwischen ihr und Rolf schon lange. War das am Ende die Ursache ihrer Panikattacken?

6

Seit genau neun Minuten und siebenundzwanzig Sekunden saß Marina nun schon im Auto, ohne den Motor gestartet zu haben. Eine gefühlte Ewigkeit! Ihre Hände waren schweißnass, ihr Mund knochentrocken, und in ihrem Darm rumorte es unangenehm. Durch die verschmierten Scheiben blickte sie auf den zweispurigen Verkehr der Osdorfer Landstraße. Noch hatte sie den Wagen nicht angelassen, aber ihr Herz klopfte bereits bis zum Hals. Schlug es nicht gerade wieder viel zu schnell? Und war ihr nicht eben kurz schwindelig gewesen? Dieses verdammte Panikgefühl, das sie immer wieder flutete wie ein Tsunami! Sie zwang sich, ruhig zu atmen, und programmierte das Navi.

Es war kurz nach 6 Uhr früh. Eine schlaflose Nacht allein im Ehebett lag hinter ihr. Rolf hatte es wieder mal vorgezogen, in Simons Zimmer zu nächtigen. Marina hatte eine Schlaftablette genommen, von der sie noch leicht benommen war, die ihr aber weder Schlaf noch Beruhigung beschert hatte.

Sie kontrollierte zum fünften Mal das kleine Kulturtäschchen, das sie griffbereit auf dem Beifahrersitz platziert hatte: Rescue-Tropfen, Betablocker, Tavor, Schnaps, Mineralwasser, Aspirin, Asthmaspray – alles da. Das Handy war mit der Freisprecheinrichtung gekoppelt, die Nummer von Herrn Ott eingespeichert, und sie hatte so viele Podcasts und Hörbücher geladen, dass sie sich monatelang ablenken könnte.

Das Navi gab eine Fahrtzeit von 2 Stunden und 23 Minuten bis zum Sylt-Shuttle in Niebüll bekannt. Marina drückte auf *Route starten* und ließ tapfer den Motor an. Es nützte ja nichts. Sie stand mit dem Rücken zur Wand: Sabine verließ sich auf sie – und Rolf würde sie die Genugtuung, bereits nach 20 Minuten wieder in der Tür zu stehen, bestimmt nicht gönnen. Dann schon lieber das Herzrasen auf der Autobahn aushalten. Ab 50 sollten Ängste und Panikattacken abnehmen, hatte sie kürzlich gelesen. Darauf setzte sie nun.

Sie bugsierte den alten Golf, den Rolf ihr vor zwanzig Jahren als Zweitwagen zugestanden hatte und in dem sich ihre Kinder auf den Sitzen und an den Scheiben effektvoll mit Schokolade, Eiscreme und Limonaden ausgetobt hatten, aus der Parklücke und fädelte sich in die zweispurige Zubringerstraße, die sie zur Autobahnauffahrt bringen würde. Zum Glück war noch nicht sehr viel los, aber je weiter Marina sich von ihrem »sicheren« Zuhause entfernte, desto beklommener wurde sie und spürte genau, dass die Angst wie ein sich aufplusternder Hefeteig langsam in ihr hochkroch. Mit jedem Meter, den sie weiter von zu Hause wegfuhr, wurde sie größer. Denn sie entfernte sich ja gerade aus ihrem kleinen Sicherheitsradius, fuhr weg von Freunden, Familie und Rettungsmöglichkeiten …

An der Autobahnauffahrt schnürte sich ihr Magen zusammen. Ihre Handinnenflächen waren klatschnass und begannen, am Lenkrad zu kleben. Sie umklammerte das Steuer derart verkrampft, dass ihre Fingerknöchel weiß wurden ... Sollte sie zur Ablenkung jemanden anrufen? Aber wer hätte um 6 Uhr morgens Zeit für ein plänkelndes Gespräch? Mit klopfendem Herzen fädelte sie sich auf die Autobahn ein, die sie erstaunlich schnell raus aus der Stadt brachte.

Die ersten grünen Felder und Äcker flogen vorbei. Paralysiert starrte Marina geradeaus und drückte heftig aufs Gas nach dem Motto: Je schneller daran, umso schneller davon.

Tornesch, Elmshorn und Itzehoe lagen bereits hinter ihr, und der Verkehr lichtete sich zunehmend. Sie versuchte, noch ein bisschen schneller zu fahren, damit sie sich stärker konzentrieren musste. Denn was hatte Herr Ott noch gesagt? Panikattacken kämen bevorzugt beim Autofahren auf bekannten Strecken, die einen konzentrationsmäßig nicht besonders fordern würden.

»Denn da kann man gedanklich abschweifen – in die Was-wäre-wenn-Spirale.«

Marina versuchte, den Attacken davonzurasen. Und bloß an nichts zu denken! Um sicherzugehen, stellte sie einen Podcast von Lanz & Precht mit dem Thema *Verlieren wir unsere Kinder durchs Smartphone?* an, der Marinas Aufmerksamkeit unerwarteterweise in den Bann zog. Und irgendwie beruhigten sie die beiden Männerstimmen auch.

Schneller als gedacht erreichte sie Heide, wo die Autobahn in eine Bundesstraße überging. Hier durfte sie nur noch 100 fahren, was ihr Gehirn wieder abschweifen ließ und nun doch die gefürchtete Was-wäre-wenn-Spirale lostrat, die sie nie stoppen konnte. Ihr Herz hämmerte wie ein zu schnell abgespielter Techno-Rhythmus. Bis zur Sylt-Shuttle-Verladestation in Niebüll waren es noch über 80 Kilometer. 72 endlose Minuten, sagte das Navi. Und auch dann wäre sie ja nicht in Sicherheit. Alles um sie herum war fremd, und bis Rolf oder irgendjemand Vertrautes aus Hamburg bei ihr wäre, um sie zu retten, würde es mindestens zwei Stunden dauern!

Sie fühlte sich vollkommen verloren. Und sich selbst hilflos ausgeliefert. Totale Panik erfasste sie nun. Nun war es so weit. Diesmal hatte sie das Spiel überreizt. Diesmal würde sie die Kontrolle verlieren und zusammenbrechen! Ihr Puls donnerte in ihrem Brustkorb, und in ihren Ohren rauschte es. Sie bekam keine Luft mehr. Um die immer heftiger werdende Anspannung loszuwerden, stampfte sie mit dem linken Fuß auf den Boden, biss die Zähne zusammen und umklammerte das Lenkrad so fest, als ob sie es erwürgen wollte. Was, wenn sie gleich kollabierte? Oder durchdrehte? Einfach verrückt würde? Wer würde sie retten?

Tränen schossen ihr in die Augen. Sie fühlte sich so verlassen und hilflos wie schon lange nicht mehr. Es war alles ein riesengroßer Fehler! Sie hätte Rolf und ihre sichere kleine Welt nicht verlassen dürfen. Was hatte sie sich bloß dabei gedacht? Sie würde es nie schaffen! Nicht nach Sylt und erst recht nicht, dort über Wochen allein zu bleiben! Ihr wurde übel, und ihre Blase rebellierte. Sie musste dringend zur Toilette. Und danach würde sie umkehren und nach Hause fahren, beschloss sie. Was nicht ging, ging eben einfach nicht! Dann müsste Sabine eben eine andere Lösung finden. Etwas erleichtert von ihrem Entschluss, bog sie in einen Feldweg ab, hielt neben einem großen Busch und hockte sich, ohne sich groß umzusehen, direkt neben die Beifahrertür, um sich zu erleichtern.

Puh, das war knapp!

Gerade, als sie sich wieder hinstellen und ihre Hose hochziehen wollte, hörte sie eine fröhliche, belustigte Stimme hinter sich. »Na, Deern? Auch 'ne schwache Blase?«

Erschrocken drehte sie sich um und schaute in das grinsende rotwangige Gesicht eines älteren Mannes, der in Gummistiefeln und blauer Arbeitskleidung steckte. Er hatte sich offenbar gerade von einem Klapphocker hinter dem großen Busch erhoben, wie sie nun entsetzt erfasste.

»Siehst 'n büschn blass aus, Mädel!«, lachte er freundlich. »Willste 'nen Schluck Kaffee?« Er schraubte eine Thermoskanne auf, die derartig vintage aussah, als wäre sie schon vor ihm auf der Welt gewesen, und schenkte ihr einen dampfend heißen Becher ein. »Ich bin Günther. Ich mach grad Fofftein«, stellte er sich vor und hielt ihr den Becher hin.

»Fofftein?«, fragte Marina verwirrt, während sie eilig den Reißverschluss ihrer Hose zuzog.

»Frühstückspause!«

»Aha.« Marina nahm widerwillig den dreckstarrenden Becher entgegen und beschloss, keinen einzigen Schluck davon zu trinken und sich sofort die Hände zu desinfizieren, sobald sie wieder im Auto saß.

»Komm, setz dich!«, forderte Günther sie auf und deutete auf seinen Hocker. Er selbst nahm auf einer umgedrehten Plastikkiste Platz, die neben dem Hocker stand. Etwas weiter weg entdeckte Marina einen Trecker – und jetzt begriff sie allmählich das gesamte Szenario: Günther war Bauer und hatte hier im Schatten des Busches Frühstückspause gemacht.

»Willste auch 'ne Stulle?« Er schickte sich an, eine Tupperdose zu öffnen.

»Nein, danke!«, schrie Marina fast panisch. »Ich habe schon gegessen. Ich muss jetzt auch wieder los.«

»Wo geht's denn hin?«, erkundigte sich Günther. »Bist nicht von hier, oder?«

»Nein, ich komme aus Hamburg«, schüttelte Marina den Kopf. »Ich will nach Sylt ...«

»Großstadt – ist nix für mich«, sinnierte Günther und fuhr sich mit der Hand über seine tiefbraune Halbglatze. »Da haben immer alle so traurige, schlecht gelaunte Gesichter.«

»Finden Sie?«, fragte Marina erstaunt und überlegte, wo sie unbemerkt den Kaffeebecher abstellen könnte.

»Ja, das ist mir aufgefallen, als ich mit meiner Frau den Jungfernstieg langgegangen bin ... Niemand von den Menschen, die uns da entgegenkamen, hat gelacht oder fröhlich ausgesehen.« Er schmunzelte sie an.

»Da könnten Sie recht haben«, überlegte Marina, stellte den Becher neben ihren Hocker und schnäuzte sich mit einem Taschentuch die Nase, um eine Entschuldigung fürs Abstellen zu haben.

»Hier auf'm Land haben immer alle gute Laune«, prahlte ihr Gegenüber.

Das bezweifelte Marina stark, sagte es aber nicht.

»Und du siehst auch nicht so bannich glücklich aus, Deern …«

»Äh …« Marina wusste nicht, was sie dazu sagen sollte.

»Dann mach mal suutsche anner Küste«, erhob er sich. »Das Meer hat schon so manche Seele geglättet.«

Ein philosophischer Landwirt? Weil sie nicht wusste, was sie darauf erwidern sollte, starrte Marina ihn einfach nur an, während er seine Thermoskanne zuschraubte und in der Plastikkiste verstaute.

»Und nu muss ich mich wieder auf den Acker machen!« Er lachte über seinen Kalauer und reichte ihr seine schwielige Hand, die sich wie ein Reibeisen anfühlte.

»Dann mach's mal gut, Deern.« Er zwinkerte ihr zu, nahm ihren Becher auf, schüttete ihn kommentarlos aus und ging Richtung Trecker.

Verwirrt schaute Marina ihm nach und stieg wieder ins Auto. Wie lange hatte sie nicht mehr einfach so mit einem Menschen gesprochen, der offen und nett zu ihr war? Die Begegnung erfüllte und überraschte sie. Hätte sie einen Panikanfall erlitten, hätte er ihr vermutlich hervorragend helfen können. Die Vorstellung beruhigte sie …

Die seltsame Unterhaltung mit dem fröhlichen und so freundlichen Günther hatte sie irgendwie aufgelockert. Ihre Angst war erst mal verflogen – kam aber sofort wieder zurück, nachdem sie sich in Niebüll an der Verladestation in die Warteschlange eingereiht hatte. Das klassische Supermarktkassen-Phänomen schlug zu: Sie konnte mit ihrem Auto weder vor noch zurück. Rechts standen Autos, links standen Autos – und vor und hinter ihr. Sie war eingekeilt, gefangen in der Warteschlange. Und wie immer, wenn Fluchtmöglichkeiten verbaut waren (Flugzeug, Fahrstuhl, Schlange an der Supermarktkasse), sprudelte die Panik in ihr auf wie der Schaum einer gerade entkorkten Champagnerflasche. Hektisch checkte sie die Lage: Wie käme sie hier im Notfall wieder raus? Die Bordsteinkanten links und rechts waren viel zu hoch, um zu wenden – außerdem war sie restlos eingeparkt. Was sollte sie jetzt tun? Einfach aussteigen, das Auto stehen lassen und wegrennen? Sich erst mal in der öffentlichen Toilette, deren Eingang in etwa 100 Metern Entfernung lag, einschließen und Wasser über die Pulsadern der Handgelenke laufen lassen, um sich zu beruhigen? Herrn Ott anrufen? Mitten in ihre aufkommende Angstattacke piepste eine SMS. Sie war von Rolf: *Wenn du jetzt wegfährst, brauchst du gar nicht mehr wiederzukommen!*

Marina wurde wütend. Hatte der noch alle Tassen im Schrank? Na, dem würde sie es zeigen! Die Wut blies erstaunlicherweise die Angst weg – und zeitgleich schaltete die Auffahrtampel auf Grün. Die Autos vor ihr setzten sich in Bewegung, und auch Marina bugsierte den Golf auf den Shuttle, ließ sich von einem Bahnmitarbeiter einwinken, schaltete den Motor aus und ließ die Fenster herunter. Puh! Bis hierhin hatte sie es geschafft! Jetzt würde sie auch noch den Rest der Strecke bewältigen. Immerhin müsste sie jetzt nicht mehr selbst fahren und würde im Falle von Panik, Ohnmacht oder Kollaps in jedem Fall in Westerland landen.

Erschöpft von ihren inneren Kämpfen, lehnte sie sich zurück und trank eine Flasche Mineralwasser in einem Zug zur Hälfte aus. Dann schaltete sie den Podcast von *Frau Feller und Frau Jahnke* ein, davon ausgehend, dass Lachen helfen würde. Die Idee zündete. Die gesamte Überfahrt lang amüsierte sie sich köstlich über die beiden Komikerinnen und vergaß dabei ihre Angst.

7

Marina war überrascht, wie schön Keitum war. Sie war zwar schon ein paarmal auf Sylt, aber noch nie in dem entzückenden Örtchen gewesen, in dem ein Reetdachhaus puppenstubiger als das andere erschien.

Bines Bikes war im Hinterhof eines alten, von rosa blühenden Heckenrosen umsäumten, rot geklinkerten Reihenhaus-Komplexes in der Straße Am Tipkenhoog untergebracht. Zwei klapprige Rikschas mit geblümten Dächern standen vor der Ladentür.

»Hereinspaziert!«, lachte eine Frau, die vermutlich Hanni war, und schloss die Tür auf. Muffiger Geruch schlug Marina entgegen, und sie wich instinktiv einen Schritt zurück.

Nachdem sie erstaunlicherweise ohne Ohnmachtsanfall oder Kreislaufkollaps um kurz nach 11 Uhr in Westerland gelandet war, hatte Marina sich sofort telefonisch bei Hanni, Sabines Nachbarin, gemeldet, um die Schlüsselübergabe zu organisieren. Hanni, eine füllige, lebenslustige und tiefbraune Mittfünfzigerin mit strubbeligen dunklen Locken, hatte ihr den Weg beschrieben und vor ihrem Haus auf sie gewartet. Und hier waren sie nun.

»Wir stellen die beiden Rikschas immer als Lockvogel vorne an die Straße. Sonst wissen die Leute ja überhaupt nicht, dass hier im Hinterhof ein Fahrradverleih ist«, erklärte Hanni.

»Die Dinger fahren noch?«, fragte Marina erstaunt, denn die rostigen Kutschen sahen so aus, als würden sie beim nächsten Windhauch in sich zusammenbrechen.

»Klar!«, sagte Hanni stolz. »Stani, Bines Fahrradmechaniker, macht sie immer wieder flott. Die sind original aus Bombay«, setzte sie nach. »In Indien.« Sie hob die Augenbrauen und nickte Marina kurz zu, um die Bedeutung ihrer Aussage zu unterstreichen.

»Hat Bine die extra für den Laden importiert?«, fragte die ungläubig.

»Nein.« Hanni schüttelte den Kopf. »So verrückt ist sie dann doch nicht! Die hatte der Besitzer eines indischen Imbisses in Westerland eigentlich als Liefermobile für seinen Laden vorgesehen. Er ist aber nach zwei Monaten pleitegegangen.«

»Aber das lag vermutlich nicht an den Rikschas«, bemerkte Marina trocken.

»Nee! Das lag an den strengen Corona-Auflagen«, erklärte Hanni, die Marinas Sarkasmus nicht mitbekommen oder absichtlich überhört hatte.

»Macht Bine denn gar keine Werbung für ihren Laden?«, erkundigte Marina sich. Es konnte ja wohl nicht sein, dass die exotischen Velo-Taxis Bines einziges Lockmittel darstellten.

»Doch schon. Aber die paar kleinen Anzeigen in der *Sylter Rundschau* bringen es nicht wirklich. Auf Sylt gibt es ja über 30 Fahrradverleihe. Hanni ging durch die Tür. »Komm, wir gehen mal rein!«, schlug sie vor und schaltete das Licht ein. Der Raum gab den Blick auf etliche Fahrräder frei, die ordentlich in Reih und Glied standen und für Marinas ungeschultes Auge alle exakt gleich aussahen.

»Sind das alles dieselben?«, fragte sie erstaunt.

»Ja, genau«, erklärte Hanni. »Es sind 50 E-Bikes derselben Marke und desselben Modells.«

»Äh?«

»Das ist Bines Geschäftsmodell«, erläuterte Hanni. »Sie hat die Räder in dieser hohen Stückzahl günstiger eingekauft, kann sie so einfacher warten – und deshalb günstiger vermieten.«

»Aha. Ist der günstige Preis ihr Alleinstellungsmerkmal?«

»Ja, *Bines Bikes* ist der preiswerteste Anbieter hier auf Sylt. Und natürlich die Rikschas!«

»Wie läuft denn das Geschäft?«

»Ach, na ja …«, murmelte Hanni.

»Müssten denn nicht schon Kunden hier sein?«

»Dienstag ist es nie so dolle …«, sagte Hanni schwammig. »Die Fahrräder müssen nach der Rückgabe gecheckt, gewaschen und poliert werden«, wechselte sie das Thema. »Manchmal auch repariert. Stanislaw hat einen kleinen Transporter, um Räder anzuliefern oder sie irgendwo abzuholen, wenn sie kaputt sind. Hier ist seine Nummer.« Hanni kramte einen Notizzettel aus ihrer Hosentasche und reichte ihn ihr.

»Stanislaw?«

»Ja, er ist Pole. Er arbeitet hier auf Sylt als Hausmeister für verschiedene Ferienwohnungen. Sehr lieber Kerl. Er wollte morgen vorbeikommen und sich bei dir vorstellen.«

»Alles klar.« Marina nahm die Telefonnummer entgegen. »Wie ist denn die aktuelle Buchungslage? Wie viele Räder sind vermietet?«

»Oh, das weiß ich nicht«, zuckte Hanni die Schultern. »Da musst du in Bines Buchhaltung schauen!« Sie deutete auf zwei dicke, zerfledderte DIN-A4-Kalenderbücher, die auf einem staubigen Schreibtisch lagen. »Hier sind die Schlüssel für den Laden – und für ihre Wohnung! Sie liegt direkt über dem Laden.« Hanni zeigte zur Decke und überreichte Marina ein Schlüsselbund. »Ich muss jetzt los«, rief sie plötzlich hektisch, nachdem sie auf ihre Uhr geschaut hatte. »Marc besteht auf einem pünktlichen Mittagessen!« Sie zwinkerte ihr zu. »Wenn du Fragen hast, kannst du dich jederzeit an mich wenden. Viel Glück!« Sie reichte ihr resolut die Hand und eilte im Stechschritt davon, um Marc – wer auch immer das war – termingerecht zu verköstigen.

Marina dachte an Rolf, mit dem sie schon seit Wochen nicht mehr gemeinsam gegessen hatte. Wehmütig erinnerte sie sich an die Zeit, in der sie für ihn und die Kinder ein pünktliches Mittagessen auf den Tisch gestellt hatte. Damals war er immer extra zum Lunch nach Hause gekommen. Heute blieb er bis spätabends in der Firma. Und nun wollte er sie ja sowieso nicht mehr sehen. Ob sie jemals wieder für ihn kochen würde?

Traurig strich Marina mit der Hand über die Fahrräder und schaute sich ratlos um. Was hatte sie sich bloß eingebrockt? Was machte sie hier, und wie sollte sie diese Aufgabe bewältigen? Sie versuchte, Sabine zu erreichen, landete aber nur auf ihrer Mailbox. Vermutlich war sie noch unterwegs.

Um einen Überblick über die Buchungslage zu bekommen und zu erfahren, ob heute noch jemand ein Fahrrad brauchte oder zurückbringen würde, klappte sie die beiden dicken Kalender auf dem Schreibtisch auf – und gleich wieder zu, als sie die eng vollgekritzelten Seiten sah. Darum würde sie sich später kümmern. Jetzt musste sie erst mal ankommen und auspacken.

An der Ladentür entdeckte sie ein Schild, auf dessen einer Seite *Open* und auf der anderen *Closed* stand. Sie drehte es auf *Closed*.

Bines kleine Zwei-Zimmer-Wohnung im Dachgeschoss hatte so niedrige Decken, dass Marina sich mehrfach den Kopf stieß. Auch hier roch es so muffig, dass sie erst mal die Fenster aufriss. Ihr neues Zuhause war zwar klein, aber – zu Marinas großer Erleichterung – erstaunlich gemütlich: eine gut ausgestattete Küche, ein Wohnzimmer mit bequemer Couch und Flatscreen-TV und ein Schlafzimmer mit traumhaftem Blick aufs Wattenmeer und einem großen Bett mit angenehm harter Matratze.

Auf dem Küchentisch lag ein Brief von Sabine:

»Liebe Rini, ich bin dir so unendlich dankbar, dass du hier für mich einspringst! Ich weiß, was das für dich bedeutet. Auch Bea schickt dir ganz viele Küsse dafür!

Hanni wird dich ein bisschen in den Laden einführen. Sie ist sehr nett – du wirst sie mögen! ;-)

Ich habe es leider nicht mehr geschafft, dir den Kühlschrank aufzufüllen, aber um die Ecke ist ein Edeka-Markt, in dem du alles findest, um dich zu versorgen.

Tausend Dank noch mal, dicken Kuss, S.

PS: Bitte denk daran, Tiger zu versorgen. Seine Dosen sind in der Speisekammer.«

Marina wischte sich eine Träne aus dem Augenwinkel. Sabines herzliche, dankbare Zeilen hatten sie berührt. Es war ein schönes Gefühl, gebraucht zu werden. Sie legte den Brief zur Seite und raffte sich auf, um das Auto zu entladen und ihr Gepäck hochzutragen.

Als sie oben ihren Koffer auspackte, fühlte sie sich stetig einsamer und beklommener. Sie war vollkommen fremd hier, kannte niemanden. Mit wem sollte sie reden? Wer würde ihr helfen, wenn sie eine Panikattacke bekäme? Sollte sie Herrn Ott um einen unterstützenden Videocall bitten? Oder vorsorglich eine ihrer zahlreichen Beruhigungspillen einwerfen?

Als sie alles verstaut und in den Kleiderschrank sortiert hatte, in dem Sabine ihr eine Seite freigeräumt hatte, merkte sie, wie erschöpft sie von der ganzen Aufregung und der Fahrt war, und beschloss, auf der Couch kurz die Augen zu schließen, um sich ein bisschen auszuruhen. Es war extrem erleichternd, die müden Glieder auszustrecken und zu entspannen. Durch das offene Fenster hörte sie entfernt Möwen kreischen, eine leichte, laue Brise trug das Rauschen der Baumwipfel und gedämpfte Stimmen auf der Straße ins Zimmer ... Beruhigende Geräusche von Natur und Leben, die sie in einen tiefen Schlaf fallen ließen.

8

Es war schon nach 15 Uhr, als sie wieder aufwachte und verwirrt versuchte, zu sich zu kommen. Der Mittagsschlaf hatte gutgetan und ihre seelischen Wogen etwas geglättet. Benommen schlurfte sie in die Küche und füllte Kaffeepulver in die altmodische Filtermaschine. Während das Gerät vor sich hin dampfte und blubberte, inspizierte Marina den Kühlschrank und die Vorräte. Sabine hatte etliche Essentials wie Zucker, Mehl, Öl, Kaffee usw. dagelassen – aber es fehlte an frischem Obst und Gemüse, Aufschnitt und Lebensmittel zum Kochen fürs Mittag- oder Abendessen. Brot war auch nicht da. Sie würde wohl oder übel noch einkaufen gehen müssen, stellte Marina fest.

Sie schenkte sich einen Becher dampfend heißen Kaffee ein und setzte sich an den Küchentisch. Sollte sie Rolf schreiben, dass sie gut angekommen war? Oder den Kindern? Würde das überhaupt jemanden interessieren?

Traurig schlürfte sie die koffeinhaltige Flüssigkeit in sich hinein. Sie war hier zwar ganz allein – aber was hatte sie schon zu verlieren? In Hamburg war sie doch genauso allein. Dort gab es doch auch niemanden für sie! Wie man es auch drehte und wendete: Egal, ob sie sich hier oder in Hamburg befand – sie war überflüssig wie eine ausgediente Saatkartoffel. Die neuen Kartoffeln (ihre Kinder) waren längst geerntet, und der Befruchter (Rolf) hatte an der ausgelaugten, in sich zusammengeschrumpelten Knolle (sie selbst) gänzlich das Interesse verloren. Frauen ihres Alters fielen irgendwie durch jedes Raster, dachte sie verbittert. Wer brauchte sie schon noch?

Sabine! Sabine brauchte sie, schoss es ihr durch den Kopf. Und zwar dringend! Diese Erkenntnis bestärkte sie. Entschlossen erhob sie sich, stellte den Becher in die Spüle und beschloss, sich ein bisschen zu bewegen, um nicht das heulende Elend zu kriegen. Später würde sie dann noch einkaufen fahren.

Mit ihrem Handy machte sie ein Foto vom Wohnzimmer und auf dem Innenhof noch eines von Bines Fahrradladen und schickte beide Bilder an ihre Kinder. Text: *Mein Zuhause für die nächsten Wochen …*

An Rolf schickte sie lediglich eine Textnachricht: *Bin gut angekommen. Alles o. k. Arbeite mich nun erst mal in die Buchhaltung ein. Kuss, M.*

Den Kuss hatte sie sich mit zusammengebissenen Zähnen abgerungen, um nicht noch mehr Öl ins Feuer zu gießen. Wobei »Feuer« angesichts des Status ihrer Ehe ein vollkommen absurder Begriff war. Aktuell schwelte da höchstens noch Asche – wenn überhaupt.

Zufrieden, ihre Familie informiert zu haben, checkte Marina erneut die chaotisch vollgekritzelten Buchungskalender und kam zu dem Schluss, dass heute offenbar keine

Rückgaben mehr anstanden. Das war erleichternd, bedeutete aber, dass etliche unausgefüllte Stunden vor ihr lagen, in denen sie in ihre Angstspirale abdriften konnte. Sie fühlte sich innerlich wie auf einer Expedition in nicht kartografiertes Gebiet. Sie war hier vollkommen allein – keine Freunde oder Familie in der Nähe. Nur mit großer Disziplin schaffte sie es, die Angst im Zaum zu halten. Ihr Inneres fühlte sich an wie ein Topf, der überzukochen drohte und bei dem sie mit großer Mühe den Deckel unten hielt.

Um keinen Leerlauf zu haben, in Bewegung zu bleiben und der Angst quasi davonzulaufen, beschloss sie, einen Erkundungsspaziergang durch ihren neuen »Kiez« (wie ihre Tochter sagen würde) zu machen. Schon nach den ersten 100 Metern stellte sie fest, dass das Örtchen wirklich entzückend war: Eine alte kleine Reetdachkate reihte sich an die nächste, und alle hatten zauberhafte Gärten voller blühender roter und rosafarbener Rosen, blauer oder weißer Hortensien, lilafarbener Heckenrosen oder mit lavendelfarbenem Blauregen. Süßer Blütenduft in der Luft. Es wirkte fast wie eine Filmkulisse. Oder so, als wäre das Dorf von einem Landschaftsgärtner für die Bundesgartenschau geschmückt worden.

Um einen ersten Blick auf die Nordsee zu erhaschen, bog Marina irgendwann Richtung Watt ab und war auch hier vollkommen verzaubert von der Weite und Schönheit der Landschaft. Vor ihr lag das glitzernde Wattenmeer, gesäumt von einem schmalen Sandstreifen und grünen Wiesen. Sie sog tief die salzige Luft ein, die nach Algen und Meer roch. Herrlich!

Sie schlenderte den Wattpfad entlang und entdeckte dabei ein Café mit einer traumhaften Terrasse: *Nielsens Kaffeegarten*. Erst jetzt merkte sie, wie hungrig sie war, und beschloss, eine Kleinigkeit zu essen. Doch leider war das Lokal restlos überfüllt. Gerade, als sie aufgeben und wieder gehen wollte, winkte ihr eine ältere Dame zu und rief: »Wollen Sie sich zu mir setzen? Ich gehe gleich!«

Was für ein Glück! Gern nahm Marina das nette Angebot an und setzte sich. »Ich kenne Nielsens schon seit 30 Jahren. Aber es wird jedes Jahr voller!«, erzählte die alte Dame ungefragt und machte dem Kellner ein Zeichen. »Die Insel ist mittlerweile vollkommen überrannt!«

»Sind Sie Sylterin?«, erkundigte sich Marina.

»Zum Glück nicht«, sagte die Frau, ohne Marina anzuschauen, und nestelte in ihrem Portemonnaie herum. »Die armen Einheimischen werden von den Millionären ja regelrecht ausgerottet. Wie Bakterien befallen die die Dörfer, kaufen die Häuser auf und vertreiben die Einwohner. Die wenigen echten Sylter, die es hier noch gibt, müsste man eigentlich unter Artenschutz stellen.« Sie lachte bitter.

Der Kellner kam und kassierte.

»Ich mache hier jedes Jahr Anfang Juni eine Woche Urlaub, um meine Schwester in List zu besuchen. Sie sind auch im Urlaub, nehme ich an?«, fragte die Frau und erhob sich. »Dann wünsche ich Ihnen noch viel Spaß. Und nehmen Sie unbedingt das Clubsandwich. Das ist fantastisch!«, empfahl sie, bevor Marina antworten konnte. »Sie sehen hungrig aus«, zwinkerte die Frau ihr zu, als sie Marinas fragenden Blick sah, und entfernte sich.

Marina schaute ihr verblüfft hinterher. Dann nahm sie sich die Karte und studierte das Angebot. Das Sandwich klang tatsächlich lecker: *Geröstetes Sandwich-Brot, belegt mit Sous-vide gegarter Galloway-Rinderbrust, dazu Paprika, Zwiebeln, Tomaten und eine pikante Sriracha-Mayonnaise.*

Sie bestellte die interessante Kreation, obwohl sie nicht wusste, was Sriracha-Mayonnaise war – und orderte dazu noch ein Beruhigungsbier. Das Hopfengetränk hatte stets eine angenehm sedierende Wirkung auf sie – und die konnte sie momentan gut gebrauchen.

Um nicht auf dumme, Angst schürende Gedanken zu kommen, googelte sie die Soße, während sie aufs Essen wartete: Die fremdartig klingende Mayonnaise wurde mit Knoblauch, Paprikapulver und Tomatenmark gemixt und erhielt durch thailändische Chilisoße eine raffinierte Würze, verriet ihr die allwissende Suchmaschine. Das Bier kam, Marina trank einen großen Schluck und genoss den wunderschönen Wattblick. Der Wind rauschte in den hohen Laubbäumen des Gartens, dahinter taten sich Wiesen und dann das Meer auf. Weit draußen am Horizont erkannte sie ein Schiff – die perfekte Idylle. Der Ort hier war wirklich faszinierend. Sie googelte ihn auf der Website von Sylt:

> Keitum, die einstige Hauptstadt von Sylt, ist ein Stück lebendige Inselgeschichte, wo alte Kapitänshäuser in liebevoll gepflegten Gärten Geschichten von alten Zeiten erzählen. Die meisten Häuser stammen aus dem 18. Jahrhundert,

als der Walfang noch die Haupterwerbsquelle der Insel Sylt war. »Das grüne Herz der Insel« besteht aus einem Gewirr von kleinen, idyllischen Gässchen. Vertrauen Sie einfach Ihrem Bauchgefühl, und Ihre Füße werden Sie wie von selbst zu den schönsten Ecken der Ortschaft bringen. Kleine Boutiquen und urige Teestuben haben sich in alten Häusern angesiedelt, die oft von malerischen Gärten und den typischen Friesenwällen umgeben sind.

Wenn Sie auf den Spuren der wechselvollen Geschichte des Dorfes unterwegs sind, werden Sie im Altfriesischen Haus seit 1640 der Sylter Wohn- und Lebenskultur des 18. Jahrhunderts auf sehr lebendige Weise begegnen und in der umfangreichen Sammlung des Sylt Museums viele Schätze entdecken. Begeben Sie sich ebenfalls auf die Suche nach den uralten Zeitzeugen Keitums. Die Hünengräber Harhoog und Tipkenhoog stammen aus der Steinzeit und liegen an der Wattseite des Ortes.

Wie interessant! Da war sie ja wirklich an einem ganz besonderen Platz gelandet. Marina trank noch einen Schluck Bier und nahm sich vor, den Ort in den nächsten Tagen weiter zu erkunden.

Super, Mama! Find ich klasse! Endlich befreist du dich mal ein bisschen von dem alten Pascha!, piepste eine SMS in ihre sekündlich entspannter werdende Verfassung. Sie kam von ihrer Tochter Carla und war die Antwort auf ihre Mitteilung, dass sie die nächsten Wochen auf Sylt verbringen würde, die sie ihr vor ein paar Stunden geschickt hatte. Marina starrte verwundert aufs Display. Dass ihre Tochter so eine schlechte Meinung von Rolf hatte, war ihr nicht klar gewesen. Aber Carla war eben eine andere Generation mit einem anderen Selbstbewusstsein. Sie hatte kurzzeitig mit einer Frau zusammengelebt und bezeichnete sich als »pansexuell« – was auch immer das war. Ihre Haut zierten, zu Marinas großem Ärger, etliche Tätowierungen, die so aussahen, als hätte sich ein Dreijähriger mit einem Eddingstift an ihr ausgetobt. Sie lebte vegan und engagierte sich aktiv im Klimaschutz. In Köln studierte sie Jura, um später für die Rechte der Frauen und der Natur einzustehen. Sie hatte einen konkreten Lebensplan – im Gegensatz zu Marina. Und offenbar eine sehr kritische Einstellung zu ihrem Vater …

Ihr Sohn Simon, der in Berlin mit einem Kumpel einen Burgerladen betrieb, hatte ihr lediglich einen hochgereckten Gefällt-mir-Daumen als Antwort geschickt. In den wenigen und stets sehr kurzen Telefonaten, die Marina in den letzten Monaten mit ihrem Sohn geführt hatte, hatte er stets betont, dass er 24/7 für seine Selbstständigkeit ackern müsse (»Wir finden einfach kein Personal, Mama.«) und deshalb null Zeit zum Quatschen hätte.

Das Sandwich war sehr lecker, und so machte Marina sich nach der kleinen Stärkung, leicht beschwipst vom Bier, auf zum Einkaufen und ließ sich vom iPhone-Navi zum örtlichen Edeka-Markt leiten, der stilecht in einem Rotklinkerhaus untergebracht war. Sie staunte über die gigantische Auswahl an Feinschmecker-Lebensmitteln. Na ja, auf Sylt waren die kulinarischen Ansprüche der Kunden offenbar sehr viel höher als anderswo.

Interessiert studierte sie die hier stolz präsentierten Sylter Spezialitäten wie das angeblich überregional bekannte Sylter Mineralwasser, die Sylter Brause, Sylter Thermasol-Kosmetikprodukte und die Sylter Schokolade, die vom *Café Wien* in Westerland hergestellt wurde. Sie packte ein Glas Sylter Inselgold-Honig in ihren Wagen, eine Packung Chips mit Sylter Meersalz, drei Flaschen Sylter Watt-Blondes-Bier, eine Flasche Sansibar-Chardonnay, eine Stange rundes Sylter Friesenbrot und dazu ein paar frische Tomaten, Käse, Kaffeesahne, Galloway-Salami und Pasta. Das musste fürs Erste genügen.

Sie schleppte die Einkäufe nach Hause, verstaute sie im Kühlschrank, ließ sich anschließend erschöpft auf die Couch im Wohnzimmer fallen, legte die Füße hoch und schaltete den Fernseher ein, um die 19-Uhr-Nachrichten zu sehen.

Mitten in der Berichterstattung über den aktuellen Stand des Ukraine-Kriegs hörte sie plötzlich ein seltsames Kratzen an der Wohnungstür. Eine Gänsehaut überkam sie. Das Blut rauschte ihr in den Magen. Was mochte das sein? Ein durchgedrehter Mörder, der mit seinem Messer wirre Zeichen in das Holz schnitzte? Ein verendender Obdachloser, der mit seinen Fingernägeln mit letzter Kraft um Rettung scharrte? Mit klopfendem Herzen stand sie auf und schlich zur Tür, schob ihren Koffer beiseite, der noch davorstand, weil sie ihn zurück ins Auto bringen wollte. Vorsichtig öffnete sie die Tür einen Spalt, um zu sehen, was da vor sich ging. Sofort schoss etwas Warmes, Weiches über ihre Füße und in den Raum. Reflexartig schrie Marina auf, wodurch das eingedrungene Fellwesen erstarrt im Flur stehen blieb.

Erleichtert atmete sie durch. Das Fellwesen war Tiger, Bines Kater, der einzige Mann in Bines Singleleben. Wie ein spanischer Flamencotänzer strich er nun mit stolz gehobenem Schwanz um Marinas Beine und drehte laut schnurrend Slalom-Achten um ihre Waden.

Marina erkannte in der Eingangstür eine Katzenklappe, die sie mit dem Koffer verstellt hatte. Der arme Tiger wollte rein, und sie hatte ihm den Zugang versperrt. Mitleidig strich sie ihm über den Kopf und schenkte ihm eine Schüssel Wasser ein. In der Speisekammer fand sie mehrere Dosen Katzenfutter, servierte ihm seine Abendmahlzeit und ließ sich wieder auf die Couch fallen. Nach wenigen Minuten kam Tiger nach, kletterte auf ihren Bauch, rollte sich dort zusammen und begann, wohlig zu schnurren. Marina war total gerührt. Was für ein schönes Gefühl, nicht mehr allein zu sein! Und der warme Tierkörper auf ihrem Bauch mit der sanften Schnurr-Vibration sorgte für totale Entspannung. Eigentlich entschlossen, den 20:15-Uhr-Spielfilm zu sehen, fiel sie schnell in einen tiefen Schlaf, aus dem sie erst kurz vor Mitternacht wieder erwachte und sich dann ins Schlafzimmer schleppte.

Tiger hingegen zischte ab durch die Katzenklappe und entschwand zu den Abenteuern der Nacht.

9

Was war das für ein seltsames Gebrumme?? Etwa eine Wespe? Panisch riss Marina die Augen auf und fuhr aus dem Bett hoch, nur um zu erkennen, dass auf dem Kopfkissen neben ihr Tiger schnurrte. Erleichtert ließ sie sich wieder zurück auf die Matratze fallen, versuchte, ihren Puls zu beruhigen, und griff nach ihrem Handy, das auf dem Nachttisch lag.

Es war kurz nach 7 Uhr, und es waren insgesamt sieben Textnachrichten von Bine eingegangen:

Gut angekommen?

Wie läuft es?

Wie geht es?

Kommst du klar?

Alles okay?

Kannst du dich bitte mal melden?

Halllooooo??

Marina schickte ihr eine Nachricht, dass alles gut wäre und sie sich nach dem Frühstück melden würde. Dann kraulte sie ihrem Bettnachbarn ausgiebig Kopf und Bauch, rappelte sich hoch, zog die Vorhänge auf, sog die herrliche

Luft ein und schlurfte in Richtung Küche, um die Kaffeemaschine anzuwerfen. Im Flur schrie sie laut auf, als sie über etwas Hartes, Kleines und sehr Blutiges stolperte. Was war das denn? Entsetzt schaute sie auf den Boden, auf dem eine halbierte Maus lag. Tiger hatte ihr über Nacht offenbar ein Geschenk gemacht!

Marina wurde speiübel. Hastig eilte sie in die Küche, riss etliche Papiertücher von der Zewarolle, bestattete die winzige Leiche im Mülleimer und beseitigte die Massakerspuren auf dem Laminatfußboden mit Glasreiniger. Erschöpft von so viel Action vor dem ersten Kaffee, schmiss sie danach endlich die Maschine an und versorgte Tiger mit Wasser und Futter. Komisch, sie hatte gar nicht gemerkt, dass der kleine Kater nachts durch seine Katzenklappe ein und aus gegangen war …

Der Blick durch das Küchenfenster zeigte einen strahlend blauen Himmel. Es würde ein schöner Frühsommertag werden. Marina trank zwei Becher frisch gebrühten Kaffee, gönnte sich danach eine heiße Dusche und zog eine neue graue Stretchhose an, die sie mit einem beigen T-Shirt (neuerdings nannte man die Farbe »nude«), einer ebenfalls beigen Bluse und ihrer orangen Jack-Wolfskin-Anorakjacke kombinierte. Dazu schlüpfte sie in ihre bunt gemusterten Trekking-Sandalen. Nicht gerade ein umwerfend erotisches Outfit, wie sie beim Blick in den Spiegel feststellte. Aber erotisch? Sie wusste ja gar nicht mehr, wie das ging. Und ob sie das überhaupt wollte …

»Übersieh mich«-Beige, hatte eine Ausstrahlungsberaterin die Farbe neulich in einem Zeitungsinterview genannt.

In Beige machen Sie sich quasi unsichtbar!, hatte die Frau behauptet. Marina strubbelte sich durch den praktischen Kurzhaarschnitt. Unsichtbar war doch gar nicht schlecht! Dann würde sie wenigstens niemand belästigen. Und sie versprach mit ihrer Kleidung nichts, was sie nicht halten konnte.

In der Luft lag noch die frische Morgenkühle, als sie sich in der Bäckerei Petersen zwei belegte Brötchen und einen Coffee to go holte und den Laden aufschloss.

Sie schob die beiden Rikschas an die Straße und platzierte den *Come-in-we're-open*-Aufsteller daneben. Dann setzte sie sich an den verstaubten Schreibtisch und nahm sich erneut die beiden großen Reservierungsbücher vor, die sich allerdings als »Bücher mit sieben Siegeln« entpuppten. Marina verstand gar nichts und rief Bine an.

»Na, endlich meldest du dich mal!«, wurde sie vorwurfsvoll von ihr begrüßt. »Ich dachte schon, du wärst wieder abgereist! Wie läuft es denn? Bist du gut angekommen?«

»Ja, alles okay hier«, antwortete Marina knapp. »Ich bin gut gelandet.«

»Ich beneide dich ein bisschen«, seufzte Bine. »Hier ist es nicht auszuhalten! Es ist brüllend heiß! Heute sollen es 42 Grad im Schatten werden. So warm habe ich es am Mittelmeer noch nie erlebt …«

»Oh, das ist wirklich viel«, bestätigte Marina und war sehr froh, sich im kühlen Norden aufhalten zu können. »Ich steige leider überhaupt nicht bei deiner Buchhaltung durch, Bine!«, kam sie endlich auf den Punkt.

»Buchhaltung hab ich gar nicht«, lachte Bine und erklärte ihr das System. »Die beiden Bücher haben jeweils eine Doppelseite pro Woche und listen jeweils 25 Fahrräder auf. Du musst die Kalender untereinanderlegen, dann bekommst du den Gesamtbuchungsüberblick.«

»Aha«, murmelte Marina und legte die Bücher untereinander.

»In der Schublade rechts sind die Durchschläge der Mietverträge und die Personalausweiskopien der Kunden. In der anderen Schublade sind neue Formulare und Quittungsblöcke.«

Marina zog die Schubladen auf und fand das Beschriebene.

»Wichtig ist, dass du immer die Persos der Kunden kopierst, damit wir deren korrekte Adressen haben. Das kannst du mit dem Drucker machen, der neben dem Laptop steht.«

»O. k.«

»Du musst für die Kunden jeweils den Sattel auf die richtige Höhe einstellen, das geht ganz einfach mit dem Schnellspanner«, befahl Bine. »Und falls jemand fragt: Die Räder sind aus der aktuellen Kollektion und haben nur sehr wenige Kilometer runter. Das kann man am Kilometerzähler des Mini-Computers sehen, der am Lenker befestigt ist.«

Marina verstand gar nichts, speicherte diese Infos aber so stur ab, wie sie früher in der Schule Geschichtsdaten oder Vokabeln gelernt hatte.

»Du musst auch darauf achten, dass die Schlösser funktionieren und die Schlüssel stecken«, fiel Bine noch ein.

»Und dass die Kunden beides zurückgeben, wenn sie die Räder zurückbringen.«

Marina nickte. »Wie ist denn die Buchungslage?«

»Na ja, könnte besser sein«, blieb Bine vage. »Siehst du ja in den Büchern.«

»Bis jetzt war noch niemand hier. Gestern auch nicht«, berichtete Marina.

»Ich habe den Kunden ja auch gesagt, dass der Laden erst heute wieder geöffnet hat«, erklärte Bine. »Wenn die Räder zurückkommen, musst du sie durchchecken und waschen. Oft sind sie voller Sand vom Strand – oder Schafscheiße vom *Ellenbogen*.«

»Und das soll ich abwaschen?«, schrie Marina entsetzt.

»Nein, das macht alles Stani, mein Mechaniker. Er bringt und holt mit seinem Transporter Räder auf Wunsch ab. Er wird sich heute im Laufe des Tages bei dir vorstellen.«

»O. k.! Und was soll das mit den Rikschas?«

»Superidee, oder?« Man hörte Bine förmlich durchs Telefon strahlen.

»Äh …«

»Volataxen entlasten die Insel vom Autoverkehr und bieten einen klimaschonenden individuellen Service für Einheimische und Touristen«, dozierte Sabine.

»Und wer fährt die Dinger?«, erkundigte sich Marina und leerte ihren Kaffeebecher.

»Matze, der Sohn von Uschi, der Bäckerin – und Paul, ein Kumpel von ihm. Ihre Handynummern stehen ganz vorne im Buchungskalender. Die rufst du einfach an, wenn ein Kunde kommt, dann sind sie in 10 Minuten da«, behauptete ihre Cousine zuversichtlich.

»Und wenn sie gerade keine Zeit haben?« Marina war sehr skeptisch.

»Dann stellen sie Ersatz. Das haben wir so abgemacht!«

»Aha.« Marina war sich keineswegs sicher, ob das so optimal klappen würde. »Ist das nicht viel zu anstrengend für die Jungs?«

»Nein. Die Rikschas haben natürlich auch E-Motoren!«

»Oh, ich muss Schluss machen«, rief Marina plötzlich aufgeregt. »Da kommt gerade eine Frau rein!«

»Viel Glück! Und: Daaaaaankeeeee!!!«, rief Sabine ihr noch zu, bevor Marina auflegte.

»Guten Morgen«, eine äußerst vornehm gekleidete Frau betrat den Laden, schob ihre vermutlich extrem teure Sonnenbrille in ihr Haar und sah sich indigniert um. Sie trug weiße Jeans, Pumps, einen cremefarbenen Blazer, gekrönt von einem Hermès-Seidentuch, das sie locker um den Hals geschlungen hatte. An ihrem Arm hing das für Upper-Class-Sylterinnen obligatorische Louis-Vuitton-Täschchen.

»Wir bräuchten heute Nachmittag zwei Fahrräder«, sagte sie und vermied es, Marina anzuschauen.

Marina nickte. »Kein Problem!«

Die Frau musterte sie abschätzig von oben bis unten und war offenbar unzufrieden mit Marinas beiger Funktionskleidung und ihren bunten Trekking-Sandalen. Marina schob unbeholfen zwei Räder aus der Reihe und parkte sie vor der Frau auf ihren Ständern. Die Frau betrachtete die Räder skeptisch und betätigte die Klingel von einem. »Von wann sind die?«

»Diese Saison«, gab Marina auswendig gelernt wieder. »Das können Sie am Kilometerzähler sehen.«

»Schon gut, nicht nötig«, winkte die Frau ab. »12 Euro pro Tag, richtig?«

»Genau.« Marina nickte beflissen.

»Ich nehme die beiden Räder für den ganzen Monat«, verkündete die Frau. »Da wird Rudolf aber Augen machen!« Sie lächelte zum ersten Mal und nickte Marina selbstzufrieden zu. »Der denkt immer, ich kann nicht rechnen! Nur weil ich neulich bei Gucci wieder 17.000 Euro ausgegeben habe.« Sie verdrehte die Augen, zückte ihr Louis-Vuitton-Portemonnaie, klimperte dabei mit ihrer goldenen Rolex und entnahm der Edelgeldbörse eine Platin-Kreditkarte.

»Oh, Moment!«, rief Marina erschrocken.

Das war vermutlich das Geschäft des Monats, und sie hatte nicht die geringste Ahnung, wo das Kartenlesegerät war – und ob es überhaupt eines gab. Darüber hatte sie mit Bine gar nicht gesprochen. Hektisch lief sie in den hinteren Teil des Ladens und wählte Bines Nummer. Erfolglos.

»Äh, es gibt da …«, wollte sie der Kundin gerade erklären, als Hanni den Laden betrat.

»Wo ist das Kartenlesegerät?«, rief Marina ihr aufgelöst zu.

»Guten Morgen erst mal!«, lachte die, ging zum Schreibtisch, zog das Gerät aus einer Schublade und schaltete es ein. »Bitte sehr!«

Erleichtert stellte Marina den Vertrag aus und ließ sich

von Bettina von Spreckelsen, so der Name der Dame, ihren Personalausweis überreichen. Dem Dokument nach stand eine echte Wienerin vor ihr.

»30 Tage mal 12 Euro Leihgebühr mal zwei Räder«, rechnete Marina. »Macht 720 Euro!«

»Was??«, rief Frau von Spreckelsen empört. »Das ist ja Wucher!«

Irritiert sah Marina von dem Formular auf. »Also bitte entschuldigen Sie, aber Sie wollten die Räder doch für einen ganzen Monat buchen!«

»Ja, aber warum ist das denn so teuer?« Die Millionärsgattin tänzelte unsicher auf ihren Pumps hin und her.

Marina rechnete ihr ihre Multiplikation noch mal vor.

»Ja, aber gibt es bei Ihnen denn gar keine Langzeitbuchungsermäßigung?« Frau von S. war drauf und dran, ihre Kreditkarte zurück in ihr Portemonnaie zu schieben.

Marina schaute Hanni fragend an, doch die hob nur ratlos die Schultern.

»Okay, dann lassen Sie uns 650 Euro machen!«, schlug Marina verwegen vor, fest entschlossen, sich beziehungsweise Bine das Geschäft auf keinen Fall entgehen zu lassen.

Frau von Spreckelsen strahlte und befand das für »großartig«. »Bin gespannt, was Rudolf dazu sagt ... Wir Frauen müssen doch zusammenhalten, nicht wahr?« Sie zwinkerte Marina schwesterlich zu, schraubte einen juwelenbesetzten Füller auf und unterschrieb den Vertrag.

»Wollen Sie die Räder gleich mitnehmen?«, erkundigte sich Marina und heftete den Vertrag ab.

»Bitte?« Frau von S. schaute sie verständnislos an. »Glauben Sie, ich packe die Dinger in mein Porsche Cabrio? Die machen mir doch alles kaputt! Die Ledersitze sind gerade neu bezogen! Feinstes fliederfarbenes Nappa aus Milano!«

»Ach so«, murmelte Marina. »Dann liefern wir selbstverständlich an. Wann passt es Ihnen?«

»Egal.« Frau von Spreckelsen schob ihre Sonnenbrille zurück auf die schmaloperierte Nase und wandte sich zum Gehen. »Unsere Haushälterin wird die Räder entgegennehmen. Bussi, Baba!« Eine teure Duftwolke hinterlassend, rauschte die Exil-Wienerin ab und verschwand mit ihrem laut röhrenden Porsche.

»Boah, was war das denn für eine Schnepfe?« Marina wischte sich die Schweißperlen von der Stirn.

»Das war eine typische Kampenerin, meine Liebe«, wusste Hanni. »Altersmagere, zugebotoxte Frauen im Einheitslook. Glatt gestraffte Auf-jung-Gequältheit, aufgebockt auf Neun-Zentimeter-Stilettos ...«

Marina lachte. »Gut gesagt!«

Hanni zwinkerte ihr zu. »Offenbar hat es ihr eine fast orgiastische Freude bereitet, beim billigsten Verleih zu mieten.«

»Und ihr Ur-Sylter mögt die Kampener nicht?«

»Wir mögen die neureichen Protzer nicht, denen die Insel vollkommen egal ist und denen es nur ums Sehen und Gesehenwerden geht«, klärte Hanni sie auf. »Aber zum Glück residieren die meisten von denen eh nur für ein paar Tage im Jahr in ihren Reetdachpalästen.«

»Echt?? Krass!« Marina schüttelte fassungslos den Kopf.

Die Tür ging bimmelnd auf, und zwei kleine Kinder stürmten laut johlend in den Laden. Ein erschöpfter Vater und eine derangierte Mutter stolperten hinterher. Alle in Funktionskleidung.

»Guten Tag, vier Räder bitte!«, bestellte der augenberingte Vater, der grenzenlos frustriert und blass aussah. Der Familienurlaub schien ihn den letzten Nerv zu kosten. Wahrscheinlich verbrachte er seine Tage und Abende sonst schön gemütlich und unbelästigt von seiner Brut in einem angenehmen Büro. Der Zustand des Mannes kam Marina erschütternd bekannt vor: Genauso hatte Rolf in den wenigen gemeinsamen Urlauben mit den Kindern auch ausgesehen, bevor er dann vorzeitig abgereist war, weil es angeblich Probleme in der Firma gab. Zuletzt war er erst gar nicht mehr mit in den Urlaub gekommen, und Marina hatte meist mit ihrer Schwester oder einer Freundin gebucht. Oder sie war mit den Kindern einfach zu Hause geblieben und hatte Tagesunternehmungen organisiert. Mühsame Aufenthalte in schwül-überheizten und chlorgeschwängerten Tropical-Island-Thermen, den schwindelerregend-steilen Achterbahnen des Heidepark Soltau, den Zuckerwattebuden und Geisterbahnen des Hamburger Doms, schrecklichen Musicals, Disney- und Legoland, Popcorn-überschwemmten Kinderfilmkinos oder unendlich öden Minigolfplätzen. All das hatte sie überstanden, während Rolf auf dem Schreibtisch seines Büros vermutlich seine Sekretärin vögelte. Heiße Wut schoss in Marina hoch ...

»Hallo?? Jemand zu Hause??« Der entnervte Vater fuchtelte

hektisch mit einer Hand vor ihrem Gesicht herum, während die Mutter vergeblich versuchte, die krakeelenden Jungs davon abzuhalten, mit schokoverklebten Händen alle Fahrräder zu betatschen. Marinas Blick blieb an dem schlecht rasierten Kinn des Familienoberhauptes hängen, auf dem einzelne Stoppelinseln sprossen, die aussahen wie Dünengrashügel im Wattenmeer. Vermutlich hatte sich sein Jüngster die ganze Zeit an sein Bein gehängt, während er versuchte, den Rasierer anzusetzen …

»Es tut mir sehr leid, aber wir haben keine Kinderräder«, stellte Marina klar.

»Waaas???« Der Vater schrie fast. Das schien eindeutig zu viel für seine Nerven. »Dann eben zwei Erwachsenenräder und zwei Anhänger!«

»Anhänger haben wir auch nicht!«

Der Mann starrte sie ungläubig an. »Was ist denn das für ein Laden hier? Was haben Sie denn ÜBERHAUPT?« Eine Mischung aus Zorn und Verzweiflung blitzte aus seinen Augen.

»Wir sind der preisgünstigste Verleih der Insel und haben deshalb nur ein beschränktes Angebot«, klärte Marina auf. »Wir führen ausschließlich 28er E-Bikes.«

»So ein Mist. Das darf doch nicht wahr sein!«, schimpfte der Anoraktr äger und schaute Hilfe suchend zu seiner Frau, die die Jungs an den Kapuzen festhielt, während sie sich gegenseitig an den Haaren zogen. »Haben Sie denn wenigstens Kindersitze?«

»Äh …«, wollte Marina gerade erklären, da schaltete sich Hanni ein:

»Sie können die Kinderräder meiner Jungs haben. Die sind aber ohne E-Antrieb!«, schlug sie zur Deeskalation der Situation vor.

Marina schaute sie verblüfft an. Sie war ja wirklich der rettende Engel in Person.

»Echt? Ach, das wäre aber sehr lieb!« Der Familienvater hatte Tränen in den Augen.

»Aber wie gesagt, damit können Sie dann nur sehr langsam fahren. Es gibt keine Unterstützung«, warnte Hanni.

»Das macht nichts, Hauptsache, die Jungs sind ausgelastet und abends endlich erschöpft.« Der Vater wischte sich den Schweiß von der Stirn.

Hanni lachte. »Ich weiß genau, was Sie meinen!« Sie legte ihm verständnisvoll die Hand auf die Schulter.

Er lächelte und guckte sie so dankbar an, als wäre er ein Schiffbrüchiger, den sie gerade ins Rettungsboot gezerrt hatte.

»Sie könnten mit den beiden Rabauken nach Wenningstedt in den Sagenwald fahren«, schlug Hanni vor.

»Sagenwald?«

»Ja, Sylter Sagen gibt es wie Sand am Meer. Geschichten von unerschütterlicher Liebe, von Sylter Seeräubern und tapferen Freiheitskämpfern.«

Die Jungs näherten sich interessiert und sperrten die Ohren auf.

»Die treue Ose, die Zwergenkönige, der Eierdieb Finn, der Meermann Ekke Nekkepenn«, fuhr Hanni wie eine professionelle Märchenerzählerin fort. »All diese Wesen haben im Sylter Sagenwald eine urige Behausung bekommen. Und zwischendurch gibt es Sportübungen und Spiele.«

»Au ja, Papa! Dürfen wir??«, schrien die Jungs begeistert.

»Das ist ja eine tolle Idee! Vielen Dank.« Der Vater schaute Hanni erlöst an.

»Moment, ich hole die Räder«, sagte sie resolut.

»Ich helfe Ihnen«, beschloss der Vater und folgte ihr aus dem Laden. Die Jungs rannten mit Indianergeheul hinter ihm her.

Marina erledigte derweil mit der schweigsamen, in sich gekehrten Mutter den formellen Teil, passte die Sitzhöhe ihres Fahrrades an und erklärte ihr, wie man sie mit dem Schnellspanner ganz einfach selbst verstellen konnte.

Marina schob ein Rad für den Vater auf den Hof, die Mutter folgte ihr mit ihrem. Nachdem die Familie ihre Drahtesel in Besitz genommen hatte und die Reifen der Kinderräder mit dem Luftkompressor noch mal aufgepumpt worden waren, beschrieb Hanni ihnen den Weg zum Sagenwald, und sie düsten los. Sie hatten die Bikes für fünf Tage gebucht.

»Puh«, entfuhr es Hanni, als sie zurück in den Laden gingen. »Das war knapp. Die Jungs haben mit Sicherheit ADHS, so aufgedreht, wie die waren. Die armen Eltern!«

»Ja, Eltern sind wirklich Helden«, sinnierte Marina. »Eigentlich nicht zu verstehen, dass man sich so was freiwillig antut.«

»Da hast du absolut recht«, lachte Hanni. »Aber wenigstens regnet es nicht! Jetzt stell dir deren Urlaub bloß mal bei Dauerregen vor …«

»Nicht auszudenken. Dann würden sich die Eltern vermutlich an Tag 5 gegenseitig umbringen.«

»So isses!«, stimmte Hanni zu.

»Ich weiß, wovon ich spreche«, konstatierte Marina bedeutungsschwanger.

»Ja?«, fragte Hanni. »Du Arme! Ich erinnere mich übrigens auch noch sehr gut. Habe ja auch zwei Jungs. Zum Glück sind sie inzwischen groß.«

»Deine Idee mit den Kinderrädern war die Rettung! Dafür hast du jetzt aber wirklich was gut bei mir! Wie wäre es mit einem Glas Prosecco?«, schlug Marina vor. »Ich könnte schnell eine Flasche von Edeka holen.«

»Lass uns lieber Mittagspause bei Oma Wilma machen«, sagte Hanni. »Zwischen 12 und 17 Uhr ist der Verleih geschlossen, weil dann sowieso keiner mehr bucht. Ab 17 Uhr ist dann Rückgabe.«

»Oma Wilma?«, fragte Marina erstaunt.

»Ja, das ist ein superleckeres Lokal hier in Keitum. Die haben eine ganz tolle Mittagskarte.«

»Oh, das klingt gut. Sehr gern«, freute Marina sich.

»Wir können mit den Rädern hinfahren«, beschloss Hanni. »Dann kannst du die gleich mal ausprobieren. Du musst doch schließlich wissen, was du verkaufst!« Sie lachte und fädelte zwei Räder aus der Reihe.

In dem Moment betrat ein dickbäuchiger Mann um die 50 den Laden. Seine dürren Beinchen hatte er tatsächlich in knallenge glänzend gelbe Radlershorts gepresst, die im

Schrittbereich auch noch genau hervorhoben, was nur sehr spärlich vorhanden war. Marina musste sich sehr zusammenreißen, nicht sofort loszuprusten.

Der Mann nahm umständlich seinen Helm ab und legte einen verschwitzten Haarkranz frei. »Ich brauche unbedingt ein Mountainbike. Auf dem verflixten Rennrad«, er zeigte nach draußen, »kann ich keine Sekunde länger sitzen!« Zur Illustration strich er sich mit Leidensmiene über seinen offenbar wunden Hintern.

»Das tut mir leid, aber wir haben nur Trekkingräder«, sagte Hanni. »Die sind aber viel bequemer als Mountainbikes.«

»Bequem klingt gut! Dann nehme ich das. Hauptsache, ich muss nicht länger auf dem Foltergerät da draußen sitzen.«

»Und was haben Sie mit dem Rennrad vor? Soll das hier stehen bleiben?«, fragte Marina.

»Das holt meine Frau nachher ab. Die hat einen Zweitschlüssel fürs Schloss.«

»Aha«, quittierte Hanni die Aussage und verdrehte Richtung Marina heimlich die Augen.

Marina schob ein Fahrrad in den Hof und passte die Sattelhöhe an, während Hanni die Vertragsunterlagen vorbereitete. Der Tour-de-Force-Teilnehmer schwang sich auf den dick gepolsterten Sattel und stöhnte wohlig auf. »Ah, eine Wohltat!« Schnell unterschrieb er und fuhr dann sichtlich zufrieden vom Hof.

»Viel Vergnügen!«, riefen Hanni und Marina hinter ihm her.

»So ein Pascha«, zwinkerte Hanni ihr zu. »Und Muddi darf dann sein bescheuertes Rennrad abholen, während er sich einredet, der nächste Jan Ullrich zu sein.«

Marina kicherte. Diese Hanni nahm aber auch wirklich kein Blatt vor den Mund.

»So, jetzt schließen wir ab. Genug Geschäft für heute«, beschloss Hanni und schob zwei Räder aus dem Laden. »Weißt du, wie es geht?«, erkundigte sie sich und deutete auf das Display, das mittig auf dem Lenker angebracht war.

»Nicht so genau«, gab Marina zu.

Hanni wies sie kurz ein, zeigte ihr die verschiedenen Unterstützungsstufen und erklärte ihr die Gangschaltung. Dann düsten sie los, und Marina wunderte sich, wie leichtgängig Fahrradfahren plötzlich war.

10

Hanni hatte recht, die Küche von Oma Wilma war wirklich köstlich. Sie saßen im Garten und genossen den Sylter Gänsebratwurst-Hotdog mit Zwiebeln, Krautsalat und Remoulade. Vorher hatte Hanni Marina zu einer kurzen Fahrradtour an der Wattseite entführt, und diese war vollkommen entzückt von der herrlichen Wiesenlandschaft der Braderuper Heide. Sie war mit Rolf und den Kindern zwar schon öfter auf Sylt gewesen, aber immer nur in Westerland. Dort wollte Rolf dann den ganzen Tag in der Fußgängerzone im *Café Orth* sitzen und Bier trinken oder im *Alt Berlin* Fußball gucken. Nur mit Mühe war er dazu zu bewegen, wenigstens ein paar Stunden mit ihr und den Kindern am Strand zu verbringen – Ausflüge über die Insel waren restlos ausgeschlossen.

»Ich muss mich ausruhen, ich verdiene schließlich das Geld!«, war Rolfs K.-o.-Argument, dem sich die Familie zu fügen hatte.

Also schmierte Marina morgens Brote, tupperte sie ein und schleppte Kinder und Transportkarre an den Strand. Dort wachte sie dann über ihre Brut, die sich mit Sand bewarf, im Meer planschte, bis die Lippen blau waren – und ohne Unterlass Eis und Pommes einforderte.

»Erzähl doch mal was von dir!«, unterbrach Hanni ihre Erinnerungen. »Bist du verheiratet? Leben deine Kinder noch im Haus?«

»Ich bin im August 32 Jahre verheiratet!«

»Wow! Krass!« Hanni riss anerkennend die Augen auf. »Das ist ja eine Ewigkeit!«

Marina nickte kauend. »Kann man wohl sagen …«

»Und? Seid ihr noch glücklich?«

»Na ja …«, sagte Marina und nahm einen Schluck Apfelschorle, um den Bissen herunterzuspülen. »Ehrlich gesagt nein. Schon lange nicht mehr.«

»Oh.« Hanni sah sie überrascht an. »Warum denn nicht?«

Marina überlegte.

»Du musst das natürlich nicht erzählen, wir kennen uns ja noch gar nicht richtig«, entschuldigte sich Hanni. »Ich bin immer so indiskret, sorry.«

»Nein, kein Problem«, beschwichtigte Marina, die froh war, endlich mal mit jemandem darüber sprechen zu können. Und dass sie Hanni eigentlich gar nicht kannte, machte es eher einfacher. Fremden erzählte man ja oft mehr als Freunden. »Rolf interessiert sich nur noch für seine Arbeit!«

»Hm.« Hanni nickte verständnisvoll.

»Und vermutlich auch für seine Sekretärin«, ergänzte Marina.

Hanni lachte. »Voll das Klischee!«

»Und du? Bist du denn noch glücklich mit deinem Mann?« Jetzt war Marina auch neugierig.

»Mit dem neuen ja«, grinste Hanni. »Ich habe seit vier Monaten einen Lover. 15 Jahre jünger als ich. Kann ich nur empfehlen.« Sie zwinkerte Marina zweideutig zu.

Die wurde knallrot. Meine Güte, wie verklemmt war sie eigentlich? »Ach, an Sex kann ich mich schon gar nicht mehr erinnern«, versuchte sie, ihre Verlegenheit zu überspielen.

»Echt? Wie schade!« Hanni schaute sie bedauernd an. »Das war bei mir genauso. Bis ich endlich den Mut fand, mich scheiden zu lassen. Erst wenn du eine Tür zumachst, geht eine neue auf. Das stimmt wirklich!«

Marina nickte. »Wie lange wart ihr denn verheiratet?«

»Nur sechs Jahre«, winkte Hanni ab. »Wir waren vor der Hochzeit aber schon vierzehn Jahre zusammen.«

»Ach so ...« Marina schob sich noch eine Gabel mit der köstlichen Gänsebratwurst in den Mund. »Und wo hast du deinen neuen Mann her?«, erkundigte sie sich kauend. »Etwa Tinder?« Sie grinste und kam sich mit diesem Wissen, das sie ihren Kindern verdankte, extrem fortschrittlich vor.

»Nein, um Himmels willen!« Hanni lachte. »Er ist mir bei Aldi ganz profan in die Hacken gefahren.«

»Wirklich?«

»Und hat mich danach zur Entschädigung auf einen Kaffee eingeladen.« Hanni rührte grinsend in ihrem Kaffeebecher. »Und zwei Stunden später sind wir in den Dünen in Wenningstedt übereinander hergefallen!«, platzte es aus ihr heraus. Sie guckte Marina triumphierend an.

Die schaute nur sprachlos mit großen Augen.

»Hattest du schon mal Sex in den Dünen?«, erkundigte sich Hanni.

Marina prustete vor Schreck fast ihre Schorle aus. »Nein!«, rief sie empört.

»Kann ich dir auch nicht raten«, lachte Hanni. »Ich sag nur: Sand im Getriebe!«

Marina wurde rot.

»Oder besser: Sylt im Getriebe!« Begeistert kicherte Hanni über ihren eigenen Scherz.

Dieses leidige Sexthema, erinnerte sich Marina. Schon kurz nach der Geburt ihres zweiten Kindes hatte Rolf »sein Recht« eingefordert und dann mittendrin wieder von ihr abgelassen.

»Das fühlt sich ja an, als würde man eine Salami in einen Tunnel werfen«, hatte er angewidert gezischt und sich auf die Seite gedreht.

Das hatte sie so verletzt, dass sie wochenlang heimlich geheult – und sich über Scheidenstraffungsoperationen informiert hatte. Aber ihre Gynäkologin hatte ihr geschworen, dass sich alles von selbst wieder regulieren würde, was es auch tatsächlich getan hatte. Trotzdem war Rolfs Interesse nicht wieder aufgeflammt.

In den Jahren davor hatte er immer abseitigere Sachen von ihr verlangt. Dessous waren dabei noch das Harmloseste oder auch Doggy Style, den er immer öfter wollte. Damit sie von der ganzen Sache auch mal was hatte, hatte sie einmal verwegen versucht, seinen Kopf hinunter zu ihrem Unterleib zu schieben, als er ihre Brüste liebkoste (was er übrigens nicht besonders zärtlich tat). Er hatte sie noch nie oral verwöhnt, und sie wollte endlich wissen, wie es sich anfühlen würde.

Aber Rolf war empört mit rotem Kopf aus dem Bett geschossen und hatte schreiend gefragt, ob sie noch ganz dicht sei. »Ekelhaft, so was!« Dann hatte er sich demonstrativ über den Mund gewischt und war unter die Dusche geeilt.

»Hallo? Jemand zu Hause?«, fuchtelte Hanni mit der Hand vor ihrem Gesicht rum. »Ich wollte dich nicht schockieren. Tut mir leid!«

»Ach was, du hast mich nicht schockiert«, kehrte Marina aus ihren unschönen Erinnerungen zurück. »Ich habe nur in Gedanken gerade die letzten Jahre meiner Ehe Revue passieren lassen.« Das klang trauriger und verbitterter, als sie wollte.

Hanni schaute sie mitleidig an. »Marc hat einen sehr charmanten Freund. Soll ich dir den mal vorstellen?«

»Nein!«, rief Marina erschrocken. »Ich glaube, so weit bin ich noch nicht«, schob sie erklärend nach.

»Ist ja gut.« Hanni strich beschwichtigend über ihre Hand. »War ja nur eine Idee. Hast du denn das Gefühl, dass deine Ehe noch zu retten ist?«

»Ich weiß nicht ... Aber das ist auch egal, denn eine Scheidung kann ich meinen Kindern in keinem Fall antun.« Marina schob den leer gegessenen Teller von sich und legte die Serviette daneben.

»Was?? Warum denn nicht?«, fragte Hanni ungläubig.

»Dann bricht für die doch die Welt zusammen!«

»So ein Quatsch! Die sind doch längst erwachsen«, empörte sich Hanni. »Und wahrscheinlich fänden sie es viel wichtiger, dass ihre Mutter glücklich ist«, gab sie zu bedenken.

»Ich weiß nicht ...« Marina fühlte sich verunsichert. An der Festung »Ehe« hatte sie gedanklich noch nie zu rütteln gewagt. Wie sollte das denn auch gehen? Sie hatte ja keine Ausbildung, keinen Beruf ... Und selbst wenn sie einen gehabt hätte: Wer würde sie denn mit 56 noch anstellen?

»Meinst du nicht, dass du die Gefühle der Kinder nur als Ausrede benutzt, weil du Angst vor einem neuen Lebensweg hast?«, überlegte Hanni.

»Also das wird mir jetzt doch zu intim!«, unterband Marina schroff ein weiteres Eindringen in ihren Beziehungsstatus. Sie fühlte sich ertappt und ärgerte sich darüber. Hanni hatte den Finger punktgenau in die offene Wunde gelegt, und Marina war nun nicht länger bereit, sich von einer völlig Fremden in die Abgründe ihrer Seele blicken und diese interpretieren zu lassen.

»Schon gut«, grinste Hanni. »Ich wollte dir nicht zu nahe treten. Bin manchmal etwas übergriffig. Sorry!«

»Bist du gebürtige Sylterin?«, wechselte Marina versöhnlich das Thema.

»Nein, ich komme eigentlich aus Bochum«, schüttelte Hanni den Kopf. »Ich habe mich vor 22 Jahren im Urlaub in Hauke verliebt und bin dann hier hängen geblieben. Er ist Sylter.«

»Aha«, nickte Marina.

»Als die Kinder aus dem Haus waren, habe ich im Syltness Center wieder angefangen, in meinem früheren Beruf zu arbeiten«, fuhr Hanni fort und leerte ihre Kaffeetasse. »Ich bin Physiotherapeutin. Ich liebe es einfach, mit Menschen zu arbeiten«, strahlte sie.

»Und morgen ist dein Urlaub zu Ende?«, erkundigte sich Marina.

»Genau! Das hatte ich extra so gelegt, um Bine und dich im Laden unterstützen zu können. Bine hatte mir ja gesagt, dass du kommst.«

»Das ist aber lieb«, sagte Marina dankbar. »Ohne dich wäre ich heute auch kaum zurechtgekommen.«

»Meinst du denn, du packst das?«

»Natürlich!«, behauptete Marina und hoffte, dass es überzeugend klang. Sie hatte heimlich so ihre Zweifel.

»Und du? Wo kommst du her?«, fragte Hanni und zündete sich eine Zigarette an.

»Du rauchst?«

»Ja, endlich wieder!«, grinste Hanni und sog genüsslich den Rauch ein. »Hauke konnte das gar nicht ab, da habe ich aufgehört. Aber seit der Scheidung bin ich Genussraucherin. Nach dem Essen oder abends zum Wein gönne ich mir gern mal einen Glimmstängel. Oh, willst du auch eine?«, fragte sie plötzlich erschrocken und hielt Marina die Packung hin. »Ich habe dich ja gar nicht gefragt.«

»Nein, danke«, lehnte Marina ab.

»Ich komme aus Hamburg«, beantwortete sie Hannis vorherige Frage und referierte eine extrem reduzierte Kurzfassung ihres bisherigen Lebens: Sie war in einer Reihenhaussiedlung in Wedel, einem ziemlich spießigen Hamburger Vorort, aufgewachsen, als behütetes zweites Kind einer überängstlichen Mutter und eines meist abwesenden Vaters. Ihre Kindheit erinnerte sie als ziemlich langweilig. Sie war ein dickliches Kind gewesen, das beim Sport stets als Letztes gewählt wurde. Monika, ihre Mutter, war total und restlos auf Hartmut, ihren Vater, fixiert. Er und die beiden Töchter waren ihr Lebensinhalt und -sinn. Das hatte Marina verinnerlicht, hatte Rolf mit 17 kennengelernt und ihn genauso angehimmelt, wie Monika es mit Hartmut tat. Und genau wie ihr Vater für ihre Mutter wurde auch Rolf zum Zentralgestirn ihres Universums. Ohne ihn fühlte sie sich verloren und kam sich vor, als würde sie aus ihrer Umlaufbahn katapultiert. Also tat sie alles für ihn – und nichts mehr für sich selbst. Mit 24 hatte sie ihn geheiratet und war fortan in ihrer Rolle als Hausfrau und Mutter aufgegangen. So war sie als Kind aufgewachsen, da war es nur konsequent, dass sie es als Erwachsene genauso machte. Andere Lebensentwürfe kannte sie ja nicht.

Erst in den letzten Jahren, seit die Kinder aus dem Haus waren und auch Rolf immer seltener auftauchte, waren ihr Zweifel gekommen, ob ihre Rolle sie wirklich noch erfüllte. Aber sie hatte keine Idee zu einer Alternative. Sie hatte keine Träume, keine Visionen oder Ziele, keine Abenteuerlust …

»Ich habe gerade das Gefühl, nach 30 Jahren Gefängnis erstmals wieder an die frische Luft zu kommen«, schloss Marina mit einem Lachen ihre Geschichte und erschrak darüber, dass dieses Resümee bitterer klang, als sie beabsichtigt hatte.

»Ist doch klar. Du musst dich ja erst mal selbst kennenlernen«, nickte Hanni und drückte ihre Zigarette im Aschenbecher aus. »Ich gebe übrigens dienstags und donnerstags immer Zumbakurse am Strand. Hast du nicht Lust, mal mitzumachen?«

»Zumba? Was ist das denn?« Marina kratzte sich fragend am Kopf.

»Das ist ein lateinamerikanischer Tanz-Work-out, bei dem tänzerische Elemente mit Aerobic-Bewegungen kombiniert werden. Zu Samba- und Salsarhythmen wird mit viel Spaß der ganze Körper trainiert. Bringt Spaß und macht fit und schlank!«

»Tanzen? Das habe ich ewig nicht mehr gemacht ... Weiß gar nicht, ob ich das noch kann«, lehnte Marina ab.

»Na, dann wird es ja höchste Zeit, die eingerosteten Hüften mal wieder in Schwung zu bringen«, zwinkerte Hanni. Sie schien die Lebenslust in Person zu sein. »Steigert enorm die Fuckability!«

Marina verschluckte sich fast, als das verbotene F-Wort fiel.

»Steigert was??«, fragte sie entsetzt nach.

»Na, deinen Sex-Appeal, meine Liebe!« Hanni grinste schelmisch. »Sind die Hüften erst mal wieder geschmeidig, kommt der Rest von ganz allein ...«

Marina errötete schon wieder und ärgerte sich wahnsinnig über ihre eigene Verklemmtheit. »Ich überleg's mir«, beantwortete sie Hannis Angebot.

»Wir sollten uns langsam mal wieder auf den Rückweg machen«, befand Hanni nach einem Blick auf ihre Uhr und winkte nach dem Kellner. Sie bezahlten und schwangen sich wieder auf ihre stählernen Rösser.

Zurück am Laden, wartete bereits Stani, um sich vorzustellen – ein dürres Männlein mit Halbglatze. Alles an ihm wirkte grau, obwohl er einen abgewetzten blauen Arbeitsanzug trug. Er war absolut kein schöner Mann – aber er hatte ein schönes, wenngleich auch sehr schüchternes Lächeln …

»Ich lass euch beide dann mal allein«, verabschiedete sich Hanni, nachdem sie Stani und Marina miteinander bekannt gemacht hatte und sie verlegen voreinander rumstehend zurückließ.

»Ja, dann lassen Sie uns doch mal die Buchungen durchgehen!«, schlug Marina vor, weil sie doch jetzt die Chefin war und Stani vermutlich Führung von ihr erwartete. Sie legten fest, dass er die beiden Monatsräder an die Kampenerin ausliefern und auf drei Kunden warten sollte, deren Buchungen heute endeten, um die Räder auf Schäden durchzuchecken und zu waschen.

Marina nahm sich vor, Bine noch heute Abend zu fragen, wie er bezahlt wurde. Auf Trinkgeld durfte er bei der Kampenerin sicher nicht hoffen …

Während Stani im Hof die Räder entgegennahm, fegte Marina den Laden durch, reinigte Herdplatte und Kaffeemaschine der kleinen Büroküche und nahm den Kühlschrank wieder in Betrieb, den Bine aus irgendeinem Grund ausgestellt hatte. Morgen würde sie Bier für Stani kaufen und auch ein paar Flaschen Mineralwasser kühlen.

Sie setzte sich vor die Reservierungsordner und ging die Buchungen der Woche durch, als ihr auffiel, dass sie zum ersten Mal seit Jahren für ein paar Stunden keine Angstgefühle oder Panikattacken gehabt hatte. Diese Erkenntnis ließ natürlich sofort wieder die Angst in ihr hochsteigen (wenn sie an Angst dachte, kam sie automatisch), aber dennoch war Marina vollkommen verblüfft. Konnte es daran liegen, dass sie sich seit gefühlt ewiger Zeit endlich wieder gefordert und gebraucht fühlte? Dass sie eine Aufgabe hatte?

Um sieben verabschiedete sie Stani, aus dessen altem klapprigem Transporter beunruhigende Qualmwolken schossen, als er abfuhr. Hoffentlich kam er heil in Kampen an, wünschte Marina und machte Feierabend. Erschöpft schleppte sie sich in die Wohnung und machte sich einen Schnittchenteller zum Abendbrot, den sie mit ins Wohnzimmer nahm. Auf dem Sofa legte sie die Füße hoch, schaltete den Fernseher ein, aß die Brote, trank ein Bier – und schlief kurz vor dem Happy End des 20-Uhr-Spielfilms ein.

Das Klingeln ihres Handys riss sie um 23 Uhr aus dem Schlaf. Es war Bine. »Na, du Süße? Ich wollte nur hören, ob bei euch alles gut ist. Hier ist es die Hölle! Ich habe die letzten beiden Tage vielleicht zwei Stunden geschlafen. Leon ist ein echtes Schreikind!«

Marina beruhigte sie benommen und erfuhr, dass Stani nach Stunden bezahlt wurde. »Das drücke ich ihm immer gleich bar in die Hand! Er bekommt noch ein bisschen was dazu für Benzin. Du kannst das Geld für die Fahrradmiete dafür nehmen.«

»Heute haben alle mit ec-Karte bezahlt«, gab Marina zu bedenken.

»Ach so, dann müsstest du es an solchen Tagen vielleicht auslegen«, schlug Bine vor und musste plötzlich ganz schnell auflegen, weil Leon schon wieder brüllte.

Marina putzte sich im Halbschlaf die Zähne, ließ sich ins Bett fallen und war innerhalb von Sekunden eingeschlafen. Zu erschöpft für Panikattacken.

11

Am nächsten Morgen wachte sie erneut durch wohliges Schnurren auf ihrem Bauch auf. Tiger hatte es sich lang ausgestreckt auf ihr bequem gemacht und schien sich äußerst wohlzufühlen. Sie hob ihn sanft vom Bett, setzte ihn auf den Fußboden und schlurfte ins Bad, um sich frisch zu machen.

Es war kurz nach sieben. Offenbar hatte sie gestern vollkommen vergessen, den Wecker auf ihrem Handy zu stellen. Sie schlurfte in die Küche, gab Tiger sein Futter und stellte sich unter die herrlich warme Dusche.

Erfrischt und belebt schloss sie die Rikschas auf, schob sie an die Straße und machte sich auf den Weg zur Bäckerei Petersen, um sich dort einen Kaffee und ein belegtes Brötchen zu holen.

»Moin, min Dern!«, wurde sie von der rotwangigen Bäckersfrau begrüßt. »Sach mal, bist du nicht die Vertretung von der Bine? Ich bin die Uschi!«

»Ja«, bestätigte Marina verblüfft. »Ich bin Marina!«

»Bine ist eine gute Freundin von mir«, strahlte Uschi. »Sag Bescheid, wenn du Hilfe brauchst. Wir wohnen zwar in

Morsum, aber ich bin jeden Tag hier!« Sie strahlte Marina freundlich an, und die war gerührt von so viel Herzlichkeit.

»Vielen Dank. Das ist sehr nett.«

»Kommt Bine denn in Barzeloohna ganz gut klar?«, erkundigte sich Uschi. »Ich hab noch gar nichts von ihr gehört ...«

»Ich glaube schon. Aber es ist wohl ziemlich anstrengend«, gab Marina Auskunft, schnappte sich Kaffeebecher und Brötchentüte und verabschiedete sich. »Ich muss den Laden aufmachen. Sorry!«

»Viel Erfolg!«, rief Uschi ihr hinterher.

Als sie zurück zum Laden kam, stand bereits ein älteres Paar vor der Tür.

»Na endlich«, zischte der Mann vorwurfsvoll. »Wir stehen hier schon zehn Minuten!«

»Das kann gar nicht sein«, entgegnete Marina und schloss dabei die Ladentür auf. »Ich war ja höchstens drei Minuten weg.«

»Wir haben zwei Räder reserviert«, überging der Mann ihre Antwort und folgte ihr in den Laden.

Marina übergab ihm die vorgebuchten Räder und widmete sich dann ihrem Frühstück. Heute fühlte sie sich schon viel routinierter. Während sie das Brötchen aß, schaute sie die Buchungen durch. Es waren zwei weitere Vorab-Reservierungen eingetragen, und abends würde es drei Rückgaben geben. Kein besonders berauschender Schnitt. Marina hoffte, dass im Laufe des Vormittags noch ein paar spontane Mieter dazukommen würden.

Das Klingeln ihres Handys unterbrach ihre Recherchen. Es war Rolf, der ihr mit äußerst beleidigter Stimmlage einen schroffen »Guten Morgen!« wünschte. »Da du es ja offenbar vorziehst, Urlaub zu machen, statt hier deinen Pflichten nachzukommen«, pampte er, »verrate mir doch bitte, wo ich das Waschmittel finde! Und wie stellt man die verdammte Waschmaschine an?«

»Ich mache keinen Urlaub, Rolf, ich vertrete Sabine in ihrem Laden!«, hielt Marina empört entgegen. »Die Gebrauchsanweisung für die Waschmaschine liegt im Regal darüber – und dort steht auch das Waschmittel!«

»Und wie viel tut man da rein?«

»Ach, Rolf! Du kannst komplizierte Automotoren reparieren – aber an der Programmierung der Waschmaschine scheiterst du? Das kann doch nicht wahr sein!«

»Der Kühlschrank ist leer, und hier herrscht totales Chaos. Ich habe keine Hemden mehr! Was denkst du dir eigentlich dabei?«, motzte er. Er schien extrem übellaunig. Fehlte sie ihm etwa doch?

»Bist du drei?« Marina fühlte, wie ihr Blutdruck stieg. Wut und Hitze kletterten in ihr hoch. »Ich bin weder deine Putzfrau noch deine Köchin oder deine Haushälterin!«

»Aber du bist meine Frau!«, stellte Rolf fest. »Und bislang hast du noch nie versucht, deiner Verantwortung in unserer ehelichen Gemeinschaft zu entfliehen.«

Marina musste kurz durchatmen. »Und die wäre?«

»Der Haushalt!«, schrie Rolf. »Ich verdiene schließlich das Geld!«

Empört knallte Marina den Hörer auf und versuchte, ihren Puls wieder unter Kontrolle zu kriegen. Es war äußerst desillusionierend, so klar zu hören, welche Rolle Rolf ihr in seinem Leben gab. Hätte er gesagt, wie sehr er sie vermisse und dass sie ihm fehlen würde, wäre sie vielleicht weich geworden ... Sie fühlte ihr Stresslevel steigen und die Angst hochkriechen.

»Hallöchen!!« Eine Gruppe von fünf jungen Frauen trat kichernd in die Tür, die allesamt rosa T-Shirts mit dem Aufdruck *Barbies on Bikes* trugen. Und auf der Insel Junggesellinnen-Abschied feierten, wie Marina schnell erfuhr. Die *Barbies* wollten Sylt innerhalb von drei Tagen umrunden und hatten sich dafür in verschiedenen Hotels eingebucht. Das größte Problem war, den Partyvorrat an Erdbeer-Prosecco-Flaschen in den Fahrradkörben unterzubringen.

»I'm a Barbie Girl in a Barbie World«, schallte es aus dem Booster einer Teilnehmerin, als sie schnatternd und kreischend abfuhren. Marina wünschte ihnen viel Spaß. Aktuell war sie nicht in der Verfassung, die Hochzeitskandidatin zu ihrer baldigen Eheschließung zu beglückwünschen.

Weitere Mieter kamen leider nicht. Um zwölf schloss Marina den Laden ab und fuhr einkaufen. Sie besorgte Bier, Wasser, Kaffeepulver, frisches Gemüse – und jede Menge Putzmittel. Sie hatte beschlossen, den Laden mal so richtig auf Vordermann zu bringen.

Rolf, es tut mir sehr leid, dass du nicht klarkommst, aber wenn ich Sabine hier nicht helfe, muss sie den Laden schließen, und das kann sie sich finanziell nicht leisten, schrieb sie Rolf in einer längeren

SMS, als sie wieder in der Wohnung war, die Einkäufe verstaut hatte und am Küchentisch ein Mineralwasser trank.

Gib deine Hemden doch bitte zur Reinigung, und lass dir das Essen von einem der Lieferdienste bringen, deren Flyer ich an die Kühlschranktür gepinnt habe. Ich habe außerdem etliche Gerichte in der Gefriertruhe eingetuppert, die du dir nur in der Mikrowelle aufzuwärmen brauchst. Ich habe jeweils draufgeklebt, was es ist. Kuss, ich denke an dich!, schrieb sie versöhnlich. Es war für ihn ja auch nicht so einfach, plötzlich allein klarzukommen, dachte sie und spürte einen winzigen Biss eines schlechten Gewissens. Aber was sollte sie machen? Sie hatte doch gar keine Wahl! Sabine konnte sie momentan ganz klar schlechter im Stich lassen als ihn.

Und da war sie wieder – die gut bekannte Angst! Wie eine Kletterpflanze im Zeitraffer stieg sie langsam in ihr hoch. Der Konflikt mit Rolf stresste und verunsicherte sie mehr, als sie vor sich selbst zugeben wollte. Was, wenn er sie nun verließ? Wenn ihr Einsatz hier bei Sabine der Tropfen war, der das Fass zum Überlaufen brachte? Wer riskierte schon angstfrei die Welt, die über 30 Jahre lang Lebensinhalt war? Marinas Puls stieg, ihr Magen krampfte sich zusammen, und in ihrem Darm rumorte es. Jetzt bloß ruhig bleiben, befahl sie sich. Atmen! Herr Ott hatte vollkommen recht, fiel es ihr ein: Die Angst kam, weil sie jetzt wieder Zeit für sich hatte! Der Laden musste erst um 17 Uhr wieder geöffnet werden – und jetzt war es erst halb zwei. Sie saß in der Küche und hatte Leerlauf und ZACK – schlug die Angst wieder zu. Die Erkenntnis verblüffte sie. War es wirklich so einfach?

Ein neuer Gedanke kam ihr in den Kopf: Das war IHR Leben, und sie wollte es sich nicht mehr durch die Angst versauen lassen! Keine Sekunde ihres Lebens, die die Angst ihr klaute, würde jemals zurückkommen. Warum also nicht einfach riskieren (und akzeptieren), dass das Leben nun mal lebensgefährlich war, und jede Sekunde bewusst genießen?

Entschlossen stand sie auf, wusch eine Packung Rucola, bereitete sich daraus einen Salat mit Tomaten und Zwiebeln zu und legte sich anschließend aufs Sofa, um einen kurzen Mittagsschlaf zu halten. Sie liebte diese Ruhepause, die sie versuchte, jeden Tag hinzubekommen. Es war einfach herrlich, sich mittags noch mal eine kleine Einheit Schlaf zu klauen, und kam ihr immer so vor, als würde sie etwas Unerlaubtes tun. Faul sein, während alle anderen arbeiteten. Nichts entspannte und erfrischte sie so sehr wie diese 30 bis 45 Minuten.

Als sie aufwachte, hatte sie eine Antwort von Rolf auf ihrem Handydisplay: *Du musst ja wissen, wie du deine Prioritäten setzt. Und was das für Konsequenzen hat.*

Seine Drohung verfehlte nicht ihre Wirkung: Sofort krampfte sich Marinas Magen wieder zusammen. Entschlossen rappelte sie sich hoch und nahm sich vor, den Laden zu putzen. Aktivität kontra Angst.

Zwischen 17 und 18 Uhr trudelten die Rückgaben ein. Eine davon brachte Stani mit dem Transporter. Marina zahlte ihm seinen Lohn für den gestrigen und heutigen Tag aus und offerierte ihm ein kaltes Bier, das er so überrascht wie erfreut entgegennahm. Sie setzten sich zusammen an das kleine Tischchen im Hof und unterhielten sich, während er das Pils austrank. Er war so schüchtern, dass er ihr kaum in die Augen gucken konnte.

»Wie läuft denn der Laden eigentlich so?«, erkundigte sich Marina. »Ist immer so wenig los wie heute? Ist das normal?« Sie hatte sich vorhin die Buchungen für die nächsten Wochen angesehen und war verblüfft, wie spärlich die waren.

»Uh, na ja …«, druckste Stani herum und hob ratlos die Hände. »Zu wenige Kunden, ich denke …«

»Hattet ihr denn sonst mehr?«

»Isch nischt gezählt. Aber Sabine immer Sorge …«

»Wirklich?« Bine hatte ihr nicht erzählt, dass es irgendwelche Probleme gab.

»Ja, isch glaube …« Stani nahm einen Schluck Bier und nestelte am Flaschenetikett herum. »Du warst schon viel auf Insel?«, fragte er.

»Wie meinst du das?«

»Schöne Ort schon gesehe?«

»Welchen Ort?« Marina verstand nur Bahnhof.

»Na, Älle-Bogäh!«

»Bitte?« Jetzt verstand sie noch weniger.

»Älle-Bogäh!«, wiederholte Stani und nickte heftig mit dem Kopf zur Bestätigung seiner Aussage.

»Ach so!«, fiel es Marina plötzlich ein. »Du meinst den *Ellenbogen*!« Jetzt kapierte sie. »Nein, da war ich noch nicht.«

»Du musst machen!« Er nickte nochmals aufmunternd und strahlte sie dabei an. »Säähr schönes Radweg! Sabine liebt sehr!«

»Ja, das mach ich mal. Vielen Dank!«

Stani drückte seine Zigarette aus, bedankte sich fürs Bier, reichte ihr seine schwielige, hornhäutige Hand und verabschiedete sich, indem er entschuldigend die Schultern hob: »Frau wartet!«

12

»Mann wartet«, konnte Marina leider nicht behaupten. Und da sie den Abend nicht einsam und allein in der leeren Wohnung verbringen wollte, beschloss sie, Stanis Tipp nicht irgendwann, sondern sofort zu befolgen. Sie schnappte sich ein Fahrrad, packte eine warme Jacke in den Gepäckkorb und düste durch die Braderuper Heide los Richtung *Ellenbogen*.

Bewegung! Bloß kein Stillstand. Sie würde der Angst einfach davonradeln. Und vielleicht könnte sie auch irgendwo eine Kleinigkeit essen.

In Kampen schwenkte sie auf die alte Eisenbahntrasse ein, die zu einem herrlichen Radweg durch die Dünenlandschaft nach List umgewandelt worden war. Am Lister Hafen machte sie eine kleine Pause und genehmigte sich ein Matjesbrötchen von *Gosch*, das sie auf der Hafenmauer vor dem Gebäude des *Erlebniszentrums Naturgewalten* zu sich nahm. Dazu gönnte sie sich ein Plopp-Verschluss-Flens-Bier, das ihr angenehm kühl und herb die Kehle hinunterrann und sie mit jedem Schluck mehr entspannte.

Während sie das Brötchen verzehrte und das Pils austrank, studierte sie einen Flyer über das Zentrum, das *»die Vielfalt, Schönheit und Dynamik der Meere und Küsten sowie das Erleben von Naturgewalten darstellen und vermitteln will«*, und nahm sich vor, es demnächst mal zu besuchen.

Etwas beschwipst und davon leicht sediert radelte sie anschließend weiter auf dem Deich Richtung *Ellenbogen*. Rechts von ihr lag das Meer in der Abendsonne, links erstreckten sich Schafwiesen mit friedlich grasenden Tieren. Stani hatte recht: Es war herrlich! Die schöne Strecke auf dem hohen geteerten Deich machte den Kopf frei und sorgte für Entspannung.

An der Abbiegung zum *Ellenbogen* hinderte sie eine Schranke am Weiterfahren. Für Autos wurde am Kassenhäuschen eine Mautgebühr von 6 Euro aufgerufen. Fahrradfahrer und Fußgänger durften gratis passieren. Marina wunderte sich, dass die Straße trotz der Gebühr so schlecht war. Vorsichtig radelte sie um Schlaglöcher, Risse, Erhebungen und Steinchen herum und freute sich an der beeindruckenden Weite und Einsamkeit. Dies war der nördlichste Teil Deutschlands, dessen Landspitze durch einen markanten weißen Leuchtturm markiert wurde. Dort angekommen, schloss Marina ihr Fahrrad ab und stapfte durch den weichen Sand der Dünen zum Weststrand. Von hier aus konnte sie die dänische Insel Rømø sehen, die stündlich von der Sylt-Fähre angefahren wurde, die im Lister Hafen an- und ablegte.

Marina zog ihre Sandalen aus, schlenderte am Wassersaum entlang und ließ ihre nackten Füße von dem kühlen Nass umspielen. Sie hatte plötzlich große Lust, sich in das herrlich klare grüne Wasser zu stürzen. Sie war früher eine leidenschaftliche Schwimmerin gewesen, hatte es aber mit der Geburt ihrer Kinder aufgegeben, regelmäßig ins Hallen- oder Freibad zu gehen. Und später hatte sie dann ihre Angststörung daran gehindert. Und nun? Sollte sie es hier und jetzt mal wieder wagen? Aber was, wenn sie im Meer plötzlich Panik bekam?

Sie schaute sich um. Der Strand war menschenleer bis auf ein knutschendes Pärchen auf einer Picknickdecke, das sich sicherlich nicht die Bohne für sie interessierte. Das sie aber notfalls retten würde, sollte sie drohen zu ertrinken, wie sie beruhigt feststellte. Ihr Magen kribbelte. In ihrem Inneren kämpfte Angst gegen Abenteuerlust.

»Komm! Mach es! Man lebt nur einmal!«, rief eine neue Stimme in ihr.

»Uuuuuhhh! Vorsicht! Da könnten Quallen sein. Und so kaltes Wasser ist gar nicht gut für den Kreislauf!«, rief die Angst. »Und wenn du einen Panikanfall erleidest, bist du hier vollkommen verloren!«

Die Angstwelle schäumte in ihr hoch. Ihr Herz begann zu klopfen. Automatisch ging sie schneller durch den Sand. Bloß in Bewegung bleiben! Sich jetzt nicht von der Angst überfluten lassen. Sie stapfte entschlossen durch den weichen Sand. Sie musste die Angst domptieren. Sie durfte an diesem verlassenen Ort nicht die Oberhand gewinnen! Vielleicht sollte sie es doch einfach mal mit dem Schwimmen probieren? Das würde sie wenigstens ablenken …

Da ihr vom anstrengenden Laufen im nachgebenden Sand

der Schweiß ausgebrochen war, zog sie sich kurz entschlossen bis auf T-Shirt und Slip aus und tapste ins Wasser.

Es war furchtbar kalt, dennoch schritt sie in Zeitlupe weiter voran. Diese Scheißangst! Sie hatte sie lange genug von allem abgehalten. Wütend bewegte sie sich weiter voran, bis sie schließlich hüfttief im Meer stand. Ein stolzes Lächeln umspielte ihre Lippen. So weit, so gut! Wenn Rolf das sehen würde …

Jetzt war sie schon so weit, dann konnte sie auch genauso gut kurz untertauchen, fand sie. Sie zählte bis drei, hielt sich die Nase zu und ging unter Wasser in die Hocke.

Es war so kalt, dass ihr die Luft wegblieb! Japsend platschte sie mit schnellen Schritten aus dem Wasser Richtung Ufer. Wieder an Land, kam die Luft zurück, und plötzlich breitete sich ein herrlich erfrischtes Gefühl in ihrem Körper aus. Ihre Haut prickelte, und ihr war überhaupt nicht mehr kalt – trotz ihrer nassen Unterwäsche.

Anfang Juni hatte das Wasser vor Sylt nur um die 15 Grad. Richtig entspannt baden konnte man erst Ende Juli und im August, erinnerte sie sich, während sie die nassen Sachen aus- und ihre trockene Kleidung wieder anzog. Erst dann hatte das Wasser 18 Grad.

Mit nassen Haaren eilte sie durch die Dünen zurück zum Fahrrad und versuchte, sich auf dem Rückweg durch schnelles Fahren wieder warm zu strampeln. Sie war wahnsinnig stolz auf sich. Sie hatte sich getraut! Lächelnd trat sie in die Pedale.

Das Schaf, das am Straßenrand graste und aus irgendeinem Grund plötzlich die Richtung wechselte und ihr direkt vors Rad lief, hatte sie nicht erwartet. Sie stürzte, spürte noch den Aufprall – und dann wurde alles schwarz.

13

Der Geruch von Kaffee weckte sie. Irgendetwas pikste sie in den Rücken, und sie hörte das Blöken von Schafen! Wo war sie? Der Nebel vor ihren Augen lichtete sich, und verschwommen erkannte sie ihre Umgebung: Sie lag offenbar auf einer Wiese am Rand einer schotterigen Straße. Vor ihr stand ein besorgt aussehender Mann mit grauem Vollbart und einem komischen Hut auf. Neben ihm erkannte sie zwei Schafe – und einen hechelnden Schäferhund. Und alle starrten sie an. Sie setzte sich auf. Ihr Kopf dröhnte, und ihr Handgelenk schmerzte. In der Ferne erkannte sie noch mehr Schafe. Oder sah sie jetzt alles doppelt?

»Hier, trink mal!«, sagte der Mann und reichte ihr einen Becher mit dampfend heißem Kaffee.

Dankbar nahm Marina einen Schluck.

»Ich bin Inger. Ich bin hier der Schäfer. Du bist von deinem Rad gestürzt. Hast du Schmerzen?«

Marina versuchte, ihren Körper von oben bis unten durchzufühlen. »Nein, eigentlich nicht«, stellte sie erleichtert fest.

»Das is gut!« Er lächelte. »Kipp das mal! Bist 'n büschn

blass. Das bringt dich wieder auf die Beine!« Er hielt ihr einen aufgeschraubten Flachmann vor die Nase, aus dem Marina artig einen Schluck trank. Der Alkohol rann ihr wie Feuer die Kehle runter, tat aber gut. In Kombination mit dem Kaffee kehrten langsam ihre Lebensgeister zurück.

Sie bemerkte eine Schürfwunde am Knie und an der Hand. Und eine Prellung an der Stirn. Zum Glück war nichts gebrochen.

»Das macht Polly immer so«, sagte der Schäfer entschuldigend. »Das musst du ihr verzeihen. Sie ist irgendwie sprunghaft und wechselt oft unvorhergesehen die Richtung. Bautz macht das auch schon ganz verrückt!« Er deutete lachend auf den Schäferhund.

Marina konnte mit all diesen Informationen wenig anfangen. War Polly das Schaf? »Haben alle Ihre Schafe Namen?«, fragte sie, um das Gespräch nicht versiegen zu lassen. Reden tat gut. Solange sie redete, würde sich der Panikanfall vielleicht unterdrücken lassen, der gerade in ihr aufstieg.

»Ja, natürlich. Die Schafe sind meine Familie«, erklärte Inger lächelnd. Die Ruhe, die er verströmte, gab ihr etwas Sicherheit.

»Du gestattest?«, fragte er und deutete an, sich neben sie setzen zu wollen.

»Ja, natürlich«, sagte Marina und rückte etwas zur Seite, obwohl auf der Wiese ja endlos Platz war. Er ließ sich neben ihr nieder, und sie nahm seinen Geruch nach Schaf und Moschus wahr. Nicht unangenehm …

»Nimm mal noch einen Schluck!«, schlug Inger vor und hielt ihr erneut den Schnaps vor die Nase.

»Was ist das denn eigentlich?«, erkundigte sie sich und setzte das silberne Behältnis an die Lippen.

»Das ist Friesengeist«, erklärte Inger. »Der hilft gegen alles.«

Marina nahm einen tiefen Schluck. Das Zeug schmeckte irgendwie nach Lakritz, spülte aber wirkungsvoll die Angst wieder runter. Interessiert schaute sie den Mann neben sich an. »Vielen Dank«, stammelte sie nach einem zweiten Schluck und reichte ihm den Flachmann zurück. »Ich bin wahrscheinlich auch etwas zu schnell gefahren.«

»Warst du schwimmen?«, fragte er und deutete auf ihre nassen Haare.

»Ich habe es versucht ...«, lächelte sie scheu.

»Aber das Wasser ist doch noch viel zu kalt! Brrrrrr ...« Er schüttelte sich.

»Ja, deswegen bin ich ja so schnell gefahren«, erklärte Marina. »Um wieder warm zu werden.«

Er lachte. »Ach so!«

»Sind Sie das ganze Jahr hier unterwegs?«, wechselte Marina das Thema.

»Ja, ich variiere öfter mal die Wiesen, bin aber das ganze Jahr auf der Insel unterwegs.«

»Auch im Winter?«, fragte Marina erstaunt.

»Ja, die Schafe sind bei allen Witterungsbedingungen draußen. Bei Unwetter, Sturm oder Hochwasser gehen sie in die Dünen, um dort Schutz zu suchen.«

»Interessant«, stammelte Marina, der dazu kein passender Kommentar einfiel.

»Nur wenn es mal drastische Minustemperaturen gibt, stelle ich die Tiere bei einem Bauern im Stall unter. Das kommt auf Sylt aber selten vor – wegen der Insellage.«

»Und Sie selbst? Schlafen Sie etwa auch im Freien?« Allmählich war Marina fasziniert von dem Mann und seinem Beruf.

»Nein«, lachte er und entblößte dabei erstaunlich weiße Zähne. »Ich lebe in einem Wohnwagen ganz an der Nordspitze.« Er deutete Richtung Leuchtturm. »Da habe ich einen Ofen eingebaut, und es ist warm und trocken, wenn es draußen ungemütlich wird.«

»Ist es denn nicht langweilig, den ganzen Tag immer nur mit den Schafen auf der Wiese rumzustehen?«, erkundigte sich Marina.

Er lachte. »Nein, gar nicht. Ich liebe das Leben in der Natur. Das finde ich viel spannender als das Konsum- und Bespaßungsgetue der Großstadt.«

»Waren Sie schon immer Schäfer?« Sein Großstadtvergleich hatte für Marina so geklungen, als hätte er Metropolenerfahrung.

»Nein. Ich habe vorher in Hamburg in einer Werbeagentur gearbeitet und fand das irgendwann sinnlos. Das Leben mit den Schafen lebe ich seit sechs Jahren. Ich liebe die Entschleunigung und die Wahrhaftigkeit.« Er schaute versonnen Richtung Horizont und streichelte dem Schaf, das erstaunlich zutraulich neben ihm graste, über den Kopf.

Marina nickte und versuchte, die Lebenseinstellung

nachzuvollziehen. »Und Ihre Familie?«, gab sie, vom Alkohol enthemmt, ihrer Neugier nach.

»Ich bin geschieden, meine Kinder sind schon längst aus dem Haus. Die Menschen haben mich im Allgemeinen etwas enttäuscht. Mit Tieren komme ich besser klar.« Er schaute den Schäferhund, der offenbar Bautz hieß, liebevoll an und kraulte ihm den Hals. Der legte sich daraufhin auf seine Beine.

»Wie viele Schafe haben Sie denn?«

»107!« Er lächelte stolz. »Und acht Hammel.«

»Sie haben über 100 weibliche und nur acht männliche Schafe? Warum das denn?«, fragte sie verblüfft.

Er lachte. »Weil nur die Schafdamen Kinder kriegen können!«

»Ach so ...«

»Auf die Hammel kann ich eigentlich verzichten. Die brauche ich nur, um den Harem zu befruchten! Und da sind acht für 100 Damen völlig ausreichend.« Er kratzte sich am Bart.

»Aber die Männer fressen doch genauso Gras und stehen nur rum. Die tun doch nichts ...«, argumentierte Marina und überlegte, ob sie für die Gleichberechtigung der Schafherren eintreten sollte.

»Aber die weiblichen Schafe geben zudem noch Milch. Und wenn ich genauso viele männliche Schafe wie weibliche hätte, hätte ich ein Riesenchaos.«

»Warum?«

»Weil die Herren die Damen rund um die Uhr begatten würden.«

»Wäre das so schlimm? Dann würde doch Ihre Herde enorm wachsen!« Sie dachte pragmatisch und wirtschaftlich.

»Die Masse macht's nicht!«, lachte er. »Das könnte ich aufsichtsmäßig gar nicht leisten – und das gibt das Weideland auch nicht her. Die Vermehrung nehme ich lieber gezielt vor: Im November lasse ich die Böcke zur Herde – dann werden pünktlich zu Ostern Lämmchen geboren.«

»Wie süüüüüüß!«, rief Marina verzückt bei dem Gedanken an die niedlichen unbeholfenen Wollknäuel, die immer so lustig hüpften.

»Schon«, grinste er. »Aber du solltest die armen Hammel im November mal sehen! Die sind so gegeißelt von ihrem Fortpflanzungstrieb, dass sie nach ein paar Tagen kaum noch stehen können. Und trotzdem schleppen sie sich tapfer immer weiter zu den Damen ...«

Marina wurde das Thema langsam unangenehm. Für ihren Geschmack hatte sie bereits genug über das Sexualleben der Wollelieferanten erfahren.

»Auf die Lämmer muss man natürlich sehr aufpassen«, warnte er. »Da sind Bautz und ich dann besonders wachsam!«

»Wachsam im Sinne von wach?«, kalauerte sie.

»Ja, in den ersten Wochen sind die Nächte tatsächlich etwas kürzer. Ich versuche dann, so viel wie möglich draußen zu schlafen, und bin immer mit einem Ohr bei der Herde.«

»Wieso? Was kann denn passieren?«

»Die Kleinen könnten stolpern und sich verletzen, sie könnten zu weit ins Watt laufen, sich erkälten, ihre Mamis nicht wiederfinden – oder von Hunden angefallen werden!« Er sah plötzlich sehr zornig aus. »Die Reichen und Schönen leisten sich ja neuerdings gern Riesenhunde als Statussymbol, die sie kaum beherrschen, weil sie auf die anstrengende Hundeerziehung keine Lust haben. Und weil die Weimaraner, Dobermänner oder Ridgebacks deshalb nicht mit anderen Hunden klarkommen und folglich nicht an den Hundestrand gehen können, fahren ihre Herrchen und Frauchen mit ihnen hierher und machen sie von der Leine los, an der sie sonst wie bekloppt ziehen. Und Corona hat alles noch schlimmer gemacht. Da gab es ja einen regelrechten Run auf Hunde ...«

»Ja, und?« Marina verstand nicht.

»Es ist schon einige Male vorgekommen, dass eine dieser Bestien eins meiner Schafe gerissen oder es im wahrsten Sinne des Wortes zu Tode erschreckt hat!«

»O nein!!«, schrie Marina auf. »Wie schrecklich!«

»Tja. Die Leute halten sich leider einfach nicht an die Leinenpflicht, obwohl hier überall große Schilder stehen. Es ist wirklich traurig. Irgendwann muss man Hunde hier am *Ellenbogen* vermutlich generell verbieten lassen.«

Marina nickte. »Ja, das wäre vielleicht eine Lösung. Es gibt ja genug Hundestrände hier auf der Insel.«

»Wohl wahr«, stimmte Inger zu.

»Und sind die Wiesen irgendwann kaputt, wenn die Schafe das ganze Gras wegessen?«, wechselte Marina das Thema, um Ingers Zorn wieder abebben zu lassen.

»Nein, ganz im Gegenteil! Durch ihr Getrampel befestigen die Schafe den Deich und ebnen ihn. Außerdem halten sie das Gras und andere Gewächse kurz. Würde es auf Sylt keine Schafe geben, wäre der *Ellenbogen* komplett mit Sträuchern zugewachsen, und die Heckenrose würde sich fatal ausbreiten.«

»Aha …«

»Willst du etwas essen?«, fragte er plötzlich und holte aus seinem Rucksack einen Brotlaib, ein großes Stück Hartkäse und eine mehlbestäubte Salami.

»Gern.« Marina merkte erst jetzt, dass sie großen Hunger hatte. Wahrscheinlich von der Unterkühlung beim Schwimmen, vermutete sie.

Inger schnitt mit einem großen Messer eine dicke Brotscheibe, ein Stück Käse und eine Scheibe Wurst ab und reichte es ihr. Es schmeckte alles herrlich. Sie kam sich vor, als würde sie bei einer Jause auf einer Alm sitzen. So ursprüngliche, einfache Nahrungsmittel …

»Ich heiße Marina«, platzte es unvermittelt aus ihr heraus, während sie kaute.

»Schöner Name«, befand er. »Und was machst du hier auf der Insel?«

»Ich vertrete eine Freundin in Keitum in ihrem E-Bike-Verleih«, sagte Marina, und erst jetzt fiel ihr ein, dass sie mal schauen sollte, wie es um ihr Fahrrad stand.

»Na, das ist ja praktisch. Dann hast du sicher einen guten Mechaniker«, sagte Inger, der anscheinend den gleichen Gedanken hatte, und deutete auf ihr Bike. Im Vorderrad war eine Acht, es war total verbogen.

»Oh … Wie komme ich denn jetzt hier weg?«, erschrak Marina.

»Am besten, du gehst zum Mauthäuschen und lässt dir dort ein Taxi rufen«, schlug Inger vor. »Falls da um diese Zeit noch jemand ist ... Ich habe leider kein Handy mehr. Digital Detox!«, lachte er.

»Aber ich!« Marina kramte ihr Handy hervor und hatte plötzlich die Idee, Stani anzurufen. Zum Glück hatte sie seine Nummer gestern eingespeichert. Stani nahm zu ihrer großen Erleichterung gleich ab und sicherte ihr zu, sie sofort abzuholen.

Marina erhob sich, klopfte ihre Hose ab und aß den letzten Rest ihres Brotes auf. »Ich würde mich sehr gern für Ihre Hilfe bedanken«, wendete sie sich ihm zu und schaute ihn dankbar an. »Das war wirklich unglaublich nett von Ihnen! Womit könnte ich Ihnen denn eine Freude machen?«

»Ach, das lass mal schön bleiben«, murmelte er und erhob sich ebenfalls. »Das habe ich sehr gern gemacht.«

»Echt?«

»Ja, klar. Im Grunde genommen war es ja meine Schuld, dass du gestürzt bist. Schließlich ist dir Polly ja vors Rad gesprungen.«

»Trotzdem haben Sie mich sehr nett wieder auf die Beine gebracht.«

»Ehrensache«, murmelte er und trat verlegen von einem Bein aufs andere.

In der Ferne sahen sie Stanis Transporter über die Schotterpiste näher kommen. Marina stellte sich an die Straße und winkte.

»Moin, Inger«, begrüßte Stani den Schäfer, als er ausstieg.

Inger klopfte ihm herzlich auf die Schulter. Offenbar kannten sich die beiden.

»Was haben Sie gemacht, Chefin?«, rief Stani erschrocken, als er sich das kaputte Fahrrad besah und es einlud. »Habe verletzt?«, fragte er besorgt und scannte Marina von oben bis unten.

»Nein, alles gut!«, versicherte sie, verabschiedete sich von Inger und stieg auf der Beifahrerseite in den Transporter. Zu ihrer Überraschung saß ein kleines Mädchen im rosa Kleid auf der Beifahrersitzbank, auf der zwei Personen sitzen durften.

»Meine Tochter Malena!«, erklärte Stani stolz und ließ scheppernd den Motor an.

»Hallo«, sagte die Kleine und lächelte Marina an, die entzückt zurückgrüßte.

Der Transporter holperte über die Schlaglöcher. Im Auto roch es nach Fisch und Motoröl.

»Wie viele Kinder hast du denn?«, erkundigte sich Marina.

»Fumpf!«

»Oh, wow! Und du bist die Jüngste?«, wandte sie sich an die Kleine.

»Nein, nein. Noch zwei jünger! Kleinster ist sechs Monat ...«, antwortete Stani für sie.

»Ich bin drei«, strahlte Malena stolz.

»Wir haben in der Blidsel Bucht Austern gesammelt«, erklärte Stani und zeigte auf einen vollen Eimer im Laderaum.

»Oh, das geht?« Marina war überrascht, dass es hier Austern gab – und dass man sie offenbar einfach aufsammeln durfte.

»Ja, bei Ebbe darf man einen Eimer voll für selbst sammeln. Schmeckt guuuuut!« Er grinste und machte mit Daumen und Zeigefinger einen Kreis, den er an den Mund führte. Die international gültige Geste für köstliches Essen.

»Bäh!«, machte das Mädchen und schüttelte sich.

»Dir schmecken sie nicht?«, lachte Marina.

»Näääää!« Sie verzog angewidert ihr Puppengesicht.

»Meine Frau köstliche Soße«, lobte Stani. »Oder backen im Ofen. Oder braten in Pfanne ... Du musst kommen! Probieren!«, schlug er vor.

»Oh, danke. Das mach ich sehr gern mal«, sagte Marina. »Aber nicht heute! Jetzt muss ich dringend nach Hause und unter die heiße Dusche.«

»Jawoll!« Stani zwinkerte ihr zu.

14

»Es ist Dienstag!«, rief Hanni und sah aus, als würde sie einen Lottogewinn verkünden.

»Ja, und?« Marina verstand nur Bahnhof.

Aufgekratzt stand Hanni mit einer Flasche Prosecco in der einen und einer Bluetooth-Soundbox in der anderen Hand in der Tür des Fahrradverleihs.

»Mensch, Mausi. Du stehst aber auch auf'm Schlauch, oder? Heute ist Zumbakurs!«

»Was??«

»Zumba!! Wir gehen gleich tanzen am Strand!« Zur Illustrierung schwang Hanni demonstrativ ihre Hüften. »Ausreden gelten nicht!«, verkündete sie, stellte die Musik an, öffnete die Flasche und schenkte zwei Pappbecher ein. »Zur Auflockerung«, grinste sie. Salsaklänge erfüllten den Raum.

»Auf keinen Fall!«, rief Marina entsetzt. »Ich bin gestern mit dem Fahrrad gestürzt. Mir tut noch alles weh!«

Es war kurz nach 18 Uhr, sie hatte eigentlich gerade den Laden schließen wollen und sich darauf gefreut, auf dem Sofa die schmerzenden Beine auszustrecken, sich auszuruhen und ihre Wunden zu lecken. Sie fühlte sich total überreizt und gerädert. So viel wie in den letzten drei Tagen war in ihrem Leben in den letzten drei Jahren nicht passiert ...

»Ach was!«, verkündete Hanni fröhlich. »Bei Schmerzen ist das gerade gut! Tanzen lockert die starren Muskeln!«

Marina zog ungläubig die Augenbrauen hoch.

Hanni stellte ihren Becher zur Seite und wirbelte Marina im geübten Discofox-Schritt im Kreis herum, sodass die sich gar nicht wehren konnte. Marina spürte, wie sich ihre Verkrampfung löste und ihr Widerstand schwand, weil Hanni so lebenslustig und die Situation so bizarr war. Die beiden schüttelten sich bald aus vor Lachen und bemerkten gar nicht, dass Stani seit einiger Zeit grinsend in der Tür stand.

»Komm, Stanilino! Mach mit!« Resolut packte Hanni die Hände des kleinen Mannes, der sich zu Marinas großer Überraschung erstaunlich gut bewegen konnte: Locker in den Hüften, fantasievoll und exakt im Rhythmus.

»Hey, hey, hey!«, rief Hanni auch begeistert. »Wieso kannst du so gut tanzen?«

»Spanisses Blut«, scherzte Stani, den Akzent des gestiefelten Katers aus den Shrek-Filmen imitierend, und zwinkerte ihr zu.

Humor hatte er also auch noch, dachte Marina anerkennend. *Never judge a book by its cover* – man sollte doch wirklich niemals jemanden nach der äußerlichen Erscheinung bewerten. Sie hatte Stani für einen braven, zurückhaltenden, aber etwas farblosen Mann gehalten, und jetzt entpuppte er sich als äußerst gelungene Mixtur aus John Travolta und Carolin Kebekus ...

Sie tanzten noch zwei weitere Latinosongs ab, dann ließen sich Hanni und Marina erschöpft und verschwitzt auf die Bank vor dem Laden fallen.

»Vielen Dank, die Damen. Hat großen Spaß gemacht!«, verabschiedete Stani sich mit einer höflichen Verbeugung und knatterte mit seinem klapprigen Transporter davon.

»Wow, euer Mechaniker hat's aber echt drauf«, keuchte Marina.

»Hm«, nickte Hanni, den Mund voller Mineralwasser. »Kein Wunder, dass er so viele Kinder hat!« Sie zwinkerte Marina zweideutig zu.

Nachdem sie wieder zu Atem gekommen waren, machten sie sich mit Marinas altem Golf auf den Weg zum Zumba an den Strand von Kampen. Bei der *Sturmhaube* konnte man auf dem Parkplatz direkt am Strandübergang parken.

Wunderschönes orangefarbenes Abendlicht tauchte den Strand in milchigen Weichzeichner, und unten im Sand wartete bereits eine Gruppe nicht mehr ganz junger Frauen auf Decken, Hockern, Kissen und Sitzsäcken auf den Kursbeginn. Es war viel Gelächter zu hören.

»Da seid ihr ja, Mädels«, begrüßte Hanni die Teilnehmerinnen. »Na, dann wollen wir mal loslegen!«

Sie stellte die Bluetooth-Box an, und treibende Sambarhythmen schallten laut über den Strand.

»So, stellt euch auf, und los geht's!«

Marina ging derart in den Zumbaübungen auf, dass sie gar nicht merkte, wie anstrengend sie eigentlich waren – und wie kompliziert. Doch auch wenn ihre Schritte nicht immer zu Hannis passten, blieb sie eifrig bei der Sache.

Es wabbelten die Hüftringe, es vibrierten die Weißweinwampen, es hüpften die Busen und kreisten die Hintern. Marina war sehr beruhigt, dass so gut wie keine der Frauen eine ideale Figur hatte. Sie fühlte sich sehr wohl unter all den »Unperfekten«, und es war einfach ein fantastisches Gefühl, endlich mal wieder zu tanzen. Sie hatte vergessen, wie viel Spaß ihr das früher immer gemacht hatte. Ihre Blessuren vom Sturz waren so gut wie vergessen, und sie steigerte sich in ein ewig nicht mehr gefühltes Tanzfieber hinein. Der Schweiß rann ihr in Strömen das Dekolleté hinunter und tropfte ihr von der Stirn.

Atemlos und mit rasendem Puls ließ sie sich am Ende des Kurses neben die Frauen fallen, die sich im Kreis setzten, losschnatterten, ihre Flaschen und Thermoskannen aufschraubten und Chipstüten und Schokoladentafeln herumreichten. Gelächter und Gekreische füllte die Luft. Ein paar hatten Kaffee dabei, einige Limonaden und Mineralwasser und manche auch Prosecco.

Marina hielt sich heute lieber an alkoholfreie Getränke.

»Na, dich kenne ich doch aus der Bäckerei«, begrüßte Uschi sie, die sich neben Marina setzte, herzlich mit Küsschen links und rechts. »Schön, dass du hier mitmachst! Ist toll, oder? Ich habe schon zwei Kilo damit abgenommen.« Sie strich über ihren immer noch nicht sehr kleinen Bauch. »Und außerdem hab ich schon lange nicht mehr meine Hüften auf diese Weise bewegt!« Sie zwinkerte ihr zweideutig zu.

Marina wollte gerade antworten, als sie merkte, dass ihr Kreislauf zusammenzubrechen drohte. Sie fühlte, wie ihr das Blut wegsackte und ihr schwindelig wurde. Sie bekam plötzlich keine Luft mehr. Eine heftige Panikattacke kroch in ihr hoch. Ihr Herz schlug donnernd bis zum Hals, und ihr Magen krampfte sich zusammen. Sie hatte sich offenbar komplett überanstrengt und würde hier vor den Frauen am Strand kollabieren. Und wer würde sie dann retten? Das würde doch bestimmt ewig dauern, bis der Rettungsdienst hier angekommen wäre. Sie begann, nach Sauerstoff zu japsen.

»Du bist ja ganz blass! Geht es dir nicht gut?«, rief Uschi besorgt. Ihr ängstlicher Gesichtsausdruck machte es nicht besser.

Marina hechelte unkontrolliert. Jetzt war es so weit: Jetzt würde sie hier vor den ganzen Frauen zusammenbrechen! Ihr wurde schwindelig.

»Mensch, Mäuschen, du hyperventilierst ja!« Hanni war herbeigeeilt. »Hier, halt dir mal die Tüte vors Gesicht!«

Sie blies eine 3-Liter-Gefriertüte auf und hielt sie Marina vor Nase und Mund wie eine Kotztüte im Flugzeug.

»Immer schön da rein- und wieder rausatmen!«, befahl sie.

Panisch atmete Marina in die Tüte, die sofort beschlug und sich beim Einatmen gänzlich zusammenzog. Jetzt bekam sie gar keine Luft mehr!

»Weiter!«, befahl Hanni. »Immer weiter!«

Gerade als Marina dachte, nun würde ihr endgültig schwarz vor Augen werden, wurde es tatsächlich besser. Ihr Atem beruhigte sich, und ihr Puls sank. Die Panikattacke flaute ab.

»Siehste?«, sagte Hanni und legte ihr liebevoll den Arm um die Schultern. »Du hattest eine Panikattacke! Das ist völlig normal in unserem Alter.«

»Jawoll«, nickte Uschi.

»Die Wechseljahre sind nichts für Weicheier«, fand auch eine vollbusige Rothaarige im pinken Jogginganzug. Die gesamte Zumbagruppe hatte sich besorgt um sie versammelt.

»Kann man wohl sagen«, nickte eine Frau mit braunen kurzen Haaren. »Vorgestern bin ich mitten auf der Schnellstraße von Westerland nach Wenningstedt heulend zusammengebrochen. Ich konnte gerade noch an die Seite fahren, bevor alles vor meinen Augen verschwamm.«

»Um Himmels willen, Ines! Was war denn los?«, rief eine andere bestürzt.

»Mir war in den letzten Monaten immer schon so merkwürdig unwohl, wenn ich Autobahn fahren musste – und gestern hatte ich dann einen totalen Panikanfall. Ich konnte nicht mehr weiter.«

»Und dann?«, fragte der pinke Jogginganzug.

»Ich hab Ole angerufen. Nur mit seiner Stimme am Ohr hab ich es mühsam nach Hause geschafft. Ich weiß auch nicht, was im Moment mit mir los ist ...«, antwortete Ines und guckte verzweifelt in die Runde. »Meine Gynäkologin meint, es sind die Hormone.«

»Ich hab Reizdarm!«, verkündete eine sportlich aussehende, schlanke, große Blonde. »Ich kann quasi das Haus nicht mehr verlassen, ohne dass ich weiß, dass eine Toilette in der Nähe ist.«

»Und wie machst du das dann jetzt hier am Strand?«, erkundigte sich Uschi besorgt.

»Hier ist es kein Problem. Da oben ist ja eine super Toilette!«, grinste die Blonde und zeigte auf den WC-Bau am Kassenhäuschen des Strandübergangs. »Aber neulich musste ich mit Karsten und seinen Kumpels Motorboot fahren. Auf dem Ding gab es kein Klo. Da hab ich mich richtig reingesteigert. Furchtbar. Die ganze Zeit habe ich mich gefragt, was ich denn bloß machen soll, wenn ich jetzt Durchfall kriege. Ich habe ernsthaft überlegt, ob ich dann einfach in die Hose mache und mir anschließend die Jacke um die Hüften knote, damit es keiner sieht. Oder ob ich mich mit dem Hintern über die Reling hänge – aber was, wenn es dann Gegenwind gegeben hätte und meine Ausscheidungen seinen Kumpels ins Gesicht geklatscht wären?«

Die Runde kreischte vor Lachen.

Die Blonde lachte mit. »Ja, was denn? Das hab ich ernsthaft überlegt!«

Auch Marina musste grinsen trotz des etwas ekelhaften Themas. Wie absurd – wenn es nicht so traurig wäre …

»Hast du es mal mit diesem Medikament probiert, das sie jeden Abend vor der *Tagesschau* gegen Reizdarm anpreisen?«, erkundigte sich eine füllige Frau mit grauen Locken.

Die Runde stöhnte kollektiv genervt auf.

»Durchfall, Bauchschmerzen, Blähungen – das Pflaster für Ihren gereizten Darm! Die Werbung geht mir so auf den Geist!«, rief der pinke Jogginganzug und griff beherzt in die Chipstüte. »Das ist echt eine Zumutung, sich jeden Abend die nervtötenden Verdauungsprobleme anderer Leute anhören zu müssen!«

»Allerdings!«

»Supernervig!«

»Find ich auch!« stimmten etliche Frauen zu.

»Ich weiß nicht, ob es an den Wechseljahren liegt, aber ich kriege neuerdings immer so Beklemmungen an der Supermarktkasse, wenn die Schlange zu lang ist«, warf eine kleine, unscheinbare Frau mit piepsiger Stimme in die Runde. »Dann wird mir plötzlich schlecht, und ich kriege Atemnot ... Im Fahrstuhl ist mir das neulich auch passiert. Sind das auch schon Panikattacken?«

»Yup! So fängt's an«, bestätigte der grauhaarige Lockenkopf.

»Welcome to the club!«, nickte der pinke Jogginganzug.

»Mist«, fand die Piepsstimme und ließ sich resigniert auf ihre Decke fallen.

»Ich hab solche Angst vor Spinnen, dass ich vorgestern einen Kammerjäger bestellt habe«, erzählte eine Frau, die aussah wie die Zwillingsschwester der Fernsehmoderatorin Vera Int-Veen. »Ich kann nicht im selben Raum sein, in dem eine Spinne ist!« Sie machte eine dramatische Pause und schaute erwartungsvoll in die Runde. »Oder war!«, setzte sie nach.

»Angst vor Spinnen ist ja weit verbreitet«, wusste die schlanke Blonde und nahm einen Schluck aus ihrer Diät-Gatorade-Flasche. »Aber was, wenn du so eine ganz seltene Angst hast? Ich hab neulich von Koumpounophobie gelesen ...«

»Koum-was??«, fragte das Vera-Int-Veen-Double.

»Das ist der unüberwindbare Ekel vor Knöpfen. Menschen, die darunter leiden, können nur Sachen mit Reißverschlüssen tragen. Sogar die Bettwäsche muss knopflos sein.«

»O nein«, entfuhr es der Piepsstimme. »Wie schrecklich!«

»Aber liegt Angst nicht in der Natur aller Wesen hier auf dem Planeten?«, überlegte Vera Int-Veen. »Pferde und Rehe sind doch so angstangespannt, dass sie kaum in Ruhe grasen oder äsen können. Die gucken sich stets mit panisch-aufgeregten Augen um, sind quasi immer auf dem Sprung vor dem großen, bösen Raubtier, das sie zerfleischt ...«

»Bei uns liegt das Raubtier mehr innen«, philosophierte die Piepsstimme. »In der Seele ... oder im Unterbewusstsein ...«

»Du meinst, die Angst ist das Raubtier?«, versuchte der pinke Jogginganzug zu folgen.

»Hm«, nickte die Piepsstimme, von ihrer eigenen Erkenntnis anscheinend sehr betroffen.

»Vielleicht liegen unsere Ängste aber auch am Außen«, gab die Blonde zu bedenken. »Der Ukraine-Krieg, die Energiekrise, die Flüchtlingswellen – und der Klimawandel!«

»Klimawandel hab ich auf jeden Fall!«, rief der pinke Jogginganzug.

»Ja, Gerda, der Klimawandel in unseren Körpern ist auf jeden Fall mit schuld«, sagte Vera.

»Hitzewellen und Brain Fog – so ein Scheiß!«, stimmte die Grauhaarige zu.

»Brain was?«, fragte Hanni.

»Brain Fog – Nebel im Gehirn! So nennt man diese neue Vergesslichkeit in der Menopause!«

Die Runde schaute die Grauhaarige neugierig an.

»Habt ihr das auch, dass ihr von einer Sekunde auf die andere vergesst, was ihr tun wolltet? Wenn ihr zum Beispiel vom Wohnzimmer in die Küche geht, weil ihr da etwas Dringendes erledigen wolltet, und dann nicht mehr wisst, was es war, sobald ihr angekommen seid?«

»Ach das!«, lachte Hanni. »Ja, das kenn ich gut!«

»Ich auch«, bestätigten mehrere Frauen.

»Oder wenn man jemanden auf der Straße trifft und einem der Namen partout nicht einfällt …«

»Jaaa, oder diese schrecklichen Geheimzahlen!«

»Ganz schlimm!«, lachte die Blonde.

»Es gab doch neulich diese Kampagne: »Wir sind 9 Millionen!«, wusste Vera. »Da wurden ein paar Klimakteriumsfrauen doch sogar in den Bundestag eingeladen, um über ihre Problematik zu sprechen.«

»Ja, die Kampagne ist einfach genial«, rief der pinke Jogginganzug begeistert. »Es gibt sogar eine Website dazu: www.wirsindneunmillionen.de.«

»Wie cool!«, fand die Blonde. »Das wusste ich gar nicht!«

»Über 9 Millionen Frauen in Deutschland sind zwischen 40 und 55 Jahre alt und somit vermutlich in den Wechseljahren«, las die Piepsstimme laut von der Website vor, die sie sofort auf ihrem Handy aufgerufen hatte. »Etwa zwei Drittel der Frauen leiden unter Beschwerden, circa ein Drittel davon unter schweren Beschwerden. Diese Beschwerden verursachen Schadensfälle in der Arbeitswelt. Trotz dieser bemerkenswerten Zahl wird das Thema weitgehend ignoriert.«

»Oha«, rief die Grauhaarige.

»Dabei wird es rechnerisch noch interessanter«, fuhr die Piepsstimme fort. »Laut einer Studie der renommierten Mayo-Clinic aus diesem Jahr verliert die US-amerikanische Wirtschaft jedes Jahr 1,8 Milliarden US-Dollar allein durch den Ausfall von Arbeitsstunden aufgrund von Wechseljahresbeschwerden. Für Deutschland gibt es noch keine ähnlichen Zahlen, sie werden gerade erhoben.«

Die Frauen starrten sie mit großen Augen an. Niemand sagte etwas.

»Die Wechseljahre sind nach wie vor ein Tabu. Sie werden weder kulturell noch gesellschaftlich oder politisch thematisiert, dabei betreffen sie die Hälfte aller Menschen direkt und die andere Hälfte indirekt«, referierte die Piepsstimme weiter. »Und jetzt haltet euch fest: Laut einer Studie werden 2030 eine Milliarde Frauen weltweit in den Wechseljahren sein.«

»Eine Milliarde vor sich hin schwitzende Frauen«, rief der pinke Jogginganzug entsetzt. »Das ist doch auch nicht gut für den Klimawandel!«

»Vielleicht könnte man die Energiekrise mit uns meistern?«, schlug Vera vor.

»Was will denn die Kampagne bewirken?«, erkundigte sich die Blonde.

»Wir haben es uns zum Ziel gesetzt, die Wechseljahre gesellschaftlich zu enttabuisieren, für den Arbeitsplatz zu thematisieren und auf die gesundheitspolitische Agenda zu setzen«, zitierte die Piepsstimme. »Die Initiatorinnen fordern Aufklärung für alle Frauen, die Aufnahme von Frauengesundheit mit Schwerpunkt auf Früherkennung und Vorsorge sowie Unterstützung für Frauen in den Wechseljahren am Arbeitsplatz und eine multimediale Aufklärungskampagne, ebenso ein Beratungsgespräch für alle Frauen ab 35 durch eine geschulte medizinische Person, bessere Ausbildung über die Wechseljahre im Medizinstudium und Behandlung der Wechseljahre im Rahmen des Schulunterrichts«, verlas die Piepsstimme.

»Da machen zahlreiche Ärztinnen und Prominente mit. Es gibt sogar Wechseljahres-Beraterinnen«, staunte die Grauhaarige, die die Website ebenfalls aufgerufen hatte.

»Wow! Toll!«, applaudierte Hanni. »Da mache ich auf jeden Fall mit!«

»Ich auch!« Alle Frauen stimmten einhellig zu.

»Auf jeden Fall sind wir nicht allein mit diesem Hormon-Tsunami. Und deshalb sollten wir uns gegenseitig unterstützen«, rief Vera.

»Jawoll!«, fanden die Frauen.

»Fassen wir mal zusammen«, übernahm Hanni das Ruder. »Fast alle Frauen hier leiden mehr oder weniger drastisch an Ängsten und Wechseljahresbeschwerden.«

»Ich finde es so erleichternd, dass ihr das auch habt«, entfuhr es Marina plötzlich. »Das hätte ich nie gedacht! Ich habe immer angenommen, ich sei die Einzige auf der ganzen Welt!«

»Ich auch!« sagte die Piepsstimme.

»Ja, krass! Ist doch echt bescheuert, dass niemand seine

Ängste und Schwächen zugeben will«, echauffierte sich Vera Int-Veen. »Alle versuchen, wie Heidi Klum zu sein: schön, angstfrei, schlank, erfolgreich und immer gut gelaunt. Supermutter mit Supermann, Superehe und Supersex!«

»Well said«, nickte die Blonde. »Was für ein Stress! Wir sind doch total bekloppt, oder?«

»Das ist das Ergebnis der Emanzipation«, wusste der Jogginganzug. »Wir versuchen, beruflich genauso tough zu sein wie die Männer – haben aber noch den ganzen Schönheits- und Mutterkram an den Hacken!«

»Apropos Hacken! Damit fängt es doch schon an. Die sind absolut symptomatisch. Kein Mann würde dauerhaft auf so unbequemen Schuhen durchs Leben laufen!«, lachte Vera.

»Oder mit BH!«, warf der pinke Jogginganzug ein.

»Diese Stahlbügel sind echte Folterinstrumente!«, ächzte die Grauhaarige und rückte demonstrativ ihren Busen zurecht. »Schnüren einem die Luft ab und drücken wie sonst was!«

»Genau!«, riefen mehrere Frauen.

»Wollen wir gemeinsam unsere BHs und Stilettos verbrennen, wie die Frauen es in den 70ern schon gemacht haben?«, schlug Hanni vor.

»Ach, das bringt doch nichts!«, winkte Vera ab. »Die Schuhe und die BHs können wir ja einfach ausziehen.«

»Und in Sneakern oder Birkenstocklatschen rumlaufen!«, rief die Blonde und hielt demonstrativ ihre Birkenstocksandale hoch.

»Und Hans und Franz schwingen lassen«, lachte der

pinke Jogginganzug und setzte ihre beeindruckende Oberweite in Bewegung.

»Exakt! Das ist alles einfach loszuwerden – im Gegensatz zu den Panikattacken«, warf Vera ein. »Was haltet ihr denn davon, eine Angstattacken-Selbsthilfegruppe zu gründen? Wir könnten eine Telefonkette aufziehen, und wenn eine von uns einen Panikanfall hat, kann eine andere mit Rescue-Tropfen und Tee zu ihr eilen. Nicht allein zu sein und zu wissen, dass verständnisvolle Hilfe jederzeit erfolgt, wäre doch total beruhigend, oder?«

»Superidee!«, klatschte der pinke Jogginganzug begeistert in die Hände. »Wir könnten eine WhatsApp-Gruppe aufmachen.«

»Cool! Und wie nennen wir uns?«, lachte Vera.

»Die Angst-Amazonen?«, überlegte die Blonde.

»Die Panik-Pussis!«, warf Frau pink ein.

»Die Meno-Muttis!«, lachte die Piepsstimme. »Oder die Bibber-Bunnis?«

»Die Klima-Queens?«, warf die Blonde ins Rennen.

»Ja, das ist super!«, fanden mehrere Frauen.

»Okay, wir stimmen ab«, schlug Hanni vor.

Nach kurzem Hin und Her stand fest: Der private Angstchat würde den Gruppennamen »Klima-Queens« tragen. Vera, die Grafik studiert hatte, wollte ein passendes Logo fürs Profilbild kreieren: Es sollte eine erhitzte Frau mit Krönchen zeigen. Eifrig tauschten die Frauen ihre Nummern aus, bis die Gruppe stand.

Sich jederzeit an die Gruppe wenden zu können oder zumindest eine Textnachricht zu schicken fand Marina ungeheuer beruhigend. Die Frauen stießen darauf an, blieben noch ein wenig am Strand sitzen und machten sich dann nach und nach auf den Weg nach Hause.

»Was für tolle Frauen«, schwärmte Marina, als sie mit Hanni zurück nach Keitum fuhr. »Vielen Dank, dass du mich mitgenommen hast. Du bist wieder mal mein rettender Engel!« Gerührt legte sie die Hand auf Hannis Oberschenkel.

»Kein Problem, Süße«, grinste die. »Ja, die Inselfrauen sind toll. Ein ganz spezielles Volk. Hart, aber herzlich – mit dem Herz auf der Zunge.«

Marina nickte zustimmend. In Hamburg hatte sie fast gar keine Freundinnen, weil sie so ungern das Haus verließ. Und weil Rolf es nicht gern sah, wenn sie sich mit jemand anderem traf.

»Aber jetzt muss ich leider weiter«, sagte Hanni, als sie vor dem Fahrradverleih angekommen waren. »Mein Lover wartet auf mich – und ich bin ja gut aufgewärmt im Beckenbereich!«

»Ist die Buchungslage eigentlich immer so schlecht?«, erkundigte sich Marina noch schnell, als Hanni ausstieg. »Heute war nur ein einziger Mieter da, und für morgen und den Rest der Woche sieht es auch ziemlich mau aus, soweit ich es den Büchern entnehmen kann.«

»Es läuft mal so, mal so«, sagte Hanni schwammig. »Den genauen Überblick habe ich da auch nicht …«

»Ich werde den Laden mal etwas auf Vordermann bringen und vielleicht sogar die Fassade streichen«, verkündete Marina. »Vielleicht hilft das ja.«

»Mach das! Da wird sich Bine bestimmt freuen!« Hanni stieg auf ihr Rad. »Aber übernimm dich nicht!«, rief sie ihr zu, während sie abfuhr.

Marina tat gefühlt jeder Muskel im Körper weh, als sie Tiger sein Futter zubereitete und den Tag gedanklich Revue passieren ließ. In den wenigen Tagen, die sie jetzt hier auf der Insel war, war so viel passiert wie im ganzen letzten Jahr in Hamburg nicht mehr. Sie fühlte sich ein bisschen überreizt. So viel Input. Und sie erkannte sich selbst kaum wieder, hatte völlig neue Seiten ihrer Persönlichkeit freigelegt: Sie tanzte am Strand, sie traute sich ins Meer, sie machte allein eine Fahrradtour und unterhielt sich mit fremden Menschen. Grübelnd machte sie sich einen Pfefferminztee. Wer war sie eigentlich? Was steckte alles noch in ihr? Wie sähe ihr Leben aus, wenn die Ängste nicht alles überlagerten und lähmten?

Sie nahm einen Schluck des erfrischend duftenden Tees und stellte die heiße Dusche an, die ihren strapazierten Gliedern außerordentlich guttat.

Später versuchte sie mehrfach, Bine telefonisch zu erreichen, um sie wegen der schleppenden Buchungssituation zu befragen. Leider vergeblich. Es kam immer nur: »The person you have called is temporarily not available.« Auch die Whats App-Nachrichten, die sie ihr schrieb und in denen sie dringend um Rückruf bat, hatten nur den einen grauen Haken, der für »weder empfangen noch gelesen« stand. Hatte Bine ihr Handy verloren?

15

Durch die Solidarität der Frauen und die neue Klima-Queens-WhatsApp-Gruppe fühlte sich Marina psychisch so gestärkt, dass sie beschloss, mit neuer Energie der Buchungslage auf die Sprünge zu helfen. Fieberhaft überlegte sie daran herum, was es – außer dem günstigen Preis – für einen Anreiz für die Kunden geben könnte, ausgerechnet bei Bine ein E-Bike zu leihen. Aber es fiel ihr nichts wirklich Überzeugendes ein. Wäre eine Kollaboration mit einem Hotel, wo die Kunden vergünstigt den Wellnessbereich nutzen und E-Bikes bei ihr leihen könnten, eine gute Idee? Oder ein Deal mit einem Restaurant?

Da sie mit ihren Überlegungen nicht weiterkam, begann sie, die ehemals weiße Fassade zu schrubben, bis sie wieder einigermaßen sauber war, und verschönerte die Rikschas mit Lichterketten. Heute war tatsächlich kein einziger Kunde gekommen, und Rückgaben standen auch nicht an.

Erschöpft von ihrem Putz- und Deko-Tagespensum, beschloss sie, um 16 Uhr den Laden zu schließen und mit dem Auto zum *Ellenbogen* zu fahren. Sie wollte versuchen, Inger, den Schäfer, zu finden, um sich bei ihm mit einer Flasche

Wein und einem Feinkostpäckchen für seinen Beistand bei ihrem Sturz zu bedanken. Bei Edeka erstand sie eine Sylter Friesenrolle (ein längliches, rundes Vollkornbrot), Sylter Käse, Galloway-Salami und eine gute Flasche Rotwein und machte sich mit ihren Präsenten auf den Weg. Nachdem sie am Kartenhäuschen die Gebühr bezahlt hatte, fuhr sie die Fenster herunter und ließ ihr Haar von der hereinwehenden Meeresluft durcheinanderwirbeln, die nach Salz, Algen und dem süßen Aroma der Heckenrosen duftete. Marina atmete tief ein und genoss die ursprüngliche Natur der Landschaft. Immer wieder passierte sie am Straßenrand das eine oder andere Schaf und musste lächeln.

Der Wohnwagen des Schäfers stand ganz am Ende des *Ellenbogens*, am Rand des öffentlichen Parkplatzes, leicht versteckt in den Dünen, eingebettet in schulterhohe, rosa blühende Heckenrosenbüsche und üppige Dünengrasstauden. Vor dem Wagen hatte Inger eine Terrasse aus Strandgut gebaut. Eine Bank und ein Tisch waren äußerst fantasievoll aus angeschwemmtem Holz, Plastikkisten und Schiffstauen gefertigt. Auch die Außenwand des Wohnwagens war mit Muschelketten, abgeschliffenen bunten Scherben und diversen Strandfunden geschmückt. Ein Windrad aus leeren Plastikflaschen zeigte die Windrichtung.

Beeindruckt klopfte Marina an die Tür. Mehrfach. Doch niemand öffnete. Überrascht, wie enttäuscht sie darüber war, stellte Marina ihren Gabenkorb vor die Tür und schrieb eine kurze Notiz dazu. Gerade als sie sich auf den Rückweg zu ihrem Auto machen wollte, hörte sie eine Männerstimme

»Hallo??« rufen und erkannte die Gestalt des Schäfers, der in der Ferne durch die Dünen gestapft kam.

»Hey, Marina!«, begrüßte er sie sichtlich erfreut. »Das ist ja eine Überraschung! Geht es dir besser?«

»Äh, ja ... Danke ...«, stotterte Marina und wunderte sich, wie verlegen und verkrampft sie plötzlich war.

»Komm, setz dich«, bot Inger ihr im Näherkommen fröhlich an.

»Ich habe ein paar Kleinigkeiten mitgebracht, als Dank für deine Hilfe neulich«, sagte Marina und deutete auf den Korb vor der Wohnwagentür.

»Oh, das ist aber lieb!« Inger umarmte sie herzlich und drehte sich dann interessiert zum Korb um. »Ist etwas zu essen dabei? Ich habe einen Bärenhunger!« Neugierig inspizierte er die Präsente. »Wow! Rotwein und Käse! Das ist ja fantastisch!«, freute er sich, während Marina noch in dem Gefühl seiner Umarmung verharrte. Wie seltsam gut er gerochen hatte. Fernab jeden Aftershaves – und dennoch irgendwie ganz großartig.

»Warte, ich hole nur schnell Geschirr«, rief Inger, eilte in den Wohnwagen und kam mit einem Tablett voller Gläser, Teller, Bretter und Messer wieder heraus. Gekonnt entkorkte er den Wein und schnitt Brot und Käse auf. Nebeneinander saßen sie dann auf der Bank, genossen die Wärme der aufgeheizten Wohnwagenwand im Rücken, tranken Wein, genossen die Brotzeit und ließen sich die Sonne ins Gesicht scheinen.

»Wie und wo duschst du eigentlich?«, fragte Marina plötzlich, durch den Rotwein enthemmt.

»Gar nicht«, sagte Inger und schaute sie ernst an.

»Wirklich?« Marina riss ungläubig die Augen auf und suchte seine Haut nach Schmutzkrusten ab.

»Nein, natürlich nicht!«, lachte er. »Scherz! Ich bade entweder im Meer, oder ich benutze den da!« Er zeigte auf einen schwarzen Plastiksack, der an der Außenwand des Wohnwagens hing und offenbar mit Wasser gefüllt war. Oben aus dem Sack ragte ein Schlauch mit Duschkopf. »Das ist meine Außendusche! Die Sonne erwärmt das Wasser, und ich kann warm duschen.«

»Und die Toilette?«, erkundigte sich Marina. Wenn sie schon mal dabei war, konnte sie sich ja auch gleich komplett informieren.

»Dafür nutze ich das öffentliche WC!« Inger deutete in Richtung des Parkplatzes, wo ein kastenförmiges Gebäude stand, das offensichtlich die Toiletten beherbergte.

»Hast du jetzt alle Infos, die du brauchst?«, schmunzelte er. »Ich muss jetzt leider wieder zu meinen Schafen.« Er schlug zum Aufbruch mit den Händen auf die Tischplatte. »Ich hatte eigentlich nur schnell meinen Schlafsack holen wollen. Ich schlafe heute in den Dünen wegen der Wolfswarnung.«

»Wolfswarnung?«, fragte Marina entsetzt.

»Ja, angeblich wurde hier vor zwei Tagen ein Wolf gesichtet. Wahrscheinlich war es wieder nur einer dieser freilaufenden Upper-Class-Riesenhunde – aber man weiß ja nie …« Er erhob sich und packte das Geschirr zurück aufs Tablett.

Marina fühlte sich leicht enttäuscht. Sie hätte gern noch

sehr viel länger hier gesessen und mit ihm geplaudert. Es war so herrlich entspannend, und sie fühlte sich merkwürdigerweise rundum wohl. Und das lag nicht nur daran, dass ihr Auto, mit dem sie sich jederzeit in Sicherheit bringen konnte, in beruhigender Reichweite stand.

»Bis bald mal wieder«, sagte Inger zum Abschied und hauchte ihr links und rechts einen Kuss auf die Wange, ganz nach Gentleman-Benimmregeln.

Lustig, dass er hier in der Wildnis so ein vornehmes Benehmen an den Tag legte, fand Marina, als sie, innerlich seltsam erwärmt, zu ihrem Auto ging.

Beseelt von der Begegnung und dem schönen Picknick, fuhr Marina zurück nach Keitum. Es gab Menschen, die einem guttaten, und Menschen, die einem Kraft raubten, stellte sie fest. Und dieser Inger lud sie anscheinend positiv auf. Jedenfalls fühlte sie sich herrlich ausgeglichen und fröhlich.

Immer noch mit einem Grinsen im Gesicht bemerkte sie verblüfft, dass jemand vor der Ladentür stand und auf sie wartete. Hatte sie etwa einen Kunden vergessen? Etwas im Buchungskalender übersehen? Hektisch parkte sie den Wagen und eilte zum Laden.

Der Mann vor der Tür drehte sich um – es war Rolf! Es war ein merkwürdig surrealer Anblick, das Zentralgestirn ihres bisherigen Lebens hier in Bines Hinterhof stehen zu sehen ... Er passte hier irgendwie nicht her. Das war alles ihres! Er sollte diese friedliche neue Welt nicht beschädigen ...

»Rolf!«, rief sie verblüfft und lief schnellen Schrittes auf ihn zu. »Was machst du denn hier?«

»Das ist ja schön, dass du dich auch mal blicken lässt«, blaffte er sie an. »Wo kommst du denn jetzt her?« Er schaute vorwurfsvoll auf seine Uhr. »Ich warte hier schon seit über einer Stunde, und du warst nicht auf dem Handy zu erreichen!«

»Entschuldige bitte, ich wusste ja nicht, dass du kommst«, entgegnete Marina und schloss die Ladentür auf. Sie spürte, wie ihr Magen sich verkrampfte und ihr Herz schneller schlug. Stresssymptome, die sie nur zu gut kannte. »Ich war am *Ellenbogen* unterwegs, da gibt es quasi keinen Empfang«, erklärte sie.

»Hmpf«, machte Rolf und folgte ihr in den Laden, wo er sich naserümpfend umschaute.

»Ich konnte ja nicht ahnen, dass du kommst. Oder mich anrufen willst! Du hättest dich ja auch mal rechtzeitig ankündigen können!«

»Ich bin direkt nach Feierabend losgefahren«, brummte er, während er ein E-Bike inspizierte. »Und habe dann immer wieder versucht, dich zu erreichen.«

Wie zur Bestätigung ploppten seine zahlreichen Versuche als verpasste Anrufe-Mitteilungen auf Marinas Handy auf. Flankiert von Mitteilungen eines dänischen Netzbetreibers, dass Roaming-Kosten anfallen könnten.

»Hier arbeitest du also …«, stellte Rolf fest und strich verächtlich über eines der Fahrräder. Es gelang ihm gut, durch seine Mimik unmissverständlich klarzumachen, wie schäbig er den Laden fand.

»Komm, wir setzen uns draußen auf die Bank«, schlug Marina vor, die nur kurz einen Blick auf den Verleihanrufbeantworter hatte werfen wollen. Er zeigt eine 0 an. Keine Buchungen. Mist.

»Möchtest du etwas trinken?«, fragte Marina und bugsierte Rolf in den Innenhof.

»Ein Wasser bitte, wenn du eins dahast!«

Marina holte eine Flasche aus dem Kühlschrank und schenkte zwei Gläser ein, die sie in den Hof trug, wo Rolf bereits auf der Bank saß.

»Ganz schön nervige Anreise mit diesem blöden Shuttle«, murrte er, als er sein Glas entgegennahm. »Das ist doch total unmodern! Warum gibt es nach Sylt keine Brücke oder eine Schnellstraße, so wie die Dänen es mit Rømø gemacht haben?«

»Das kann ich dir auch nicht sagen, Rolf.« Marina zuckte die Achseln und setzte sich neben ihn. »Wahrscheinlich verdient die Bahn gut an dieser Überfahrt. Sie kostet ja immerhin 70 Euro pro Strecke.«

»Diese raffgierigen Schweine!«, schimpfte Rolf, leerte durstig sein Glas und hielt es Marina wieder hin, die ihm aus der Flasche nachschenkte.

»Vielleicht wollen sie ja auch gezielt vermögende Menschen auf der Insel haben. Also nur Leute, die sich die Überfahrt leisten können«, überlegte sie laut.

»Ach, Rina!«, winkte Rolf verächtlich ab. »Du nun wieder!«

Marina fand es plötzlich sehr nervig, dass er sie stets als minderbemitteltes Naivchen abtat. »Was willst du überhaupt hier?«, stellte sie deshalb endlich die Frage, die ihr schon die ganze Zeit auf der Zunge lag.

»Ich will, dass du mit mir zurückkommst! Wir werden schon Ersatz für dich finden. Ich kann einen meiner Angestellten verpflichten, auf den maroden Schuppen hier«, er schwenkte verächtlich den Kopf Richtung Ladentür, »aufzupassen.« Er stellte sein Glas auf den Boden und schaute sie entschlossen an. »Der Laden hier ist doch sowieso bald pleite, und zu Hause geht ohne dich alles drunter und drüber.«

»Was denn, Rolf? Was genau geht drunter und drüber?« Dass er Bines Verleih als »maroden Schuppen« bezeichnete, ließ Empörung in ihr hochlodern. »Du meinst, du möchtest deine Haushälterin zurück?«, fragte sie scharf.

»Ach, Rina!«, tat Rolf ihre Äußerung ab, als wäre es das Absurdeste, das er je gehört hätte.

»Du möchtest, dass jemand da ist, wenn du von deinen Eskapaden mitten in der Nacht nach Hause kommst, stimmt's?«, konstatierte sie ungewohnt bissig. »Du möchtest eine liebevoll kalt gestellte, frisch gekochte Mahlzeit und einen stets gut gefüllten Kühlschrank. Du möchtest frische Wäsche, gebügelte Hemden, ein sauberes Haus und eine devote Gattin, die dich bewundert und beklatscht – und den Müll rausbringt. Stimmt's?«

Es tat so gut, das alles mal rauszulassen. Marina wusste gar nicht, woher sie plötzlich den Mut dazu nahm, aber es fühlte sich richtig an. »Und stets genug Klopapier!«, schoss sie noch hinterher und wusste auch nicht genau, warum.

Rolf starrte sie mit offenem Mund an. Widerworte oder

gar Wutanfälle war er von ihr nicht gewohnt. »So also siehst du das?«, zischte er.

»Wie soll ich es denn sonst sehen, Rolf?«, schnaubte sie. »Wann warst du das letzte Mal liebevoll zu mir? Wann hatten wir zuletzt einen schönen Abend? Wann hast du mir etwas Wertschätzendes gesagt oder warst zärtlich und liebevoll? Wann hast du mir das Gefühl gegeben, dass du mich noch liebst? Wann haben wir uns zuletzt richtig geküsst?«

Es brach alles plötzlich ungefiltert aus ihr heraus wie eine Eruption, ein Vulkanausbruch. Heiße Lava der jahrelang angestauten Enttäuschung und Wut. Tränen schossen ihr in die Augen.

»Hast du mal in den Spiegel geschaut?«, schnaubte Rolf verächtlich, und seine Augen blitzten kalt. »Du gibst dir nicht mehr die geringste Mühe, sexy auszusehen, und hast die Ausstrahlung einer verhärmten Finanzbuchhalterin! Und da soll ich in Leidenschaft geraten? Du kannst froh sein, dass ich nicht schon längst abgehauen bin. Du bist doch selbst schuld!«

Marina blieb angesichts dieser ungeheuren Beleidigung der Mund offen stehen.

»Was ist denn mit dir los?« Rolf sprang wütend auf. »Hast du deine Tage?«

Das schlug dem Fass den Boden aus. Dieses komplett bescheuerte Argument nutzten Männer wohl immer, wenn irgendwas nicht stimmte.

»Wohl kaum, denn die hat die verhärmte Buchhalterin schon seit sechs Jahren nicht mehr, mein lieber Gatte«, zischte Marina. »Ist deiner überbordenden Aufmerksamkeit wohl entgangen ...«

»Das wusste ich nicht! Und warum hast du mir das nicht gesagt?« Er sah irritiert aus.

»Hätte es dich denn interessiert? Immerhin bin ich ja kein neuer V8 mit Hybridmotor«, schluchzte sie.

»Hä?«

»Na ja, in Wirklichkeit interessierst du dich doch nur für deine Autos!« Marina pulte ein Taschentuch aus ihrer Hosentasche und wischte sich die Augen trocken. »Und Fußball ...«

»Ach, Mäuschen«, strich er ihr versöhnlich über den Rücken. »Das stimmt doch gar nicht! Ich bin doch extra hergekommen, um dich zu holen.«

»Ich will aber nicht«, wimmerte sie. »Ich möchte meine Aufgabe hier erfüllen.«

»Ich verstehe dich nicht«, sagte Rolf und zog seine Hand zurück. »Erst willst du mehr Aufmerksamkeit, dann komme ich extra her – und dann willst du doch wieder nicht!«

»Das ist keine Aufmerksamkeit, Rolf. Das ist Egoismus! Du willst nicht für mich, dass ich zurückkomme – sondern für dich!«

Dazu fiel ihm offenbar nichts ein. Er starrte in sein Glas, griff sich die Flasche und schenkte sich Wasser nach.

Mit großer Disziplin schluckte Marina seine Beleidigungen herunter. Das war hier alles zu viel für ihre Nerven.

»Wollen wir etwas essen gehen?«, schlug sie vor und erhob sich. »Du bist doch bestimmt hungrig!«

»Mir ist gerade der Appetit vergangen. Aber bitte, wenn

du möchtest. Nicht dass du wieder behauptest, es würde immer nur nach meiner Nase gehen.«

Marina verdrehte innerlich die Augen und schloss den Laden ab.

Wenig später saßen sie auf der idyllisch schönen Gartenterrasse des Restaurants *Amici* und tranken eisgekühlten Rosé aus beschlagenen Gläsern. Dafür, dass Rolf angeblich keinen Hunger hatte, verschlang er in erstaunlicher Geschwindigkeit eine große Portion Vitello tonnato und danach ein Filetsteak mit Rosmarinkartoffeln. Zufrieden und satt wischte er sich nach dem letzten Bissen mit der Stoffserviette den Mund ab.

Marina fand es wie immer erstaunlich, dass er sich, wenn er aß, auf nichts anderes mehr konzentrieren konnte. So als könne er seine Aufmerksamkeit nur auf eine Sache richten.

»Nicht schlecht für ein Provinzwirtshaus«, befand Rolf und schob den leeren Teller von sich weg.

»Das ist hier nicht die Provinz, das ist Sylt!«, korrigierte Marina.

»Sag ich ja. Provinz!«, grinste Rolf und zwinkerte ihr jovial zu.

»Von wegen! Weißt du, wer hier alles lebt oder einen Zweitwohnsitz hat?«, belehrte ihn Marina und zählte die auf der Insel bekannten Promis auf. »Ich finde es hier absolut urban – und die Natur ist einfach umwerfend!«, schwärmte sie.

»Na ja«, murmelte Rolf verächtlich und sah sich demonstrativ um. »Wenn du meinst …«

»Hier natürlich nicht! Aber am Strand … Und in den Dünen …«

Rolf nickte zweifelnd.

»Die Arbeit hier macht mir Spaß, Rolf«, versuchte sie, sich zu erklären, während sie ihr Roséglas in der Hand schwenkte. »Das Gefühl, gebraucht zu werden, ist einfach schön.«

»Ich brauche dich doch auch!«, schimpfte er. »Aber das ist dir ja offenbar vollkommen egal. Obwohl ich dein Mann bin!«

»Ach, Rolf! Ein paar Tage ohne mich wirst du schon noch schaffen!« Sie strich ihm über die Hand. Der Wein hatte sie etwas milder gestimmt. Er war halt ein grober Klotz. Aber er war immerhin ihr Mann – seit über 30 Jahren.

»Und wie lange soll das noch gehen?«, fragte Rolf beleidigt.

»Nicht mehr so ewig«, beruhigte sie. »Ich werde Bine morgen mal fragen, wann sie zurückzukommen gedenkt.«

»Ich kann dir bei mir eine Stelle schaffen, wenn dir ein Job so wichtig ist«, schlug Rolf vor. Er schaute beiläufig auf seine Uhr und wurde plötzlich ganz hektisch. »Oh, ich muss mich beeilen, sonst verpasse ich den letzten Shuttle!«

»Bleib doch hier«, schlug Marina vor. »Du kannst gern in Bines Wohnung mit übernachten.«

»Danke, aber das geht nicht. Ich habe morgen früh einen ganz wichtigen Termin«, sagte er und winkte hektisch nach dem Kellner. »Es war schon schwierig genug, mir den Nachmittag freizuschaufeln.«

Sie brachen eilig auf und hasteten im Stechschritt zu Rolfs Auto, das er auf dem Restaurantparkplatz abgestellt hatte.

»Was ist denn das für ein Auto?«, fragte Marina irritiert, als sie vor dem Fahrzeug angekommen waren. »Ist das neu? Das sieht ja komisch aus!«

Die Scheinwerferleuchten des Wagens waren ein durchgehender Lichtbalken, der einmal quer über die gesamte Front lief – genau wie die Rücklichter.

»Das ist unser neuer E-Tiger«, schwärmte Rolf verliebt und strich zärtlich über das Dach des Autos. »Voll elektrisch! Mit CMF-EV-Plattform und 220 PS!«, dozierte er begeistert. »Das innovative Multimediasystem …«

Blablabla … Marina hörte gar nicht mehr zu. Wenn er jemals nur von ihr so schwärmen würde wie von seinen Autos. Oder seinem blöden Lieblingsfußballverein …

Rolf hatte seinen Vortrag beendet, zog sein Jackett aus und hängte es auf einen Bügel am Haltegriff über der Beifahrertür – ganz Profi-Geschäftsmann. Er krempelte die Ärmel seines Hemdes hoch, gab Marina einen schnellen, kratzigen Kuss auf die Wange, der sich seltsam fremd anfühlte, stieg ein und ließ den lautlosen Motor an. Er surrte los, winkte noch kurz – und wirkte traurig.

»Danke, dass du da warst!«, rief Marina ihm durch sein offenes Fenster nach – und schon war er weg.

»Oh, là, là! Wer war denn das?«, hörte sie plötzlich eine Stimme hinter sich. Es war Hanni.

»Huch?«, entfuhr es Marina. »Wo kommst du denn jetzt her?«

»Ich komme gerade vom unserem monatlichen Personalmeeting«, sagte Hanni und deutete auf ihr Fahrrad, das sie schob. »Hab dich schon von Weitem erkannt, aber wollte nicht stören.« Sie grinste.

»Das war mein Mann«, sagte Marina schroff und ließ durch ihren Tonfall keinen Zweifel daran, dass sie sich nicht besonders über seinen Besuch gefreut hatte.

»Der sieht aber gut aus!«, befand Hanni und nickte anerkennend.

»Ja, das weiß er aber auch …«, seufzte Marina.

»Komm, wir gehen zusammen heim«, schlug Hanni vor und schob ihr Fahrrad neben Marina her.

»Er war hier, um mich nach Hause zu holen«, gestand Marina. »Weil da angeblich alles drunter und drüber geht …«

»Was denn genau?«, erkundigte sich Hanni.

»Na ja, der gesamte Haushalt. Rolf möchte halt, dass das Haus sauber ist und jemand da ist, wenn er nach Hause kommt.«

Hanni nickte. »Verstehe.«

»Und dass seine Hemden gebügelt sind und die Wäsche gewaschen ist. Abendessen gekocht und so weiter.«

»Und du fühlst dich dabei nicht besonders respektiert oder wertgeschätzt?«

»Ach, er sieht mich ja schon seit Jahren gar nicht mehr richtig«, platzte es aus Marina heraus. »Wir haben schon lange keine Zärtlichkeiten mehr ausgetauscht. Vermutlich hat er seine Affären und sieht mich nur noch als seine Putzfrau. Er hat mich schon ewig nicht mehr gefragt, wie's mir eigentlich geht. Ich hab ihm gesagt, dass mir der Laden und die Arbeit hier großen Spaß machen, weil ich mich endlich wieder gebraucht fühle. Aber davon will er gar nichts wissen. Tut so, als wäre das hier alles Quatsch, und versucht, mich wie ein verzogenes Kind zu belehren und wieder nach Hause zu holen.«

»Oha!«, rief Hanni aus.

»Und als ich ihm das gerade alles um die Ohren geknallt habe, meinte er, dass das meine eigene Schuld sei, weil ich mir mit meinem Äußeren keine Mühe mehr geben würde und die Ausstrahlung einer verhärmten Finanzbuchhalterin hätte«, schluchzte Marina.

»Waaas?«, schrie Hanni aufgebracht. »Und das hast du dir gefallen lassen?? Der spinnt wohl!«

»Ach, der meint es nicht so«, versuchte Marina, sie beide zu beruhigen. »Das kenne ich schon ...«

»Also, für mich klingt das nach einem Bilderbuch-Narzissten, kann das sein?«, fragte Hanni.

»Keine Ahnung ...« Marina zuckte die Achseln. »Darüber habe ich noch nie nachgedacht. Was ist das denn überhaupt?«

Sie waren vor dem Laden angekommen.

»Google das am besten mal«, gähnte Hanni. »Liebe ist nicht besitzen wollen, nicht jemanden brauchen. Liebe ist freilassen!« Hanni lächelte Marina an. »Das weiß ich, seit ich Marc kennengelernt habe ... Im Grunde müsste dein

Mann sich freuen, dass du etwas gefunden hast, das dir Spaß macht, statt nur zu sehen, was ihm dadurch jetzt fehlt.«

Marina nickte. So hatte sie das noch gar nicht betrachtet.

»Ich bin hundemüde. Ich muss dringend ins Bett, Süße!« Hanni hauchte Marina ein Küsschen zu, schwang sich aufs Rad und radelte davon.

»Narzisst« – das musste Marina gleich mal in ihre Suchmaschine eingeben.

16

Sie wurde zusehends verblüffter, je mehr Google über die Eigenschaften von Narzissten ausspuckte. Gestern Abend war sie zu müde zum Googeln gewesen – und hatte es heute Morgen nachgeholt. Es kristallisierten sich ein paar typische, signifikante Verhaltensweisen heraus, die durchaus auf Rolf zutrafen:

> Narzissten haben ein enormes Geltungsbedürfnis und reden am liebsten über sich selbst. Über andere reden sie häufig in herablassender Form.

Das traf auf jeden Fall auf Rolf zu. Er hielt leidenschaftlich gern endlose und endlos langweilige Monologe über seinen Job und seine einmalige Kompetenz. Er regte sich dauernd über die Unfähigkeit aller anderen Mitarbeiter auf. Nur er war der einzig wirklich Fähige, und ohne ihn lief gar nichts. Aber über Carla und Simon oder ihren Freundeskreis redete er eigentlich nicht abwertend. Es stimmte also nur zu circa 70 Prozent.

Schuld an Problemen sind immer andere.

Auch das war richtig. Lief es im Job nicht, machte er grundsätzlich die Kunden, die Lieferanten oder die Hersteller dafür verantwortlich. Niemals sich selbst. Und auch im Privatleben waren immer Marina oder die Kinder schuld gewesen, wenn irgendetwas schieflief oder nicht klappte. Wenn sie zum Beispiel in den Urlaub fuhren und er sich verfahren hatte, weil er wieder mal meinte, den Weg zu kennen, und sich weigerte, das Navi zu benutzen, waren Carla und Simon schuld, weil sie ihn abgelenkt hatten und er sich »so nicht konzentrieren« konnte.

Komisch war das, dass Männer immer dachten, sie fänden den Weg auch so und bräuchten keine Hilfe, schmunzelte Marina. Auch wenn es Probleme im Haushalt gab, wenn die Einkaufstüten rissen, weil er sie zu vollgestopft hatte, oder das neue Regal von IKEA nicht in den Kofferraum passte, stets war es ihre Schuld.

Seine Laune ist stets eher schlecht.

Das stimmte nicht. Er konnte durchaus lachen und fröhlich sein, grundsätzlich machte er sich aber immer Sorgen und dachte tatsächlich eher pessimistisch als optimistisch. Finanziell musste alles abgesichert sein, Marina durfte für die Haushaltsführung nicht zu viel Geld ausgeben, und er war ein fanatischer Sparer. Und zwar so ganz altmodisch mit Sparbuch und Festgeld. Verschwenderische Reisen oder luxuriöse Restaurantbesuche waren nicht drin, da man seiner

Ansicht nach ja nie wusste, ob nicht auch wieder schlechtere Zeiten kämen.

Als Carla und Simon in der Pubertät waren, hatte es im Haus schreckliche Kämpfe gegeben, wenn sie Markenturnschuhe, Hoodies, Jeans oder ein neues Handy wollten. Rolf war dann immer bemüht, ihnen stattdessen die Sachen von Aldi oder irgendwelchen Billig-Discountern schmackhaft zu machen. Das war für die Kinder natürlich ganz schrecklich uncool, und sie wurden in der Schule dafür gemobbt.

Kritik gegen sich selbst kann er nicht ertragen.

Das traf zu! Rolf war überhaupt nicht kritikfähig. Er ging meistens sofort an die Decke – oder aus dem Zimmer, wenn sie ihm etwas vorwarf. Entweder schrie er sie dann an – oder er war tagelang beleidigt. Konstruktive Auseinandersetzungen waren nicht möglich. Man konnte mit ihm nicht diskutieren. Er war in seinen Augen anscheinend immer perfekt und machte alles richtig. Irgendwelche selbstreflektiven Einsichten, dass auch er Fehler hatte, gab es nicht. Dass einige seiner Eigenschaften okay waren, andere aber nicht, konnte er nicht realisieren. Marina hatte das Gefühl, dass er sich stets im Ganzen angegriffen fühlte, wenn sie ihn kritisierte – und nicht nur bezogen auf das jeweilige Problem. Das war tatsächlich schwierig. So konnte man nicht aneinander wachsen.

Er hat ein starkes Bedürfnis nach Kontrolle.

Rolf hatte ihr tatsächlich eine Ortungs-App auf ihrem Handy installiert, die wie ein Tracker funktionierte und anhand derer er jederzeit sehen konnte, wo sie sich aufhielt. Angeblich, um ihr helfen zu können, falls sie irgendwo eine Angstattacke erlitt. Sie hatte aber den Verdacht, dass er einfach nur überwachen wollte, was sie den Tag über so machte.

Er zeigte zwar in letzter Zeit keinerlei Interesse an ihr, war aber dennoch krankhaft eifersüchtig und unterstellte ihr dauernd irgendwelche absurden Affären. Freundinnen oder andere Kontakte biss er weg. Er wollte sie ganz allein für sich – und möglichst abhängig von sich. Wenn er von seinen beruflichen oder sportlichen Erfolgen erzählte, erwartete er bewundernden Glanz in ihren Augen und ehrfürchtigen Beifall.

Auch nachts wollte er die Kontrolle über sie haben: Es war ein harter zäher Kampf gewesen, ihn dazu zu bringen, in Simons Zimmer zu schlafen, wenn er abends spät nach Hause kam und sie schon zu Bett gegangen war, denn getrennte Schlafzimmer kamen für ihn eigentlich nicht infrage. Er wollte partout mit ihr in einem Bett schlafen, obwohl er entsetzlich schnarchte. Bis er endlich einwilligte, in Simons Zimmer zu übernachten, hatte er sie regelmäßig aus dem Tiefschlaf gerissen, wenn er mitten in der Nacht nach Hause kam und sowohl das Licht einschaltete, als auch auf sie einredete.

Gingen sie tatsächlich mal zeitgleich ins Bett, wollte er oft noch fernsehen, obwohl sie schon müde war. Rücksicht war ein Fremdwort für ihn.

Er wird schnell wütend.

Ja, er war hochgradig cholerisch. Er ging in die Luft wie das HB-Männchen und sah im Straßenverkehr sofort rot. Die Urlaubsreisen im Familienkombi waren stets ein Albtraum gewesen und bestanden aus Beschimpfungen und Aufregungen ohne Ende. Auch im Restaurant beschwerte er sich sofort und machte gern Riesenszenen.

Er hat wenig Empathie.

Auch das traf zu. Hatten die Kinder Probleme in der Schule oder den ersten Liebeskummer, ging er grobschlächtig darüber hinweg, statt feinfühlig väterlich zu trösten. Und wie es ihr ging, war ihm sowieso seit Jahren komplett egal. Für ihre Panikattacken hatte er nur Verachtung übrig. Für ihn waren sie der Beweis, wie schwach und unselbstständig sie war.

Er entschuldigt sich grundsätzlich NIE.

Das war das eindeutigste Merkmal! Das stimmte wirklich. Noch nie hatte er sie nach einem Streit oder einer Herabwürdigung um Verzeihung gebeten. Wirklich noch nie!

Das verheerendste aber war das Gesamturteil: Narzissten können nicht lieben! Eine Beziehung mit einem Narzissten sei deshalb von vornherein zum Scheitern verurteilt. Das einzig Sinnvolle, das man machen könne, sei zu rennen, so schnell man kann. Solange es noch geht …

Mit offenem Mund saß Marina vor ihrem Handy. Die Erkenntnis, dass der desolate Status ihrer Ehe vielleicht gar nicht an ihr lag, sondern dass Rolf unter Umständen an einer Persönlichkeitsstörung leiden könnte, erwischte sie mit voller Wucht. *Wie verhält sich ein Narzisst in einer Beziehung?*, tippte sie atemlos in die Suchmaschine ein und erfuhr, dass eine Beziehung mit einem Narzissten meist in einem typischen Muster abläuft: Anfangs war der Narzisst sehr einnehmend, wusste die virtuelle Intelligenz. Er überschüttete die Partnerin mit Komplimenten und war entwaffnend charmant, um die Begehrte zu erobern. Das Gegenüber dachte dann schnell, endlich die ganz große Liebe gefunden zu haben. Doch sobald die Partnerschaft gefestigt war, schlug das anfangs so traumhafte Verhalten des Narzissten um. Er erwartete plötzlich unerfüllbar viel, nahm keine Rücksicht mehr auf die Bedürfnisse des anderen, wurde beleidigend und verletzend – offen oder subtil. Sein manipulatives Verhalten schwächte das Selbstbewusstsein des Partners und demütigte ihn.

Hatte der Partner irgendwann die Nase voll und wollte sich trennen, setzte der Narzisst seinen Charme ein und legte erneut die Welt zu Füßen, bis er den Beziehungspartner zurückerobert hatte. Und dann ging alles von vorn los. So entstand ein toxischer Kreislauf emotionaler Abhängigkeit, aus dem sich die Partner nur sehr schwer lösen konnten …

Marina legte das Handy weg. Genug der Informationen. Ihr schwirrte der Kopf. Sie musste nachdenken und das Gelesene erst mal verarbeiten. Am besten ging das mit Bewegung, also mit Spazierengehen oder Radfahren. Der Himmel war tiefblau, und die Wettervorhersage hatte 27 Grad angekündigt – Hitzewelle Ende Juni. Es würde ein traumhafter Tag werden. Da heute nur vier Rückgaben zwischen 17 und 18 Uhr anstanden und sie keine weiteren Buchungen hatte, beschloss Marina, einen Ausflug nach Hörnum zu machen. Da war sie bislang noch nie gewesen.

Wenig später radelte sie durch die endlose, immer gleich aussehende Dünenlandschaft auf dem traumhaften Nord-Süd-Radweg. Die Gedanken über Rolf kreisten in ihrem Kopf, und sie musste sich sehr zusammenreißen, sich nicht von Angst und Unsicherheit darüber, dass das Fundament ihrer Ehe gerade massive Risse bekommen hatte, überfluten zu lassen. Was, wenn ihre Ehe von Anfang an gar nicht lebbar war, weil Rolfs »Störung« nicht heilbar war? Alle Abhandlungen über Narzissmus waren sich einig gewesen: Eine glückliche Beziehung mit einem narzisstischen Partner sei nicht möglich und schade dem Gegenüber massiv ... Waren ihr schlechtes Selbstbewusstsein und ihre Angststörung am Ende seine Schuld? Sie versuchte, das Kopfkarussell zu stoppen, und trat so heftig in die Pedale, dass sie außer Atem geriet.

Sie fuhr durch Rantum, vorbei an der *Sansibar* und dem Restaurant *Samoa Seepferdchen*, bis sie schließlich in Hörnum landete und erst mal erschöpft den Hafen ansteuerte, wo sie ein Matjesbrötchen aß. Sie war total entzückt von der Anlegestelle, die im Gegensatz zur Jetset-Attitüde des Restes der

Insel noch so unschuldig und altmodisch wirkte, als wären die 70er-Jahre stehen geblieben.

Gestärkt arbeitete sie sich anschließend auf dem Greth-Skrabbel-Wai den rund 30 Meter hohen Dünenhügel ganz im Süden hoch und machte auf der Aussichtsbank, von der aus man über das gesamte Tal über die Odde bis nach Amrum gucken konnte, eine Verschnaufpause. Beim Anblick der kleinen Reetdachhäuschen, die traumhaft in den Dünen verteilt lagen und beidseitigen Meerblick hatten, verschlug es ihr fasziniert die Sprache. Konnte man irgendwo auf der Welt herrlicher wohnen? Wer hier in den 70er-Jahren für kleines Geld zugeschlagen hatte, war wirklich zu beneiden ...

Sie schloss ihr Rad an den Zaun und schlenderte über den schmalen Sandpfad am *Kap-Horn*-Restaurant vorbei zum FKK-Strand. Mittlerweile war es ziemlich heiß. Die Luft stand still, kein Windhauch heute. Die Brandung der Odde, deren Wellen sonst so wütend und schäumend übereinander herfielen wie ungezähmte Raubtiere, war heute spiegelglatt. Das Meer lag so regungslos da wie ein Bergsee.

Marina zog ihre Sandalen aus und spazierte barfuß am Meeressaum entlang Richtung Oststrand. Sie bewunderte die riesigen Beton-Tetrapoden, die auf dem Strand verteilt waren und die Nordsee davon abhalten sollten, sich noch mehr Land einzuverleiben. Da sich das Wasser überraschend warm anfühlte, beschloss sie, spontan einen zweiten Versuch zu unternehmen, schwimmen zu gehen. Dass sie keinen Badeanzug dabeihatte, war hier ja egal, denn es war

FKK-Bereich. Davon abgesehen störte es auf der Insel eh nirgendwo jemanden, wenn man nackt badete. Sylt war für seine Freizügigkeit diesbezüglich bekannt.

Mutig und für ihre Verhältnisse sensationell freizügig zog sie sich aus und legte ihre Kleidung fein säuberlich auf einen senkrecht in die Höhe ragenden Tetrapoden-Fuß. Dann tapste sie vorsichtig ins Wasser, das ihr gar nicht mehr so kalt vorkam, und ließ sich schließlich hineingleiten. Es war ein so unfassbarer Genuss, dass sie am liebsten laut aufgejauchzt hätte. Mit nackter Haut schwerelos in dem glasklaren Wasser zu schwimmen und zu schweben, in dem sie noch in einem Meter Tiefe auf den Grund sehen konnte, wo versprengte Steine und Muscheln lagen, war einfach herrlich. Die Sonne glitzerte auf der Wasseroberfläche, als hätte man dort Millionen Diamanten verstreut, und sie war fast ganz allein. Nur vereinzelt lagen noch ein paar Menschen am Strand. Es war das totale Karibik-Feeling. Marina hatte seit langer Zeit nicht mehr so etwas Schönes erlebt.

Nach dem Bad setzte sie sich nackt in den Sand und ließ sich von der Sonne trocknen. Es war ein sehr ungewohntes Gefühl, unbekleidet in der Natur zu sitzen. Ab und an sah sie sich verschämt um, ob ihr wirklich niemand zusah. Aber die wenigen vereinzelten Menschen dösten selbst weit entfernt nackt im Sand oder schwammen gerade im Meer, sodass sie sich wieder entspannte und das Unbekleidetsein genoss. Das hatte sie noch nie gemacht, aber es fühlte sich fantastisch frei an. Auf dem Weg zu ihrer Kleidung breitete sie verzückt die Arme aus, ließ den Kopf in den Nacken fallen und schloss kurz die Augen. Dann zog sie sich wieder an und schlenderte, versonnen grinsend, zurück Richtung Fahrrad.

Mit Rolf hätte sie so etwas nie erlebt. Er wollte im Urlaub grundsätzlich lieber in Städte, Hotelburgen oder Touristenzentren und dann möglichst schnell in eine Bar, wo er den Rest des Tages blieb. Endlich so viel und so lange Bier zu trinken, wie er wollte, bedeutete für ihn Erholung und Entspannung. Wie verschieden sie doch waren ...

Auf dem Rückweg kam sie wieder am Restaurant *Kap-Horn* vorbei, wo die Leute draußen auf Bänken und in den Dünen saßen und Aperol Spritz, das klassische Sommergetränk in der Farbe des Sonnenuntergangs, tranken. Lachen und Musik lagen in der Luft. Quirliges, unbeschwertes Leben. Marina überlegte kurz, auch etwas zu trinken, ein Blick auf die Uhr ihres Handys gemahnte sie jedoch, sich zu beeilen und zurückzufahren. Es war bereits kurz vor 15 Uhr, und ab 17 Uhr würden die Rückgaben eintreffen.

Sie war total begeistert von Hörnum. Wenn sie auf Sylt irgendwo leben würde, dann sicherlich hier. Natürlich am liebsten in einem der Hobbit-Häuschen hier in den Dünen, aber die waren sicherlich unter mehreren Millionen nicht zu bekommen ... Schade eigentlich, dass die schönsten Flecken der Insel den Schönen und Reichen gehörten, die aber leider kaum oder nie in ihren Häusern waren. Die meisten Traumhäuser der Insel standen leer und wurden nur ein paar Tage im Jahr bewohnt. Irgendwie unmoralisch, fand sie.

Sonnenverbrannt und von der langen Tour erschöpft traf sie

kurz vor 17 Uhr wieder im Laden ein. Vor der Tür wartete bereits ein älterer, weißhaariger Herr und schnauzte sie an: »Das ist ja schön, dass sich hier auch mal jemand blicken lässt! Ich warte bereits seit 20 Minuten!«, motzte er.

Marina zwang sich zur Höflichkeit und Freundlichkeit, sie wollte die wenigen Kunden, die sie hatte, schließlich nicht verprellen, und wies ihn auf das Schild mit den Geschäftszeiten hin, das deutlich sichtbar an der Ladentür klebte. *Rückgaben zwischen 17 und 18 Uhr* stand da. »Hmfp«, machte der Herr.

Nachdem die Rückgaben abgewickelt waren, merkte sie plötzlich, wie hungrig sie war. Sie hatte den ganzen Tag über nur das eine Fischbrötchen am Hörnumer Hafen gegessen. Zu einem einsamen Restaurantbesuch hatte sie keine Lust, deshalb beschloss sie, sich schnell eine einfache Pasta mit Tomatensoße aus dem Glas zu kochen.

Als das Wasser in dem großen Pastatopf sprudelte, war die Salzmühle leer. Wo hatte Bine die Salzpackung verstaut? Sie musste doch noch irgendwo Nachschub haben! Marina drehte die Temperatur runter, nahm den kochenden Topf vom Herd und suchte die gesamte Küche ab – vergeblich. Ihre letzte Hoffnung war die Vorratskammer.

Sie durchwühlte die Regale von oben bis unten und zog schließlich einen Schuhkarton hervor, der auf dem Boden ganz nach hinten geschoben war. Er enthielt zwar kein Salz, dafür aber jede Menge ungeöffnete Briefe.

Irritiert hob sie den Karton aus der Kammer und setzte

sich damit an den Küchentisch. Ob sie die Briefe öffnen sollte? Sie warf einen Blick auf die Absender: Es waren Stromanbieter, Gasversorger, eine Hausverwaltung und Versicherungen. Nichts Privates also …

Ratlos drückte Marina Bines Nummer und erreichte schon wieder nur ihre Mailbox. Es war zum Verzweifeln. Warum ging die Frau einfach nicht an ihr Telefon?

Da es keine privaten Schreiben waren, begann Marina entschlossen, die Umschläge zu öffnen, und saß wenig später vollkommen geschockt auf ihrem Stuhl. Es waren jede Menge unbezahlte Rechnungen. Mietmahnungen, die schließlich in der Androhung einer fristlosen Kündigung gipfelten. Der Fahrradlieferant wollte seine Fahrräder zurückholen und drohte mit Inkasso. Die Versicherungen wollten sie rausschmeißen, Telefonanbieter, Gas- und Stromversorger die Lieferungen einstellen. Das konnte doch alles nicht wahr sein! Es war die absolute Katastrophe! Der finanzielle Super-GAU.

Marina brach der Schweiß aus. Mit rasendem Puls versuchte sie erneut, Bine zu erreichen. Wieder nur die Mailbox. Aber hatte nicht auch Bea ein Handy? Bine hatte ihr doch die Nummer irgendwo hinterlegt. Wo war denn nur der Zettel? Nachdem sie die Wohnung und ihre Taschen abgesucht hatte, fand Marina die Nummer im Laden in den Buchungskalendern und wählte sofort die Zahlenfolge.

Mailbox.

Marina versuchte es noch mal, und nun ging Bea ans Telefon und reichte sie an Bine weiter. Echauffiert und mit sich überschlagender Stimme stellte Marina ihre Cousine zur Rede.

»Der Laden läuft überhaupt nicht«, gab Bine daraufhin kleinlaut zu.

»Und deshalb versteckst du die Rechnungen und haust einfach ab?«, schrie Marina empört. »Ohne mir etwas davon zu sagen?«

»Es tut mir leid«, jammerte Bine. »Ich wusste einfach nicht weiter. Und als dann auch noch Bea meine Hilfe brauchte ...«

»Da hast du den Kopf in den Sand gesteckt und gedacht, nach mir die Sintflut? Meine doofe Cousine macht das schon??«

»Nein, so auch nicht ...«

»Rolf hat doch Geld, der kann das bezahlen? Oder wie war dein Plan?« Marinas Stimme war schneidend.

»Nein, das ganz bestimmt nicht«, wimmerte Bine. »Ich wusste einfach nicht weiter! Der Laden ist alles, was ich habe ...«

»Hatte«, korrigierte Marina scharf. »Sieht gerade nicht besonders zukunftsträchtig aus.«

Stille am anderen Ende der Leitung.

»Bist du deshalb nie zu erreichen?«, fragte Marina.

»Mein Mobilfunkanbieter hat mich rausgeschmissen«, gab Bine mit dünner Stimme zu. »Ich musste eine Prepaid-Karte kaufen, und das Guthaben ist immer sofort weg ...«

»Würdest du mir dann bitte reizenderweise mal deine neue Nummer geben, wenn du mich hier schon in diesem Schlamassel sitzenlässt?«

»Ja, klar!« Bine diktierte sie ihr.

»Am liebsten würde ich sofort abreisen«, entfuhr es Marina.

»Das kann ich verstehen ...«

Tränen schossen Marina in die Augen. »Ich hab mir hier echt Mühe gegeben, Bine! Und du hast mich nur verarscht!«

»Nein!!«, rief Bine vehement. »So ist das nicht!«

»Wie denn?«

»Ich habe einfach den Kopf verloren, als Bea anrief. Ich wollte nicht auch noch meine Tochter verlieren ...«

»Bisschen dramatisch gedacht, oder?«, höhnte Marina.

»Wahrscheinlich«, gab Bine zu.

»Du hättest mich doch jederzeit von Barcelona aus anrufen und mir die Lage erklären können!«

»Wollte ich auch erst. Aber dann dachte ich, dass du das Ruder vielleicht irgendwie rumreißt ...«

»Mit tausend unbezahlten Rechnungen, die du in der Speisekammer versteckst – und einer drohenden Kündigung? Bist du noch ganz dicht?«, schrie Marina.

»Was machen wir denn jetzt?«, jammerte Bine.

»Ich weiß es nicht«, seufzte Marina resigniert. »Und ›wir‹ ist in diesem Zusammenhang auch nicht ganz richtig formuliert ...«

»Es tut mir so leid!«, schluchzte Bine.

»Mensch, Bine!«, sagte Marina erschöpft. »Da hast du dich echt in etwas reingeritten. Mann, Mann, Mann! Ich muss jetzt erst mal nachdenken. Ich melde mich wieder.«

Sie legte auf und ging in die Küche, um die Pasta ohne Salz zu essen, obwohl sie gar keinen Hunger mehr hatte.

17

Die Nacht war schlaflos und sorgenvoll. Zum ersten Mal seit Tagen hatte Marina wieder heftige Panikattacken. Erst die verstörenden Erkenntnisse über Rolf und nun auch noch Bines Finanzdesaster. Marina hatte das Gefühl, ihr Leben würde gerade zusammenbrechen. Über mehrere Stunden hatte sie Herzrasen und bekam kaum Luft. Eine Beruhigungstablette, konzentrierte Atemübungen, der durchgehend laufende Fernseher und Tiger, der wie immer schnurrend auf ihrem Bauch schlief, halfen ihr über das Schlimmste hinweg. Mehrfach war sie kurz davor, einen Hilferuf in die Klima-Queens-Gruppe zu schicken. Aber jedes Mal, wenn sie ihr Handy in die Hand nahm, beruhigte sie die Aussicht, jederzeit Hilfe holen zu können, so weit wieder, dass sie es doch nicht tat.

Es war doch wirklich zum Verzweifeln: Sie hatte gerade angefangen, sich wohlzufühlen, und nun brach die gesamte Welt über ihr zusammen. Was sollte sie denn jetzt bloß machen?

Müde schlurfte sie am nächsten Morgen in die Küche, warf

die Kaffeemaschine an und schaltete ihr Handy ein. PIEP! PIEP! – eine WhatsApp-Message ließ sie vor Schreck zusammenzucken, sodass ihr fast die Dose mit dem Kaffeepulver aus der Hand gerutscht wäre. Sie wischte übers Display, und eine Nachricht aus der Klima-Queens-Gruppe ploppte auf:

Ich bin in der Shuttle-Warteschlange gefangen und kollabiere gleich!

Der Hilferuf kam von Michaela, der Frau mit der Piepsstimme.

Warum?, fragte der pinke Jogginganzug, der Gerda hieß, in einer Antwort-Nachricht.

Ich bin hier seit zwei Stunden wegen eines Weichen-Fehlers in der Wartezone gefangen und komme nicht wieder raus. Mir ist schwindelig, und ich kriege schlecht Luft …, schrieb Michaela.

Ich arbeite um die Ecke und komme gleich mal vorbei, schrieb die Grauhaarige, die Ilse hieß. *Was hast du für ein Auto, und wo stehst du ungefähr?*

In Spur 4. Ich habe einen roten Renault Kangoo.

Sagt mir nix, schrieb Ilse.

So ein hoher Kastenwagen. Kennzeichen NF-MB 70

Für Manuela Breitner, geboren 1970?, witzelte Vera Int-Veen, die Conny hieß. Anhand ihrer Profilbilder konnte Marina den Frauen nun endlich Namen zuordnen.

Bin gleich da. Halte durch! Immer tief ins Zwerchfell atmen!, verkündete Ilse.

Danke!!, antwortete Michaela und schickte sieben Gefaltete-Hände-Emojis hinterher. Veras Nachricht ergänzte sie mit einem Daumen hoch.

Toll! Hanni klatschte mit Klatschhänden-Emojis Beifall.

Würde auch kommen, bin aber schon hinter der Verkaufstheke, schrieb Uschi, die Bäckerin.

Diese fantastischen Frauen, dachte Marina. Noch nie hatte sie sich irgendwo so verstanden und aufgehoben gefühlt. Was für eine großartige Unterstützung und Solidarität! Und jetzt sollte hier wegen Bines Finanzdesaster auf einen Schlag alles vorbei sein? Und sie müsste dann wieder zurück in ihr ödes Ehegefängnis? Traurig füllte Marina einen Becher mit Kaffee, stieg hinunter in den Innenhof und setzte sich auf die Bank. Sie musste überlegen. Es musste doch eine Lösung geben! In ihrer Verzweiflung wählte sie Rolfs Nummer. Der kannte sich ja geschäftlich gut aus, vielleicht wusste der einen Rat …

»Das ist mal wieder typisch deine Cousine«, polterte er. »Ich wusste ja gleich, dass mit dem Laden etwas nicht stimmt. So was von verantwortungslos! Deine Familie ist echt …« Er beendete den Satz nicht.

Wenn er die Gelegenheit jetzt noch weiter ausnutzt, um mich zu demütigen, lege ich auf, dachte Marina.

»Warum schmeißt du den ganzen Quatsch da nicht hin und kommst endlich zurück?«, forderte Rolf.

»Ich kann doch Bine jetzt nicht im Stich lassen«, rief Marina echauffiert.

»Aber mich? Das geht, ja?«

»Ach, Rolf«, seufzte Marina erschöpft. »Es ist ja wohl ein großer Unterschied, ob du deine Hemden mal für ein paar Tage selbst zur Reinigung bringen musst oder ob Bines gesamtes Leben ruiniert ist und sie Insolvenz anmelden muss.

Mit einem negativen Schufa-Eintrag kommt sie doch nie wieder auf die Beine!«

»Den hat sie doch längst«, schnaubte Rolf verächtlich. »Ich kann dir da leider auch nicht helfen, Marina«, ergänzte er nach einer kurzen Pause. »Ich hatte solche Probleme noch nie und weiß nicht, was man da tut.«

»Na toll«, empörte sich Marina. »Aber du hast doch jede Menge Finanzberater!«

»Ich höre mich mal um. Muss jetzt auflegen, Meeting beginnt.«

Zack, war die Verbindung abgebrochen, und Marina starrte ungläubig auf ihr Handydisplay. Das konnte ja wohl nicht sein Ernst sein! Bine war schließlich Familie! In Marina keimte der Verdacht, dass Rolf sie absichtlich nicht unterstützen wollte, weil er es darauf anlegte, dass sie schnellstmöglich zurückkam. Er würde ihr nicht helfen. Was also nun? Ratlos rief sie Hanni an.

»Ach du Scheiße!«, entsetzte die sich, als Marina sie über das Ausmaß von Bines Finanzmisere aufklärt hatte. »Kannst du in meiner Mittagspause zu mir kommen?«

Gesagt, getan. Marina ordnete alle Rechnungen und Mahnungen gewissenhaft nach Datum und machte sich um kurz vor 12 Uhr auf den Weg nach Westerland. Um 12:30 Uhr war sie mit Hanni im *Café Orth* verabredet.

Das berühmte *Orth* war eines der beliebtesten Cafés beziehungsweise Draußensitz-Locations der Friedrichstraße. Der Himmel war bedeckt, die Luft trotzdem lau, die Temperatur angenehm, und eigentlich wäre es herrlich gewesen, einfach so auf den gemütlichen Stühlen mit den Schaffellen zu sitzen, die Passanten zu beobachten und das bunte Treiben der Fußgängerzone in sich aufzunehmen. Marina liebte so etwas und konnte stundenlang anderen Menschen bei ihrem Tun und Lassen zusehen. Heute hatte sie jedoch nicht die Ruhe dazu, denn der Anlass war ja mehr als ernst.

Hanni bestellte sich ein *Baguette St. Tropez* mit Thunfisch, Salat, Gurke, Zwiebeln und Käse, das sie hungrig verschlang, nachdem es von einem sehr netten Kellner serviert worden war. Marina orderte nur einen Tee, weil sie nichts essen konnte. Ihr Magen war wie zugeschnürt. Von dem Frühstücksbrot, das sie sich heute Morgen geschmiert hatte, hatte sie lediglich drei Bissen herunterbekommen. Sie konnte die Vorstellung, die Insel womöglich schon bald wieder verlassen zu müssen, kaum ertragen. Wie sehr sie hier schon Fuß gefasst hatte und wie sehr sie diese Sandbank und ihre Bewohner jetzt schon liebte, war ihr gar nicht klar gewesen …

Eine, die sie besonders gern mochte, saß ihr gerade gegenüber, tupfte sich mit einer Serviette die Lippen ab und strahlte Zuversicht und Pragmatismus aus.

Marina stellte ihr die entscheidende Frage: »Was machen wir denn jetzt?«

Hanni lächelte sie an, spülte den letzten Bissen Baguette mit einem Schluck Cola runter und schlug vor, die Klima-Queens um Rat zu bitten. »Gute Idee!«, fand Marina, also zückte Hanni ihr Handy und formulierte folgende Gruppennachricht:

Hallo, ihr Lieben! Marina und ich haben hier auch gerade einen Panikanfall – allerdings finanzieller Art. Kann jemand helfen? Kennt sich jemand mit Stundungen aus?

Sofort ploppten die Antworten auf:

Ach du Scheiße!

Worum geht es denn?

Bist du pleite, Hanni? Soll ich dir Geld leihen?

Nein, es geht nicht um mich, schrieb Hanni. *Und auch nicht um Marina. Jedenfalls nicht direkt …*

Bines Laden?, fragte Uschi mit detektivischem Spürsinn.

Ja. Hanni garnierte ihre Antwort mit einem traurig guckenden Emoji. Zahlreiche Emojis mit diesem Affen, der sich die Hände vor die Augen hielt, ploppten als Antwort auf.

Birgit ist Finanzberaterin!, schrieb Conny.

Seid ihr in Westerland?, fragte Birgit, die schlanke, große Blonde, prompt. *Kommt doch gleich mal rüber in mein Büro!*

Machen wir! Sind in 10 Minuten bei dir!, freute sich Hanni.

Wie wäre es denn mit einer Spendenaktion auf GoFundMe?, schlug Ines vor. *Das kann echt total viel bringen!*

Geniale Idee!, fand Conny.

Wir retten den Fahrradverleih!, schmetterte Uschi und schickte einen gebeugten Bizepsarm hinterher.

Motto: Betteln für Bine!, witzelte Conny, woraufhin zahlreiche Schlapplach-Emojis in den Chat prasselten.

O. k., wer übernimmt das Einstellen der Aktion auf der Plattform?, fragte Uschi.

Ich! Das war Ines.

Toll! Die Frauen klatschten virtuell Beifall.

Dann sag uns Bescheid, sobald wir spenden können, schrieb Ilse.

»Oh!«, rief Hanni plötzlich erschrocken mit Blick auf die digitale Uhr ihres Handys. »So ein Mist! Ich hätte schon seit fünf Minuten wieder auf der Arbeit sein müssen! Ich dachte, es wäre viel früher. Ich muss sofort los!«

Hektisch sprang sie auf, suchte ihre Sachen zusammen und reichte Marina einen 20-Euro-Schein. »Kannst du für mich bezahlen? Ich muss jetzt wirklich rennen!« Sie hauchte Marina einen hektischen Kuss auf die Wange und machte sich im Eilschritt davon.

»Und der Termin bei Birgit?«, rief Marina ihr hinterher.

Hanni drehte sich im Laufen noch mal um: »Adresse schicke ich dir gleich! Müsstest du allein hin!« Sie winkte über die Schulter und eilte weiter.

Marina nickte und gab dem Ober ein Zeichen, um zu bezahlen. Dann machte sie sich auf den Weg zu Birgit.

Sie hätte die schlanke blonde Frau, die beim Zumba in einem grauen Jogginganzug gesteckt hatte, kaum wiedererkannt, so seriös sah sie in ihrem nadelgestreiften Businesskostüm heute aus. Ihre Sekretärin hatte Marina in ein Büro geführt, wo Birgit sie sehr freundlich begrüßt hatte.

»Na, das ist ja ein ganz schöner Schlamassel, in dem deine Cousine da steckt«, begann Birgit das Gespräch, nachdem sie Marina einen Platz angeboten und sich selbst wieder hinter ihren einschüchternd großen Schreibtisch gesetzt hatte. »Was hast du denn an Unterlagen dabei?«

Marina zog den vorsortierten Stapel an Briefen und

Mahnungen aus ihrer Tasche und reichte ihn über den Schreibtisch.

»Aha«, sagte Birgit und setzte eine Lesebrille auf. »Soll ich mir das mal ansehen?«

»Sehr gern«, sagte Marina.

Birgit studierte die Unterlagen schweigend, legte dann ihre Brille ab und schaute Marina ernst an. »Das ist nicht fünf vor zwölf – das ist zwanzig Minuten danach!« Sie räusperte sich. »Der Fahrradhändler will morgen seine Räder zurückholen. Da müssen wir jetzt aber echt Gas geben, wenn Sabine den Verleih nicht verlieren will.«

»Und wie?«, fragte Marina ängstlich.

»Ich werde alle Gläubiger anschreiben und um Stundung bitten«, sagte Birgit und schob den Unterlagenstapel ordentlich wieder zusammen. »Und es kann nicht schaden, wenn du die dringlichsten Fälle auch noch mal persönlich anrufen würdest.«

Marina nickte.

»Dann stellen wir einen Stundungsplan auf und zahlen die Schulden in Raten ab«, schlug Birgit vor. »Was denkst du denn, welche Summe Bine monatlich aufbringen könnte?«

»Gar keine!«, sagte Marina. »Der Laden wirft so gut wie überhaupt nichts ab.«

»Oh!« Birgit guckte sie mit großen Augen an. Sie wirkte, als hätte sie selbst noch nie finanzielle Probleme gehabt. »Und wie soll das dann weitergehen?«

»Ich weiß es nicht«, sagte Marina. »Es müsste ein neues Konzept her.«

»Vielleicht sollten wir doch besser Insolvenz anmelden.

Nur, dann wird Bine finanziell nicht so schnell wieder auf die Füße kommen«, überlegte Birgit.

»Nein, das geht nicht!«, rief Marina laut. Wenn sie ehrlich war, mehr aus Eigeninteresse, denn aus Sorge um Bines Zukunft.

»Okay«, nickte Birgit. »Dann müssen wir die *GoFundMe*-Aktion mit Hochdruck vorantreiben, damit ein bisschen Geld in die Kasse kommt. Wir müssen die ersten Raten sehr zeitnah zahlen. Es muss da jetzt wirklich Vollgas gegeben werden!«

Gas geben ... Vor Marinas geistigem Auge trat die vornehme Birgit in einem teuren Porsche-Cabrio derart entschlossen aufs Beschleunigungspedal, dass ihre blonden Haare im Fahrtwind wirbelten.

»Die dringendsten Beträge kann ich von meinem Sparkonto vorschießen«, schlug Marina vor.

»Das ist süß von dir. Aber ihr müsst unbedingt das Geschäft ankurbeln!«, mahnte Birgit.

Marina nickte ratlos.

»Also, ich regle das mit den Stundungsschreiben«, Birgit erhob sich, »und du klemmst dich an den Hörer, bittest die Gläubiger um etwas Geduld und überlegst dir ein Konzept, okay? Ihr braucht irgendein Alleinstellungsmerkmal, das euch von den anderen Verleihen unterscheidet und die Buchungsrate hochtreibt.«

»Hm«, machte Marina, erhob sich ebenfalls und murmelte: »Leichter gesagt als getan.«

»Ich muss unser Gespräch jetzt leider beenden. Der

nächste Termin wartet schon!« Birgit reichte ihr resolut die Hand.

»Tausend Dank, liebe Birgit!«, bedankte sich Marina. »Supernett, dass du dir die Zeit genommen hast.«

»Selbstverständlich«, lächelte Birgit. »Die Klima-Queens müssen sich doch helfen.« Sie zwinkerte ihr solidarisch zu.

Marina lachte und umarmte sie herzlich.

Dann verließ sie das Gebäude und radelte mit ihrem E-Bike zurück nach Keitum und zerbrach sich dabei den Kopf, wie man den Fahrradverleih bloß in die Gewinnzone bringen könnte. Ein Alleinstellungsmerkmal, hatte Birgit gesagt. Irgendetwas, das den Verleih von den zahlreichen anderen auf der Insel abhob.

Aber was bloß?

18

Eine Riesen-Mutprobe lag vor Marina: Sie musste mit fester Stimme und gespielter Souveränität die Gläubiger dazu bringen, Bines Schulden zu stunden oder die Rückzahlungsfristen zu verlängern. Sie hatte schreckliche Angst davor zu versagen. Laut Rolf war sie ja eh zu nichts zu gebrauchen. Eine totale Niete in jeder Beziehung. Und ärgerlicherweise hatte sie dieses Etikett irgendwann selbst verinnerlicht ...

Sie atmete tief durch, machte den Rücken gerade und griff sich ihr Handy. Ihr Herz schlug bis zum Hals, und ihr war übel. Sie tippte die erste Nummer ein – der Stromanbieter. Als nach mehreren Minuten in der Warteschleife, die Marina vorkamen wie Stunden, endlich jemand abnahm, war sie schweißüberströmt. Und hatte ihren Text vergessen.

»Sie wollen mir den Strom abstellen«, stammelte sie höchst unprofessionell. Und wenig souverän.

Zu ihrer Überraschung war die Frau am anderen Ende jedoch sehr freundlich, und Marinas Puls beruhigte sich so weit, dass sie imstande war, die essenziellen Informationen wie Kunden- und Vertragsnummer durchzugeben.

»Die monatliche Rate konnte seit drei Monaten nicht

eingezogen werden«, stellte die Frau fest. »Ihr Konto wurde zudem offenbar gesperrt.«

»Ich weiß«, stammelte Marina. »Meine Cousine musste überraschend für längere Zeit ins Ausland und hat vermutlich vergessen, ihren Dauerauftrag umzuleiten. Ich kläre das und kann Ihnen versichern, dass die drei ausstehenden Raten bis Ende der Woche überwiesen werden.« Sie räusperte sich. »Bitte stellen Sie den Strom nicht ab!«

»Moment, da muss ich erst mal Rücksprache halten«, sagte die Frau. »Bleiben Sie bittc kurz in der Leitung.«

Schon wurde sie weggedrückt, und irgendeine Fahrstuhlmusik erklang.

Puh! Das war geschafft.

»In Ordnung, Frau Scholz«, meldete sich die Dame zurück. »Wenn Sie uns nach erfolgter Überweisung bitte per E-Mail eine Kopie der Transaktion zukommen lassen könnten?«

»Gern«, versicherte Marina eifrig.

»Alles klar, dann hinterlege ich das jetzt so in Ihrem Kundenkonto.«

Marina bedankte und verabschiedete sich. War doch gar nicht so schwer. Erleichtert trank sie ein Glas Mineralwasser.

Den Rest des Nachmittags verbrachte Marina am Telefon. Sie telefonierte einen Gläubiger nach dem anderen ab, und als sie das letzte Gespräch beendet hatte, war die Kuh erst mal vom Eis.

Für zwei Wochen.

Sie fühlte sich total erschöpft. Platt von den Sorgen, Ängsten und der Anstrengung, das Schiff wieder auf Kurs zu kriegen. Sie hatte große Sehnsucht nach der Ruhe und Entspannung von Ingers Wohnwagen-Terrasse am *Ellenbogen* und machte sich kurz entschlossen mit ihrem Golf auf den Weg – zum Radfahren war sie zu erledigt.

Vielleicht war er ja da. Nein, hoffentlich war er da, dachte sie. Sie musste dringend anfangen, ehrlicher zu sich selbst zu sein. Sie konnte nicht leugnen, dass ihr die beiden Begegnungen mit ihm sehr gutgetan hatten. Er hatte etwas an sich, das sie beruhigte und innerlich ausglättete, woran auch immer das lag. Wieso und warum, war letztlich egal, etwas meditative Ruhe konnte sie jetzt jedenfalls gut gebrauchen.

Umso enttäuschter war sie, als sie ihn nicht antraf, obwohl sie eine Stunde lang vor der Tür wartete. Sie machte einen langen Spaziergang am Strand, aber auch als sie auf dem Rückweg wieder am Wohnwagen vorbeikam, war er nirgends zu entdecken. Auch die Schafe waren nicht zu sehen. Wahrscheinlich war er ganz am anderen Ende des *Ellenbogens*, aber da es schon so spät war, beschloss Marina, ihn nicht weiter zu suchen und nach Hause zu fahren.

Im Auto schaute sie auf ihr Handy. Rolf hatte sich nicht mehr gemeldet, was sie sehr enttäuschte. Sie hätte seine Hilfe wirklich gut gebrauchen können.

Rolf … Je weiter sie sich zeitlich und örtlich aus ihrer Ehe entfernte, desto befreiter fühlte sie sich. Der Aufenthalt auf der Insel hatte ihr irgendwie die Augen geöffnet. Aktuell schien es ihr unvorstellbar, einfach so wieder in ihr altes Leben zurückzukehren, als wäre nichts geschehen. Vielleicht sollte sie mal eine persönliche Plusminus-Liste aufstellen, überlegte sie. Was wollte sie noch vom Leben? Wo wollte sie hin? Fakt war, dass sie sich auf der Insel hier sehr viel wohler fühlte als in den gesamten letzten Jahren mit Rolf in Hamburg …

Ob er nun wirklich ein Narzisst war oder nicht – fest stand, dass sie mit ihm schon lange nicht mehr glücklich war. Aber was sollte sie im Falle einer Trennung machen? Sie war finanziell doch vollkommen auf ihn angewiesen! Wie sollte sie Geld verdienen? Rolf würde bei einer Scheidung sicherlich die besten Anwälte konsultieren, die dafür sorgen würden, dass sie nur eine winzige Unterstützung von ihm bekam. Wenn überhaupt. Umso dringlicher war es, Bines Laden wieder flottzukriegen. Vielleicht würde Bine sie ja anstellen, oder sie könnten den Laden zu zweit betreiben …

Sie parkte am Lister Hafen, um sich zwei Fischbrötchen zu kaufen. Allmählich hatte sie doch Hunger bekommen.

Wieder zu Hause, ließ sie sich aufs Sofa fallen, legte die Füße hoch und verspeiste das leckere, mit frischen Zwiebelringen belegte Matjes- und das saftige Krabbenbrötchen.

PIEP! PIEP! Ihr Handy ließ sie derart zusammenzucken, dass sie sich fast an ihrem Brötchen verschluckt hätte.

Wie ist es denn ausgegangen?, erkundigte sich Gerda in der KQ-Gruppe. *Konnte Birgit helfen?*

Und wie! Sie hat uns gerettet, schrieb Marina und schickte ein virtuelles Knallbonbon hinterher.

Stichwort Panikattacken, schrieb Conny. *Wusstet ihr, dass Ina Müller, die ja mal bei uns hier in der Inselapotheke in Westerland gearbeitet hat, jahrelang unter schwersten Panikattacken gelitten hat?*

WAS? Die? Die ist doch so tough!, schrieb Uschi und schickte aufgerissene Augen hinterher.

Nee, ne?, schrieb Michaela. *Krass!*

Ja, Moment, ich kopiere euch mal ein Zitat hier rein, textete Conny. *»Ich bin panikgeschüttelt über Jahre gewesen mit schwersten Panikattacken«, sagt Ina in einem Zeitungsinterview. Einkaufengehen oder Autofahren habe sie damals extrem gestresst, steht da. Und auf die Bühne wollte sie auch nicht mehr. Schweißausbrüche, Lampenfieber, panische Furcht vor Textpatzern, die Situation war für sie so dramatisch, dass sie ihre Panikattacken im Nachhinein sogar als Nahtoderfahrung bezeichnet hat. Hier, noch ein Zitat: »Wenn du auf der Bühne stehst und ein Lied singst und dabei einen Puls von 210 hast, aber noch lächeln musst dabei, dann weißt du, was schlimm ist!«*

Boah! Und dann? Was hat sie gemacht? Heute tritt sie auf ihren Tourneen ja vor Tausenden von Leuten auf …, erkundigte sich Ines.

Medikamente wollte sie nicht, und eine Verhaltenstherapie hat wohl auch nicht angeschlagen …, referierte Conny.

Oh!, schickte Michaela. *Die Arme!*

Geholfen haben ihr dann Autogenes Training und Sport. Heute vermutet sie, dass damals Arbeitsstress und »nicht Nein sagen können« die Ursache waren. Die Panik sei am stärksten gewesen, wenn sie etwas gegen ihren Willen habe machen müssen.

Na bitte! Dann liegen wir mit Zumba und unserer Privat-Therapiegruppe doch goldrichtig, lachte Gerda.

Angeblich werden die Ängste ja weniger, je älter man wird, wusste Ilse.

Kann ich nach heute Morgen nicht unterschreiben, textete Michaela.

Apropos älter werden, schrieb Uschi. *Wisst ihr, was ich fast noch schlimmer finde als diese Angstattacken? Dass man ab 50, ach was, ab 40 eigentlich gar keine Komplimente mehr kriegt. Diese Komplimentlosigkeit der Menopause, das ist wirklich hart. Wollen wir uns nicht beim Zumba künftig jedes Mal gegenseitig Komplimente machen? Komplimente tun so gut, und man kriegt sie einfach immer seltener.*

Es hagelte Gefällt-mir-Daumen und Schlapplach-Emojis.

Erinnert ihr euch noch an die Bild-Schlagzeile über Costa Cordalis?, schrieb Conny. *»Erst Arsch im Gesicht, jetzt Gesicht im Arsch!«*

Hä?, schrieb Michaela. *Kapier ich nicht!*

Na, er hat doch erst sein Gesicht mit Eigenfettunterspritzung aus dem Hintern geglättet. Aber dann hat er es mit den Schönheits-OPs wohl übertrieben, denn zum Schluss sah er ganz schlimm aus. Da war sein Gesicht echt im Arsch!, erklärte Conny.

Mädels!, schrieb Hanni und schickte den Affen, der sich die Hände vors Gesicht hält.

Schönheits-OPs sind auch keine Lösung! Wir müssen einfach lernen, würdevoll vor uns hin zu welken, schlug Ilse vor.

Alles hängt, nur das Zahnfleisch geht hoch!, witzelte Gerda.

Wieder hagelte es Lach-Emojis und Daumen.

Besser Orangenhaut als gar kein Profil, warf Conny ein.

Ich fand, du sahst heute extrem gut aus, Birgit, nahm Marina die Komplimente-machen-Anregung auf.

Oh, danke, schrieb Birgit und schickte einen Rot-werde-Emoji dazu.

Komplimente annehmen können – auch so ein Punkt, schrieb Hanni.

Und ein weiterer Grund, es zu trainieren!, ergänzte Ilse.

Vorschlag: Jeder überlegt sich zu jeder Frau etwas Nettes – und beim nächsten Zumbatermin prasseln dann sieben tolle Komplimente auf jede Frau ein!, textete Hanni.

Super!

Machen wir!

Tipptopp!, schrieben die Frauen.

Sisters are doing it for themselves, zitierte Hanni den alten Eurythmics-Song und stellte Noten dazu.

Diese verrückten Weiber! Wie toll die doch waren, schmunzelte Marina liebevoll. Dennoch hatte sie erst mal genug von jeglicher Handy-Konversation und schaltete das Gerät auf lautlos. Müde schleppte sie sich ins Bad und danach ins Bett und fiel schnell in einen traumlosen Schlaf.

19

Eine Woche später …

Die Tage vergingen mit weiterhin bestürzend wenigen Kunden. Die Summe auf dem *GoFundMe*-Konto erhöhte sich nur tröpfelnd, und Marina zerbrach sich verzweifelt den Kopf, wie sie den Umsatz ankurbeln könnte. Eine Anzeige in der *Sylter Rundschau* würde wenig bringen – und die Mietpreise für die Räder noch weiter runterzusetzen war auch keine Option.

Zweimal ging sie zum Zumba, und dreimal fuhr sie zum *Ellenbogen*, um Inger zu besuchen – leider vergeblich. Er war nirgends zu finden und reagierte auch nicht auf den Zettel, den sie ihm an den Wohnwagen heftete. Beim dritten Mal war auch der Wohnwagen weg. War er abgereist? Umgezogen?

Marina fasste sich ein Herz und fragte Stani, der ihn ja gut zu kennen schien.

»Sag mal, weißt du, wo dieser Schäfer ist?«, erkundigte sie sich möglichst beiläufig, als er im Innenhof die Kette eines zurückgegebenen Rades justierte. »Ich habe ihn gar nicht mehr am *Ellenbogen* gesehen, und sein Wohnwagen ist seit gestern auch weg …«

Stani hielt mit seiner Arbeit inne, erhob sich, schaute sie lange und nachdenklich an und verzog dann seine Mundwinkel zu einem zwinkernden Grinsen. »Warum du willst das wissen? Vermisst du?«

»Ach was!« Marina wurde tatsächlich rot. »Ich frage nur so. Ich wollte mich noch mal bei ihm bedanken.«

»Aber das hast du doch schon, er hat erzählt«, wunderte sich Stani, und Marina wurde noch röter.

»Ist ja auch egal. Vergiss es«, winkte sie ab und schickte sich an, wieder in den Laden zu gehen.

»Moment!« Stani legte das Werkzeug beiseite und wischte seine Hände an einem schmutzigen Lappen ab. »Er mit Schafen auf eine Wiese in Morsum umgezogen. Er macht im Juli immer, weil da Gras besser.«

»Aha«, sagte Marina. »Dann ist ja gut. Ich hatte mir nur Sorgen gemacht.«

»Ja, ja, is klar ...« Stani zwinkerte ihr zu und machte sich wieder daran, das Fahrrad zu reparieren.

Verlegen ging Marina in den Laden und holte ihm ein Bier aus dem Kühlschrank.

»Oh, danke«, sagte er und setzte die beschlagene, kühle Flasche sofort an seinen Mund. Als er sich den Schaum von den Lippen wischte, hinterließ seine ölige Hand einen schwarzen Film auf seiner Oberlippe, der aussah wie ein schmaler Schnurrbart. »Sagen: Du nicht Lust, morgen zu Essen zu kommen?«, fragte er plötzlich. »Meine Frau Geburtstag, und wir machen kleine Feier. Musik und so – du weißt?« Er grinste und deutete ein paar Tanzschritte an. »Natalia sich sehr, sehr freuen, dich zu lernen kennen!«

»Oh, das ist aber nett!« Marina war überrascht. »Da komme ich natürlich gern. Wann geht es denn los?«

»Um 18 Uhr. Hanni kommt auch.«

»Oh, toll. Soll ich etwas mitbringen?«, erkundigte sich Marina.

»Nein, alles da! Natalia kocht seit Tagen.« Stani strahlte. »Du musst nur mitbringen viel, viel Hunger!« Er rieb sich über seinen nicht vorhandenen Bauch. »Und gute Laune!«

»Kein Problem!«, lachte Marina.

Stanis Familie wohnte in einer Mietwohnung in Tinnum, im Gewerbegebiet nahe den Bahngleisen. Marina hatte Mühe, die Adresse zu finden. Als sie deshalb leicht verspätet erst um halb sieben eintraf, war die Feier, die in dem winzigen Garten stattfand, schon in vollem Gange. Die Gäste saßen an einer langen Tafel mit geblümter Tischdecke unter mehreren bunten Lichterketten, die schon angeschaltet waren, obwohl es erst gegen Mitternacht dunkel werden würde. Polnische Musik schallte aus einem Gettoblaster, Gelächter lag in der Luft und das Gekreische tobender Kinder, die kreuz und quer um den Tisch und in den Garten rasten.

Hanni saß bereits an der Tafel und winkte ihr zu.

»Ah, unser Ehrengast!« Stani begrüßte sie freudig, nahm sie herzlich in den Arm und geleitete sie zu einer kleinen, dunkelhaarigen aparten Frau. »Meine Frau Natalia! Natalia, das Marina, mein Chef!«

Natalia stellte die Schüssel beiseite, die sie gerade in die Küche tragen wollte, und umarmte Marina freundschaftlich, die nur »Herzlichen Glückwunsch« stammelte und ihr den

Blumenstrauß überreichte, den sie am Nachmittag in Westerland für sie gekauft hatte.

»Ach, wie schön!«, bewunderte Natalia die Blumen. »Setzen Sie sich doch!« Sie wies auf den leeren Platz neben Hanni, die bereits ungeduldig auf die leere Stuhlfläche klopfte.

Marina setzte sich neben sie, und sofort wurde ihr von Natalia ein großes Glas mit einem roten Getränk vor die Nase gestellt. Dazu ein Becher mit einer dampfenden Flüssigkeit, die nach Bier roch.

»Was ist das denn?«, sagte Marina und schnupperte neugierig an dem roten Drink.

»Das ist eine polnische Rakete«, erklärte Hanni.

»Oha!« Marina sah das rote Elixier skeptisch an. »Und woraus besteht der flüssige Flugkörper?«

»Aus Wodka, Himbeersirup und Tabasco. Probier mal! Hat ein bisschen prickelnde Schärfe und ist echt lecker.« Hanni stieß ihr Glas, das schon fast geleert war, an das von Marina.

»Na zdrowie!«

Marina nippte. »Hui! Meine Güte, ist das scharf!« Ihre Lippen brannten.

»Nimm Schluck aus Becher«, empfahl Stani lachend, der die Szene beobachtet hatte.

Marina kippte einen Schluck und schüttelte sich. Das war warmes Bier, das mit irgendwas gesüßt war! Sie fand es schrecklich. Wenn die Getränkeauswahl weiterhin so speziell war, würde sie morgen wohl mit einem heftigen Kater aufwachen.

»Liebe Freunde, bitte begrüßt meine Marina«, forderte Stani, und alle Gäste am Tisch standen auf und erhoben ihre Bierkrüge.

»Na zdrowie, Marina!«, tönte es aus Dutzenden Kehlen, wodurch Marina gezwungen war, einen weiteren großen Schluck des seltsamen Gebräus in sich hineinzukippen. Hoffentlich kühlte das Zeug bald ab, dann könnte sie sich vielleicht einreden, es wäre ein Alsterwasser.

»Die Polen mögen ihr Bier gern erwärmt und mit Honig«, erklärte Hanni. »Man gewöhnt sich dran!«

Nun stellte Stani auch noch ein Schnapsglas mit einer klaren Flüssigkeit vor ihr ab und erhob, zu ihrem Entsetzen, sein eigenes, um mit ihr anzustoßen. Marina vermutete, dass es Wodka war. Den hatte sie noch nie getrunken. Sie mochte keine Schnäpse. Worauf hatte sie sich hier nur eingelassen?

»Na zdrowie«, rief Stani und exte sein Glas.

Marina tat es ihm aus Höflichkeit gleich. Das Zeug brannte ihre Kehle hinunter, hinterließ aber einen erstaunlich aromatischen Nachgeschmack.

»Das ist Żubrówka«, erklärte Hanni mit schon etwas schwerer Zunge. »Ein Wodka, der mit Bisongras hergestellt wird. Du kannst ihn auch mit Apfelsaft verdünnen.« Ihre Augen waren verdächtig glasig. Wenn Hanni schon nach 30 Minuten so hinüber ist, sollte ich mich besser sehr zurückhalten, dachte Marina. Und auf jeden Fall eine Grundlage schaffen!

Der Alkohol hatte sie hungrig gemacht, und sie begann, die zahlreichen Schüsseln, Töpfe und Platten zu inspizieren, die Natalia ihr zugeschoben hatte. Es duftete und sah nach deftigen Gerichten und Eintöpfen aus. Aber es war nichts dabei, was Marina bekannt vorkam.

»Was ist denn das alles Schönes?«, erkundigte sie sich bei Hanni, die sich mit einer Kelle einen Teller voll mit einer roten dickflüssigen Suppe auffüllte.

»Das, was ich mir hier gerade nehme, ist Barszcz«, sagte Hanni. »Das ist ein polnisches Nationalgericht, eine Rote-Bete-Suppe. Sie schmeckt säuerlich-erdig und sehr aromatisch. Musst du unbedingt probieren!«

»Was ist denn da drin?« Marina kam sich unendlich hinterwäldlerisch vor. Erst kannte sie keines der Getränke – und nun war sie auch noch beim Essen kulinarische Analphabetin.

Hanni schlürfte einen Löffel Suppe. »So genau weiß ich das auch nicht«, murmelte sie mit vollem Mund. »Auf jeden Fall Rote Bete, Weißkohl, Zwiebeln, Karotten, Pilze und Rindfleisch. Der Rest bleibt wohl Natalias Geheimnis. Das macht in Polen jede Familie etwas anders ...«

Marina füllte sich ebenfalls eine kleine Portion auf ihren Teller. Lieber erst mal etwas weniger nehmen. Dann müsste sie nicht so viel aufessen, falls es ihr nicht schmeckte. Stehen lassen kam nicht infrage, denn dann wäre die Köchin mit Sicherheit äußerst beleidigt gewesen.

»Im Sommer gibt es auch eine kalte Variante davon, die sich in Polen Chłodnik nennt«, erklärte plötzlich ihr Sitznachbar, ein fülliger Herr mit weißem Haar. »Sie besteht aus Roter Bete, Kefir und verschiedenen Kräutern. Sehr erfrischend!« Er nickte ihr freundlich zu.

»Haben Sie die Piroggen schon probiert?« Er reichte Marina eine Platte, auf der ein großer Berg mit Teigtaschen lag, die wie Ravioli oder asiatische Dumplings aussahen. Von Piroggen hatte Marina schon gehört, sie aber noch nie probiert. Es waren mit Hack oder Gemüse gefüllte Teigtaschen, die gekocht oder gebraten wurden. Natalia hatte diese Variante mit gerösteten Zwiebeln, Speck und Schmand garniert. Marina legte sich vier Stück auf ihren Teller. Die mochte sie bestimmt.

»Und hier«, der beflissene Herr, der es sich offenbar zur Aufgabe gemacht hatte, sich um Marinas leibliches Wohl zu kümmern, beugte sich quer über den Tisch, um nach einer weißen Porzellanschüssel zu greifen, »sind Heringshäckerle!«

»Herings-was?«, fragte Marina und schaute skeptisch in die Schüssel.

»Heringshäckerle!«, wiederholte der Herr etwas ungeduldig, so als wäre sie ein besonders minderbemitteltes Schulkind. »Also Heringssalat. Die Basis ist möglichst zarter, klein gehackter Matjes. Dazu kommen Eier, Gewürzgurken, Äpfel, Zwiebeln und geräucherter Schinken.«

Marina nickte.

»Die Gewürzgurken geben dem Gericht eine leichte Säure, zudem etwas Süße. Die Zwiebeln gibt man erst kurz vor dem Servieren dazu, sonst nimmt der Fisch zu viel Zwiebelaroma an.« Er hatte warnend seinen Zeigefinger erhoben, und Marina kam sich vor wie bei Loriot. Dieser ernste Vortrag war ja total absurd. Sie musste sich zwingen, nicht laut loszuprusten.

Der Herr gab ihr eine Kelle des Salates auf ihren Teller und erläuterte weiter: »Der Apfel bringt auch noch Süße, während der Schinken ein angenehmes Raucharoma beisteuert. Das alles wird dann mit einer Senf-Zitronen-Marinade angemacht!«

Er lächelte zufrieden, und Marina blieb angesichts so umfangreicher kulinarischer Belehrung der Mund offen stehen.

»Hier«, sagte er und reichte ihr einen Korb Brot. »Schlichtes Weißbrot passt sehr gut dazu. Zumal Sie damit die letzten Tropfen Marinade vom Teller wischen können. Das Gericht wird aber auch oft mit Pell- oder Bratkartoffeln gegessen.«

»Sind Sie Koch?«, fragte Marina, die hoffte, dass sein Vortrag jetzt endlich zu Ende wäre. »Beeindruckend, was Sie alles wissen.«

»Nein«, lachte er. »Ich koche zwar privat leidenschaftlich gern, bin aber hauptberuflich Kulturanthropologe für Mittel- und Osteuropa. Ich forsche gerade an den jeweiligen Nationalgerichten, deshalb bin ich so gut informiert.«

»Aha«, sagte Marina und wunderte sich, wie der Akademiker zu Stani und Natalia kam.

»Ich habe Stani vor zwanzig Jahren in Warschau kennengelernt«, erklärte der Mann, als hätte er ihre Gedanken gelesen. »Seitdem sind wir befreundet. Ich heiße Volker.« Er reichte ihr die Hand.

»Marina, angenehm!«

»Freut mich, Sie kennenzulernen, Marina. Aber nun hauen Sie mal rein! Es wird ja alles kalt!« Er nickte ihr auffordernd zu und widmete sich wieder konzentriert seinem eigenen Teller.

Die Stimmung am Tisch war ausgelassen und fröhlich. Die Schüsseln und Platten wurden herumgereicht, und überall wurde begeistert gekaut und geschlemmt.

»Hm, köstlich!«, entfuhr es Marina, als sie die Piroggen probierte, und Hanni nickte zustimmend mit vollem Mund.

Die Teigtaschen waren mit Sauerkraut, Quark, Spinat oder Pfifferlingen gefüllt. Auch die Barszcz mochte sie sehr gern mit ihrem würzigen Geschmack. Dazu passten sogar die seltsamen Getränke. Die Heringshäckerle waren ihr zu säuerlich.

Mitten im Ess-Gelage stand plötzlich Inger im Garten. Marina hätte ihn ohne seinen Hut und in Jeans und T-Shirt fast nicht erkannt. Eine unerwartete Freude schoss in ihr hoch. Reflexartig winkte sie ihm zu, worauf er zu ihr kam, sie herzlich begrüßte und sich neben ihren Stuhl hockte.

»Wie schön, dich ausgerechnet hier zu sehen. Ich hatte dich schon ein paarmal am *Ellenbogen* gesucht«, gestand Marina, vom Alkohol gelockert, und hoffte inständig, dass sie von diesem Heringszeug nicht zu sehr aus dem Mund nach Fisch und Zwiebeln riechen würde.

»Ich weiß, ich habe deinen Zettel gefunden, konnte aber meine Herde nicht verlassen«, erzählte Inger.

»Klar!« Marina nickte und nahm schnell einen tiefen Schluck vom warmen Bier, um nicht zu verkrampft zu sein.

»Wollen Sie sich nicht setzen?«, fragte Hanni, erhob sich und bot Inger ihren Platz an. »Ich bin sowieso gerade fertig und wollte mir ein bisschen die Beine vertreten.« Sie zwinkerte Marina heimlich zu, die ihr für ihr aufmerksames Angebot unendlich dankbar war.

»Oh, gern! Danke!« Inger hängte sein Jackett über die Rückenlehne und nahm Platz.

Sofort stellte Natalia ihm die seltsamen Getränke und einen Teller hin. »Lang zu, mein Lieber«, forderte sie ihn auf. »Du bist doch bestimmt hungrig!«

Er nickte, prostete Marina zu und ließ sich dann die verschiedenen Gerichte reichen.

»Guten Appetit«, wünschte Marina und sah zu, wie er hungrig eine große Portion Piroggen verschlang.

Zum Glück fragte er nicht, was es war, und ersparte ihnen dadurch einen weiteren Vortrag von Volker. Da er mit Stani befreundet war, waren ihm die Gerichte und Getränke anscheinend vertraut, vermutete Marina.

»Und wie kommt es, dass du deine Schafe heute allein lassen kannst?«, erkundigte sich Marina.

Inger strich sich eine seiner grau-schwarzen Locken aus der Stirn und lächelte sie an. »Ich hab gerade einen Praktikanten vom Naturschutz da für zwei Wochen. Der passt auf.«

»Aber wie erreicht er dich denn, falls etwas passiert? Du hast doch gar kein Handy! Oder hast du jetzt extra dafür eins gekauft? Hicks!« Sie hatte vor Aufregung tatsächlich einen kleinen Schluckauf bekommen.

»Nein, ich habe ihm Stanis Nummer gegeben. Falls etwas passiert, würde er bei ihm anrufen. Aber ich glaube nicht, dass etwas los sein wird. In Morsum gab es ja noch keine Wolfswarnung – und Lämmer sind auch nicht unterwegs.« Er grinste sie an und stieß sein Glas an ihres. »Prost! Ich freue mich, dich zu sehen. Gut siehst du aus!«

Das konnte Marina nun gar nicht verstehen, denn sie hatte sich zwar eine Bluse und eine helle Hose angezogen, aber auf Make-up weitgehend verzichtet. Und an den Füßen trug sie immer noch ihre Trekking-Sandalen. Einmal Finanzbuchhalterin, immer Finanzbuchhalterin … Inger dagegen sah wirklich fantastisch aus in Jeans, weißem T-Shirt und mit seinem tiefbraunen Gesicht. Wie ein sexy Silver Model, wie man die Generation 50 plus gern nannte.

Nach dem Essen wurde Soplica ausgeschenkt, ein polnischer Likör mit 32 Prozent Alkoholgehalt, der nach Heidelbeere, Johannisbeere, Pflaume, Erdbeere oder Kirsche schmeckte. Inger entschied sich für Kirsche, Marina schloss sich an. Auch Volker hielt ihm sein Glas hin und wollte gerade seinen Vortrag beginnen, als die Musik aufgedreht wurde.

»So, jetzt wollen wir Mazurka tanzen!«, rief Stani fröhlich und stellte sich mitten auf den Rasen. »Kommt! Steht auf! Macht alle mit!«

»Wir wissen gar nicht, wie das geht!«, rief Hanni, die am anderen Ende des Tisches einen Platz gefunden hatte.

»Okay, Natalia und ich machen vor! Gut aufpassen«, lachte er und griff seine Frau an den Händen. Er streckte seinen linken Fuß vor und Natalie ihren rechten. Mit vorgebeugtem Oberkörper hüpften sie mit den äußeren Füßen nach vorn. Dann richteten sie ihre Oberkörper wieder auf, während sie mit den inneren Füßen zweimal hüpften. Die Fortbewegung war erstaunlich gering.

Es folgten schnellere Wechselschritte, für ihn beginnend mit dem linken Fuß, für sie mit dem rechten. Links, rechts, links – rechts, links, rechts – und für Natalia umgekehrt.

»Darf ich bitten?« Inger stand auf und machte eine formvollendete Verbeugung.

»Ich weiß nicht, ob ich das kann ...«, stotterte Marina verlegen. Sie hatte schon in der Schule bei der Jazzgymnastik stets die gesamte Reihe zum Stürzen gebracht, weil sie sich ständig in die falsche Richtung gedreht hatte.

»Wir müssen uns ja nicht sklavisch an die Schrittfolgen halten«, raunte Inger ihr verschwörerisch ins Ohr, und ein Schauer durchlief sie. Sein Atem an ihrem Ohr, sein Gesicht so dicht an ihrem, und seine Stimme ... Außerdem roch er schon wieder so verdammt gut – und das war kein Aftershave.

»Probieren geht über Studieren«, sagte er, nahm ihre Hand und zog sie hoch.

»Ich nehme sicherheitshalber noch mal einen Schluck, das lockert die Hüften.« Marina exte ihr Glas und hoffte, dass die Zumba-Einheiten der letzten Wochen sie etwas geschmeidig gemacht hatten.

Zaghaft versuchten sie sich, genau wie etliche andere Paare, an den ersten Schritten. Es war sehr komisch, und es wurde viel gelacht. Inger entpuppte sich als hervorragender Tänzer, und nach der vierten Mazurka schaffte es auch Marina, ihm nicht mehr auf die Füße zu treten. Erschöpft und verschwitzt ließen sie sich wieder auf ihre Stühle am Tisch fallen, wo Natalia bereits den Nachtisch serviert hatte.

»Was ist denn das nun wieder alles, Herr Professor?«,

lallte Marina, die den Alkohol mittlerweile deutlich spürte. Sie erkannte Schüsseln mit Grießbrei, Milchreis mit Zimt und Teller mit Pfannkuchen oder Waffeln.

»Das hier nennt sich Makówki«, beeilte sich Volker zu erklären, sichtlich begeistert über ihr Interesse, und zeigte auf eine Kuchenform. »Ein Schichtdessert aus Mohnmasse und süßen Hefebrötchen. Das da drüben ist Budyń, ein Milchpudding, und das hier«, er schob eine Glasschüssel mit einer roten Geleemasse zu ihr rüber, »ist Kisiel, ein Fruchtkompott, das mit Kartoffelstärke eingedickt wird.«

»Oha«, fand Marina und fürchtete um ihre Figur. Das Essen war schon deftig genug, und auch der süße Alkohol hatte sicher unzählige Kalorien. Doch als sie sah, dass Inger sich einen riesigen Teller auflud, schlug auch sie ungehemmt zu.

Die herrlichen Süßspeisen, Musik und dazu immer wieder Wodka und Likör. Marina tanzte immer ausgelassener mit Inger, Hanni, Stani und sogar auch mit Volker, der gar nicht so steif und linkisch war, wie sie befürchtet hatte.

Mit Rolf wäre sie nie auf so einer Feier gelandet, dachte sie zwischendurch, als sie sich mal kurz zum Luftholen setzte und gerührt das fröhliche, ausgelassene Treiben auf der Tanzfläche beobachtete. Rolf hatte sie höchstens mal zu einem seiner langweiligen Gebietsleitertreffen mitgenommen. Das waren Fingerfood-Veranstaltungen in exklusiven Architektenhäusern mit unglücklichen Ehefrauen, wo man steif und verkrampft, um Small Talk bemüht, an Stehtischen herumstand und teuren Crémant trank. Die Frauen taxierten sich nach dem BMI, der Exklusivität ihres Friseurs, der

Handtasche und der Stilettos. Marina, die aufgrund ihrer Kinder ihr Äußeres stark vernachlässigt hatte und auch sonst aus dem Leim gegangen war, fühlte sich immer fürchterlich deplatziert auf diesen Events. Und auch Rolf merkte sie deutlich an, wie unangenehm sie ihm war. Aber es nützte ja nichts: Zu manchen Treffen hatten die Top-Manager eben ihre Gattinnen mitzubringen – ob beide wollten oder nicht.

Und dann das hier! Marina schaute sich begeistert um und sog die ausgelassene Stimmung auf. Kein Vergleich zu den öden Meetings! Hier wurde sie nicht taxiert oder von oben herab behandelt. Hier wurde sie gemocht – von herzenswarmen Menschen. Krass, dass sie Menschen wie Stani in ihrem alten Leben eigentlich nie über den Weg gelaufen war, geschweige denn, sich mit ihnen befreundet hätte.

Hanni, die sie schweißüberströmt und atemlos zurück auf die Tanzfläche zerrte, riss sie aus ihren Gedanken.

Am nächsten Morgen erinnerte sie sich nicht mehr genau daran, wie sie nach Hause gekommen war. Offenbar hatte sie sich irgendwann ein Taxi bestellt, das sie auch tatsächlich zu Hause abgeliefert hatte. Sie war mit heftigen Kopfschmerzen und komplett angezogen auf dem Wohnzimmersofa aufgewacht. Und Tiger hatte sie empört angestarrt, weil sie vergessen hatte, ihm Futter zu geben.

»Besuch mich doch mal in Morsum«, das hatte Inger ihr zum Abschied zugeraunt und ihr einen bartkratzigen Kuss auf die Wange gegeben. Das war das Einzige, woran sie sich noch sehr genau erinnerte.

20

Die Wiesen am Morsumer Kliff boten herrliche Einsamkeit, und auch das orangerote, erstaunlich hohe und steile Kliff war sehr beeindruckend. Ingers Wohnwagen stand am äußeren Ende des Naturschutzgebietes Morsumer Kliff mit Blick auf den Hindenburgdamm.

Marina hatte lange überlegt, wann wohl der beste Zeitpunkt wäre, ihn zu besuchen. Sie wollte auf keinen Fall den Eindruck erwecken, ihm hinterherzurennen. Nur dass sie ihn wiedersehen wollte, das war ihr klar.

Am Tag nach der Feier war sie sowieso viel zu verkatert gewesen. Ihr dröhnender Kopf und ihre schmerzenden Glieder hatten sie deutlich darauf hingewiesen, dass sie keine 20 mehr war. Sich mit Mitte 50 von einer ausgedehnten Feier, unvernünftig viel Alkohol und wenig Schlaf wieder zu erholen, war definitiv eine ganz andere Sache als in den Zwanzigern.

Sie hatte den Tag mit dicken Augenringen und schmerzendem Schädel auf dem Sofa verbracht und war froh, sich abends einfach nur eine Dosensuppe aufwärmen zu müssen. Zum Glück gab es nur drei unkomplizierte Buchungen und keine Rückgaben.

Sollte sie einen oder lieber zwei Tage warten, bis sie ihn besuchte? – darüber hatte sie sich lange den Kopf zerbrochen. Am liebsten hätte sie sich teenagermäßig mit Hanni darüber beraten – aber Hanni wusste ja von nichts. Und das sollte auch besser so bleiben. Sie wusste ja selbst nicht, was mit ihr los war. Inger hatte Gefühle in ihr entfacht, die ewig verschüttet gewesen waren. War sie in ihn verliebt? Oder war sie einfach nur geehrt, dass er so zuvorkommend zu ihr war? Dass sie für einen Mann nicht nur ein Neutrum mit der Fuckability einer Finanzbuchhalterin war – trotz ihrer Trekking-Sandalen? War sie unbewusst auf ein sexuelles Abenteuer aus? Sie wusste es nicht genau. Sie war sich selbst ein Rätsel. Fakt war nur, dass sie das deutliche Bedürfnis verspürte, ihn wiedersehen zu wollen – und zwar so schnell wie möglich.

Sie hatte beschlossen, mit nichts in ihrem Leben mehr Zeit zu verlieren. Was für ein irrsinniger Gedanke auch. Inger würde sie ja nicht sympathischer finden, wenn sie einen Tag später zu ihm käme. Also machte sich Marina am zweiten Tag nach der Feier gleich morgens auf den Weg nach Morsum, um ihn zu besuchen.

Sie erkannte ihn schon von Weitem: Er saß vor seinem Wohnwagen auf der windgeschützten Seite in der Sonne und trank etwas aus einem Becher. Seine schwarzgrauen Locken tanzten im Wind. Auch er erkannte sie schnell und winkte ihr freudig zu.

»Hey, Marina! Wie schön!« Er stand auf, nahm sie herzlich in den Arm und begrüßte sie mit Küsschen links und rechts. »Ich hab schon auf dich gewartet. Möchtest du auch einen Kaffee?«

»Ja, sehr gern!«

»Setz dich doch!«

Er verschwand im Innenraum des Wohnwagens. Es war relativ stürmisch, und die Muschelketten und Strandgut-Mobiles, die er um den Wohnwagen gehängt hatte, klirrten im Wind. *Ich hab auf dich gewartet* – seine Worte hallten in Marina nach. Konnte das sein? Bedeutete sie ihm etwas? Das konnte ja wohl nicht sein. Konnte sich ein Mann für eine Frau mit Trekking-Sandalen interessieren? Nichts an ihr war irgendwie prickelnd oder besonders – das hatte ja auch Rolf deutlich gesagt ...

»Wie ist es dir so ergangen in den letzten Wochen?«, rief er von drinnen. »Hast du dich eingelebt? Läuft der Laden?«

»Nein, ehrlich gesagt gar nicht«, rief sie hinein.

»Oh«, sagte Inger, kam wieder hinaus und stellte einen dampfenden Kaffeebecher vor sie auf den Tisch. »Warum das denn nicht?«

»Ich weiß es auch nicht ...« Marina zuckte die Achseln und hob ratlos die Hände. »Aus irgendeinem Grund ist die Buchungslage sehr schlecht.« Sie nahm einen Schluck Kaffee und atmete tief durch. »Ehrlich gesagt, so schlecht, dass der Laden kurz vor der Insolvenz steht«, gestand sie.

»O nein!«, rief Inger bestürzt. »Das wäre aber schade. Woran hapert es denn deiner Meinung nach?«

»Ich fürchte, uns fehlt ein sogenanntes Alleinstellungsmerkmal«, erläuterte sie. »Irgendwas, das den Verleih besonders macht, sodass die Leute eben zu uns kommen, statt irgendwo anders zu buchen.«

»Ich war ja mal Werber«, setzte Inger an. »Vielleicht kann ich dir helfen. Wie wäre es, wenn wir nach dem Kaffee mal einen Kreativspaziergang machen?«, schlug er vor. »Ich muss sowieso nach der Herde schauen.«

»Einen Kreativspaziergang?«

»Ja, wir gehen ein bisschen, genießen die Natur, lassen den Gedanken freien Lauf und spinnen einfach mal so los …«

»Gern«, lächelte Marina.

Wenig später schlenderten sie auf einem schmalen Pfad an der Wattseite am unteren Rand des Kliffs nebeneinanderher, flankiert von Ingers hechelndem Schäferhund Bautz.

»Ein guter Ansatz wäre vielleicht zu überlegen, was die Leute wollen«, schlug Inger vor. »Was würdest du dir wünschen, wenn du dir ein Fahrrad leihst?«

»Einen netten Service?«, überlegte Marina.

Inger nickte. »Den bieten sie aber alle.«

»Also so, dass mir alles geduldig erklärt wird und die Räder nicht so kompliziert sind«, ergänzte Marina.

»Hm! Gut! Aber ihr habt ja eh nur das eine Modell, oder?«

»Stimmt.«

»Also was noch?« Er warf für Bautz ein Stöckchen, hinter dem der Hund begeistert hersprintete.

Marina zwang sich, irgendetwas möglichst Kreatives zu

antworten: »Zumbatouren mit Sambamusik-Booster auf dem Lenker?«, schlug sie vor.

»Mit Fitnesspausen?« Er lachte. »Ja, nicht schlecht. Aber eher nur für Frauen, oder? Für Männer müsste es dann vermutlich mit Bundesliga-Berichterstattung, Sixpack auf dem Gepäckträger und Live-Übertragung sein …«

Marina prustete. »Schreckliche Vorstellung!«

»Wie wäre es mit Proviantpaketen?«, fiel ihr ein. »Ich koche doch so gern …«

»Wie mcinst du das?«

»Ich würde meine Kochleidenschaft für extrem leckere Proviantpakete nutzen und kleine Menüs anbieten, die genau auf bestimmte Strecken zugeschnitten sind. Mit Orten, wo man eine perfekte Pause machen kann.«

»Das ist es!«, rief er plötzlich. »Das ist genial!« Er hob sie spontan hoch und gab ihr einen Kuss auf die Wange.

Verdattert schaute sie ihn an.

»Strampeln und Schlemmen!«

»Ein neuer Name?«, freute sich Marina. »Großartig!«

»Bikes & Beer«, schlug sie vor.

»Das wäre ja wieder nur für die Männer. Was hältst du von Radeln und Rasten«, überlegte er. »Nee, warte mal. Noch besser: Rad & Rast! Oder Pedals & Picknicks!«

Marina nickte begeistert. »Der E-Bike-Verleih mit Herz!«, spann sie weiter. »Wir könnten auch Rikschatouren mit Wein und Romantikpicknick für Verliebte anbieten.«

»Super!«, lobte er.

»Oder Singletouren mit Speed-Dating-Prosecco-Pausen!«

»Alles toll!« Er lachte.

»Hinterhofkonzerte, Partys, Lesungen, Veranstaltungen jeder Art ...« Marinas Fantasie war entfesselt. Jetzt legte sie richtig los.

»Mitternachtsradeln!«, warf er ein.

»Und Easy Weiber – statt Easy Rider«, kicherte sie. »Eine Radelgruppe für Frauen in der Midlife-Crisis. Treten und Zuhören.«

»Good Weibs, sozusagen«, lachte er.

»Wie wäre es mit Therapietouren?«, rief er. »Mit begleitendem Psychologen!«

»Paartherapie-Ausflüge mit mitfahrender Beratung«, stieg sie darauf ein.

»Und ohne Aufpreis!«, lachte er.

»Du bist genial!«, schoss es plötzlich aus Marina heraus, und sie gab ihm spontan einen Kuss auf die Wange.

»Ach«, murmelte er verlegen. »Das war doch nichts.« Es war ihm offenbar unangenehm, sie anzuschauen. »Komm! Wir gehen zurück und schreiben alles auf. Und dann machen wir ein Konzept und brainstormen die Eckdaten für eine Website.«

Es war schon tiefdunkle Nacht, als Marina zurück zu ihrem Auto ging. Unter dem Arm hatte sie einen Notizblock voller Ideen und Konzepte. Inger war wirklich ein kreativer Springbrunnen. Versonnen vor sich hin lächelnd schlenderte sie den Kliffweg hoch.

Übermorgen sollte sie noch mal zu ihm kommen, dann wollten sie eine Anzeige in der *Sylter Rundschau* schalten und eine Pressemeldung für Radio, TV und Tourismuscenter entwerfen. Inger wollte über seine ehemalige Agentur einen Flyer designen lassen und sich nach einer günstigen Websitepräsentation erkundigen.

Abends rief sie Bine an, um sie über alles upzudaten.

Die war restlos begeistert und fing an zu weinen. »Das sind so wunderbare Ideen! Da wäre ich nie drauf gekommen.«

»Also findest du alles gut?«, erkundigte sich Marina. »Ich muss das wissen, denn ich gebe mir hier gerade echt Mühe und will nicht, dass das alles umsonst ist!«

»Ich finde es nicht nur gut, sondern fantastisch!«, jubelte Bine.

»Für einen Neustart brauchen wir aber auch einen neuen Namen«, verkündete Marina.

»Welchen denn?«

»Pedals & Picknicks – der E-Bike-Verleih mit dem gewissen Etwas!«

»Wunderbar!« Bine brach wieder in Tränen aus. »Dass du das alles für mich tust, Rina!«, schluchzte sie. »Das vergesse ich dir nie!«

21

Den Videocall-Termin mit Herrn Ott hätte Marina in all der Geschäftigkeit fast vergessen. Sofort nach ihrem Treffen mit Inger hatte sie sich darangemacht, Proviantvarianten zu überlegen, Preise zu kalkulieren, Einkaufslisten zu erstellen und Routen zu googeln. Sie hatte die Klima-Queens nach Picknickpaket-Ideen befragt. Natürlich war auch ein polnisches in Zusammenarbeit mit Natalia geplant.

An dem kleinen Schreibtisch im Laden hatte sie versucht, das Design für einen Flyer zu entwerfen. Später würde sie Conny kontaktieren, die ja auch das Krönchen-Logo für die KQ-Gruppe entworfen hatte. Vielleicht hatte sie noch ein paar gute Ideen und könnte ihnen bei der konkreten Umsetzung helfen.

Zwei Tage nach dem Treffen mit Inger sollte sie Herrn Ott um 9 Uhr morgens anrufen – und hätte den Termin sicher verpasst, hätte sie sich nicht eine Erinnerung im Handy gespeichert. Marina mochte diese Art des Telefonierens eigentlich gar nicht, weil sie dann immer nur auf das kleine rechteckige Kästchen am Rand des Bildschirms achtete, in dem sie sich selbst sah. Und sie fand es extrem irritierend, sich selbst beim Sprechen zusehen zu müssen.

»Schön, Sie zu sehen, Frau Scholz«, begrüßte Herr Ott sie auf ihrem Handydisplay. »Wie geht es Ihnen? Was machen Ihre Ängste?«

»Am Anfang war es ganz schön hart – besonders die Anreise allein«, gab Marina zu, starrte auf ihr passfotogroßes Gesicht in der rechten Ecke und zwang sich, nur noch auf Herrn Ott zu gucken.

»Ich hätte nicht gedacht, dass ich das hier auch nur ansatzweise bewältigt kriege«, erzählte sie ihm. »Aber hier sind so viele nette Menschen, und ich fühle mich so gebraucht und aufgehoben, dass es mir in Bezug auf die Panikattacken wirklich sehr viel besser geht.«

»Das heißt, Sie haben momentan keine Ängste mehr?«, fasste Herr Ott zusammen.

»Doch, aber eher existenzieller Art, beziehungsweise lebensentscheidungsfindungsmäßig ...«

»Ich verstehe nicht?«, sagte Herr Ott.

»Der Fahrradverleih meiner Cousine, in dem ich gerade arbeite, ist von Insolvenz bedroht, und ich bin dabei, ein Konzept zu erstellen, um die Zahlungsunfähigkeit abzuwenden.«

»Aha!« Herr Ott zog die Augenbrauen hoch. »Es ist aber wichtig, dass Sie sich nicht überfordern!«

»Das hatte ich auch überlegt«, nickte Marina, »aber mir tut es einfach sehr gut, eine Aufgabe zu haben. Und ich mag die Insel und ihre Menschen. Das meinte ich mit Lebensentscheidung. Meine Ehe hat mir – von heute aus betrachtet – überhaupt nicht mehr gutgetan.«

»Das haben Sie jetzt gemerkt, wo Sie etwas Abstand haben?«, fragte er und notierte etwas auf seinem Klemmbrett.

»Ja, genau. Ich habe festgestellt, dass die Angstattacken mit meiner Lebenssituation zusammenhängen. Sie kamen besonders oft, wenn ich etwas tun sollte, was mir nicht entsprach, beziehungsweise durch das Fehlen der Liebe vonseiten meines Mannes.«

»Sie denken, dass Ihr Mann Sie nicht liebt?«, hakte Herr Ott nach. »Wie kommen Sie denn darauf?«

»Ich bin zufällig mit einer Freundin darauf gekommen, dass er vermutlich ein Narzisst ist«, erklärte Marina und war sich nicht ganz sicher, ob es wirklich so sinnvoll war, einem erfahrenen Psychologen derart laienhaft analysierte Charakterprofile zu verkünden.

»Soso!« Herr Ott lachte seltsamerweise laut auf. »Das ist so eine Modediagnose gerade. Der Begriff ›Narzissmus‹ wird häufig als Klassifizierung für egozentrische Menschen verwendet. Tatsächlich bezieht sich die Bezeichnung aber lediglich auf Selbstwert und Selbstliebe und betrifft daher jeden von uns. Jeder Mensch hat das Bedürfnis, seinen Selbstwert zu erhöhen, und trägt daher narzisstische Anteile in sich«, klärte er Marina auf. »Was haben Sie denn für konkrete Anhaltspunkte?«

»Mein Mann macht mich sehr oft runter. Er hat keine Wertschätzung für mich, keinen Respekt – und vor allem keine Empathie. Er redet stets nur über sich und seine beruflichen Erfolge – alles andere, besonders das, was ich erzähle, langweilt ihn. Wenn er Fehler macht oder irgendwas schiefgeht, haben grundsätzlich immer die anderen Schuld, nie er selbst.«

Sie holte Luft.

»Man darf ihn überhaupt nicht kritisieren, sonst ist er sofort beleidigt. Er wird sehr schnell wütend – und entschuldigt sich nie!«

Sie schnaubte.

»Er ist überhaupt nicht mehr zärtlich oder liebevoll zu mir, und wir haben seit Jahren keinen Sex mehr«, platzte es aus ihr heraus.

»Aha«, sagte Herr Ott, den die ganzen Offenbarungen und Narzissmusbeweise erstaunlich kaltzulassen schienen. »Da hat sich ja ganz schön was bei Ihnen angestaut.«

Marina nickte und merkte, wie die Wutwelle, die gerade in ihr hochgeschossen war, langsam wieder abebbte.

»Zu einer destruktiven Beziehung gehören aber immer zwei. Einer, der macht – und der andere, der mit sich machen lässt.«

»Hmpf«, machte Marina.

»Um zulassen zu können, dass jemand liebevoll mit einem umgeht, muss man erst mal liebevoll zu sich selbst sein«, dozierte er. »Auch wenn das jetzt etwas altbacken klingt: Wenn Sie wollen, dass jemand anderes Sie liebt, müssen Sie sich zuerst selbst lieben. Sie müssen zunächst die Liebe zu sich selbst zulassen können – erst dann werden Sie zulassen können, geliebt zu werden.«

Marina musste darüber nachdenken.

»Aber Sie haben schon recht«, gab Herr Ott zu. »Angst

ist oft das Fehlen von Liebe! Von Selbstliebe und der Liebe von anderen.«

Marina schluckte.

»Wollen Sie denn etwas dagegen unternehmen, dass Ihnen die Liebe in Ihrem Leben fehlt?«, erkundigte er sich.

»Na ja, an der Selbstliebe bin ich ja gerade dran«, sagte Marina.

»Inwiefern?«

»Ich achte darauf, Sachen zu machen, die mir guttun«, erklärte sie. »Ein Zumbakurs am Strand zum Beispiel, lange Radtouren, neue Freunde ...«

»Schön!« Herr Ott nickte zufrieden.

» ... und es gibt auch einen Mann, der mir etwas bedeutet.« Marina merkte, wie sie rot wurde. Das war plötzlich unkontrolliert aus ihr herausgeschossen.

»Na wunderbar!«, freute sich Herr Ott und lächelte sie aufmunternd an. »Das hört sich gut an. Machen Sie weiter so! Für mein Gefühl sind Sie auf einem sehr guten Weg. Bleiben Sie sich treu, und seien Sie vor allen Dingen ehrlich gegenüber sich selbst, was Ihre Gefühle – und damit meine ich auch Ihre Liebesgefühle – betrifft.«

»Würden Sie mir raten, mich von meinem Mann zu trennen?«, fragte Marina mutig. »Narzissmus ist schließlich nicht heilbar, habe ich gelesen.«

»Das müssen Sie selbst entscheiden«, sagte Herr Ott. »Auch wenn es eine Binse ist: Im Zweifelsfall ist ein Ende mit Schrecken immer besser als ein Schrecken ohne Ende.«

Marina schaute ihn mit großen Augen an.

»Ich will damit sagen, dass es sicherlich nicht ratsam ist,

nur aus Angst vor Einsamkeit oder gesellschaftlichen Konventionen mit jemandem zusammenzubleiben, der einem nicht guttut. Man kann sich zu zweit sehr viel einsamer fühlen als allein.«

»Genau das habe ich in letzter Zeit auch gedacht«, sagte Marina.

»Achten Sie einfach genau auf Ihre Gefühle!«, schlug er vor. »Spüren Sie, was Ihnen guttut – und was nicht. Achten Sie darauf, welche Menschen oder Ereignisse Ihnen Kraft geben – und welche Ihnen Energie rauben. Wer macht Sie mutig und abenteuerlustig – und wer macht Sie klein und ängstlich?«

»Ich werde es versuchen«, versprach Marina.

»Viel Glück«, wünschte Herr Ott. »Ich habe ein gutes Gefühl! Und rufen Sie mich gern jederzeit an, wenn Sie Gesprächsbedarf haben.«

PLOPP! Schon war er vom Display verschwunden.

Als erste Handlung ihres Selbstwahrnehmungsauftrages löschte sie trotzig die Wo ist?-App von ihrem Handy, mit der Rolf sie überwachte und stets kontrollieren konnte, wo sie sich aufhielt. Er musste von ihren Besuchen bei Inger ja nicht unbedingt wissen.

Kaum eine Stunde später rief Rolf rief sie wutentbrannt an und hielt sich nicht mit einer Begrüßung auf. »Hast du die App absichtlich gelöscht, oder war das Zufall?«, schnauzte er.

»Hallo, Rolf, ich freue mich auch, von dir zu hören«,

sagte sie kühl. »Welche App meinst du denn?«, fragte sie scheinheilig.

»Na, die Wo ist?-App!«, schnaubte er. »Blöde Frage!«

»Die kenne ich gar nicht«, log Marina, um ihn zu provozieren.

»Jetzt tu nicht blöder, als du bist«, polterte er. »Die habe ich dir doch installiert, damit ich dir überall helfen kann, wenn du wieder eine deiner komischen Angstattacken kriegst.«

»Ich brauche deine Hilfe aber nicht mehr, Rolf.« Es tat so gut, ihm mal Kontra zu geben. Grinsend ließ sie sich aufs Sofa fallen. Er würde sicherlich gleich restlos explodieren.

»Ach ja?«, schrie er. »Seit wann das denn? Willst du jetzt alles aufgeben? Hast du auch mal darüber nachgedacht, wie das alles für mich ist?«

Alles klar, er macht sich wieder zum Opfer, dachte Marina und sagte deshalb: »Nein, im Moment lerne ich gerade, an mich zu denken – und nicht nur an dich, Rolf. Sehr ungewohnt …«

»Ungewohnt, das kann man wohl sagen! Komm mal wieder zur Vernunft, meine Liebe! Du fährst gerade unsere Ehe an die Wand!«, wütete er.

Marina hielt inne, um ihre Gedanken zu ordnen. Sollte sie ansprechen, was ihr auf der Seele lag? Jetzt und hier am Telefon? Wäre es nicht besser, das persönlich zu tun?

»Ist sie das nicht schon längst?«, fragte sie schließlich. Der resignierte Ton in ihrer Stimme war nicht zu überhören.

»Ist wer was?«, blaffte Rolf. »Kannst du dich nicht einmal

vernünftig ausdrücken, Marina, sodass man dich auch versteht?«

»Hältst du nur noch aus Gewohnheit an mir fest, Rolf, oder liebst du mich noch?«, setzte sie nach.

Pause am anderen Ende der Leitung.

»War das klar genug ausgedrückt?«, fragte Marina.

»Natürlich liebe ich dich. Was für eine blöde Frage«, ärgerte sich Rolf.

»Aber was denn genau? Was liebst du an mir, Rolf? Das würde mich wirklich interessieren.« Sie hatte die Hoffnung, dass ihr Rolfs Antwort beweisen würde, wie er Teile ihres Wesens erkannt hatte und schätzte. Und dass es doch noch Hoffnung gab für ihre 32-jährige Ehe.

»Ach, Marina!«, schnaubte er. »Für so einen Blödsinn hab ich jetzt wirklich keine Zeit! Ich muss auflegen!«

»Dafür hast du nie Zeit, Rolf«, ließ sie nicht locker. »Es ist mir aber wichtig!«

»Ich muss jetzt auflegen«, zischte er erneut. »Wir können sprechen, wenn du wieder zur Vernunft gekommen bist.« Und weg war er.

Desillusioniert starrte Marina auf ihr Handydisplay. Wenn es noch nicht mal möglich war, mit ihm zu reden, wie sollten sie dann weiterkommen? Wie sollten sie wieder zueinanderfinden? Es schien ihr gerade absolut aussichtslos …

Was sie ausmachte, ihre Wünsche, Träume und innersten Hoffnungen, war ihm vermutlich tatsächlich komplett egal – oder zumindest egal geworden. Hauptsache, sie war da, und er musste sein bequemes Leben nicht ändern, musste seine Komfortzone nicht verlassen. Dass sie nun aufbegehrte und Forderungen stellte, dass sie Fragen hatte und mehr Eigenständigkeit wollte, das alles war offenbar höchst lästig für ihn. Anstrengend und ärgerlich. Ihre Not dahinter blendete er aus.

Doch sich über ihn zu ärgern und über ihn zu schimpfen war die eine Sache – ihn tatsächlich zu verlassen und ein neues Leben zu beginnen, stand auf einem ganz anderen Blatt. Einem Blatt, das ihr immer noch große Angst machte.

Sie musste nachdenken. Dringend und gründlich darüber nachdenken, was sie wirklich wollte – und wie sie sich dabei fühlen würde.

PIEP! PIEP! Eine Message der Klima-Queens-Gruppe ploppte auf.

Ilse hatte ein Foto mit einem Zitat der großartigen Schauspielerin Meryl Streep verschickt. Es passte wie die Faust aufs Auge zu Marinas momentaner Situation:

Ich habe keine Geduld mehr für bestimmte Dinge. Nicht, weil ich arrogant geworden bin, sondern einfach nur, weil ich einen Punkt in meinem Leben erreicht habe, an dem ich keine Zeit mehr mit dem, was mir missfällt oder mir wehtut, verschwenden will.

Ich habe keine Geduld mehr für Zynismus, für übertriebene Kritik und Forderungen jeder Art.

Ich hab den Willen verloren, denen zu gefallen, die mich nicht mögen, die zu lieben, die mich nicht lieben, und die anzulächeln, die mich nicht anlachen wollen.

Ich verschwende keine einzige Minute mehr an die, die lügen und manipulieren. Ich habe mich entschlossen, nicht mehr mit Verstellung, Heuchelei, Unehrlichkeit und billigem Lob zu koexistieren.

Ich toleriere weder selektive Gelehrsamkeit noch akademische Arroganz.

Ich werde mich auch nie an den so beliebten Klatsch gewöhnen.

Ich hasse Konflikte und Vergleiche.

Ich glaube an eine Welt der Gegensätze, und darum meide ich Menschen mit starren und unflexiblen Persönlichkeiten.

In Freundschaften mag ich Mangel an Loyalität und Verrat nicht. Ich komme nicht klar mit solchen, die keine Komplimente oder ein Wort der Ermutigung geben können. Übertreibungen langweilen mich, und ich habe Schwierigkeiten, Menschen zu akzeptieren, die keine Tiere mögen. Und obendrein habe ich keine Geduld für alle, die meine Geduld strapazieren.

Es stimmte, die Zeit schwand. Abwarten und hoffen, dass alles von allein besser würde, konnte sie sich im Grunde gar nicht mehr leisten. Wenn sie ihre Träume und Wünsche verwirklichen wollte, dann jetzt. Sofort. Wechseljahre – das bedeutet ja vielleicht auch, dass man nicht nur den Partner wechseln sollte, sondern vielleicht sogar das ganze Leben …

PIEP! PIEP! *Sorry, Klugscheißer-Alarm*, schrieb Conny. *Das Zitat ist leider nicht von unserer geliebten Meryl, sondern von dem portugiesischen Autor José Micard Teixeira! Just saying!* Dahinter hatte sie ein Besserwisser-Emoji mit Hornbrille gesetzt.

Vollkommen egal, schrieb Marina zurück. *Was wahr ist, ist wahr!*

Conny und Ilse schickten zur Zustimmung hochgereckte Daumen.

22

Inger hatte beeindruckend viel vorbereitet und organisiert. Sprachlos saß Marina neben ihm vor dem Wohnwagen und ließ sich das Ergebnis seiner Überlegungen präsentieren: Die witzige und neugierig machende Pressemeldung, die er verfasst und über seine Ex-Werbeagentur hatte rundschicken lassen, hatte für großes Interesse gesorgt. Bereits nächste Woche sollte Marina schon zwei Interviews geben, eines fürs Insel-Radio und eines für die *Sylter Rundschau.*

Und auch das *Sylt*-TV-Fernsehteam wollte einen kurzen Beitrag über Pedals & Picknicks produzieren. Dafür gab es noch jede Menge zu tun:

Es musste ein neues Namensschild in Auftrag gegeben und neue Aufkleber für die Leihräder designt und geprintet werden. Der neue Name sollte schließlich gleich zu erkennen sein.

Es mussten Proviantkörbe, Tupperdosen, Besteck, Tücher und Gläser für die Picknickpakete gekauft, Menü- und Streckenpläne erstellt, die Routen abgefahren und Karten entworfen werden.

Ingers ehemalige Werbeagentur wollte den Flyer-Entwurf schicken, der abgesegnet und in Druck gegeben und dann per Postwurfsendung überall auf der Insel verteilt werden musste. Gerda hatte bereits ein süßes Logo erstellt, das das Vorder- und Hinterrad eines Bikes durch große Herzen ersetzt zeigte. Darauf saß eine strahlend fröhliche Frau im wehenden Blumenkleid, die einen Picknickkorb auf dem Vordergepäckträger hatte und ein Prosecco-Glas in die Luft hielt.

Auch die Website war, dank Ilses Sohn, einem Screen-Designer, im Werden. Für all diese Maßnahmen würde Marina sehr viel Geld von ihrem Sparkonto vorstrecken müssen, aber was sollte es, sagte sie sich. Das Geld lag da seit Jahren rum, ohne dass sie einen sinnvollen Einsatz dafür gehabt hätte. Insofern zögerte sie nicht, es jetzt zu benutzen. Es war ihr durchaus klar, dass sie viel riskierte und alles auf eine Karte setzte – aber wie hieß es doch: Wer nicht wagt, der nicht gewinnt.

Inger war ungewöhnlich wortkarg und in sich gekehrt heute. Er sah erschöpft aus. Offenbar hatte er sich die vergangenen Tage sehr ins Zeug gelegt und wenig Schlaf bekommen.

Auf Marinas besorgte Frage, was denn mit ihm los sei und ob es ihm nicht gut gehe, ächzte er auf und massierte sich mit einer Hand die Schultermuskulatur.

»Boah! Steifer Nacken! Mein Rücken!!«, seufzte er. »Ich bin die sitzende Schreibtischarbeit einfach nicht mehr gewohnt …«

»Du Armer«, hatte Marina sofort ein schlechtes Gewissen. »Tut mir sehr leid, dass du dir wegen mir so einen Stress machst. Soll ich dich massieren?«

»O ja, gern«, strahlte Inger.

Sie gingen in den Innenraum des Wohnwagens, wo er seinen Pullover auszog und sich mit nacktem Oberkörper und einem wohligen Seufzer bäuchlings aufs Bett legte. Natürlich hatte Marina zuvor die Gelegenheit genutzt, um einen verstohlenen Blick auf seinen Körperbau zu werfen. Anerkennend hatte sie eine breite Brustmuskulatur, ein kleines Bäuchlein und viel graues Körperfell registriert. Sein Oberkörper war dicht behaart.

»Hast du Massageöl?«, erkundigte sie sich, um ihre Nervosität zu überspielen. Sie fühlte sich beklommen und zwang sich, möglichst locker zu bleiben. Aber es war definitiv eine merkwürdige Situation, mit einem halb nackten Mann mitten im Nichts in einem Wohnwagen zu sein und gleich seine Haut zu berühren.

»Nein, nur Olivenöl«, brummte Inger. »Da hinten in der Küchenzeile.«

»Das geht auch«, beschloss Marina.

Sie nahm die Flasche, ließ sich etwas Öl in die Hände tröpfeln und rieb diese aneinander, um sie zu erwärmen.

Inger seufzte genussvoll auf, als sie vorsichtig mit ihrer Massage begann. »Mmmmh, tut das gut! Kannst du bitte ewig so weitermachen?«

Sie lachte und versuchte, die Verspannungen zu erkennen, die ihn so peinigten. Es war ewig her, dass sie jemanden massiert hatte. Zuletzt ihre Kinder, glaubte sie zu erinnern. Sie hatte keine Ahnung, ob sie es richtig machte.

»Jaaaa, genau da!«, stöhnte Inger auf, als sie einen harten Muskelstrang seiner Schulter zu fassen bekam. Sie knetete und walkte so konzentriert, dass ihr der Schweiß ausbrach, als draußen ein Schaf panisch zu blöken begann. Sofort sprang Inger auf, stürmte aus dem Wagen und rannte in Richtung des ängstlich schreienden Tieres.

Marina wischte sich die öligen Hände ab und atmete tief durch. Jede ihrer Fasern schien angespannt. Hochsensibilisiert.

Ein paar Minuten später trat Inger atemlos wieder in die Tür. »Diese blöden Hunde!«, schimpfte er. »Da war schon wieder einer nicht angeleint und hat Martha ins Bein gebissen.«

»O nein!«, rief Marina entsetzt. »Und nun? Gibt es einen Nottierarzt in der Nähe?«

»Den brauchen wir nicht. Ist zum Glück nur oberflächlich.« Hektisch kramte er Verbandszeug und Desinfektionsmittel aus einem Schrank und verabschiedete sich eilig. »Ich muss mich kümmern – tut mir leid!«

Weg war er.

Marina überlegte kurz, ihm hinterherzulaufen, um ihm zu assistieren, aber ein Blick auf ihre Uhr sagte, dass es höchste Zeit war aufzubrechen. Sie war um 19 Uhr mit Hanni beim Italiener verabredet – und es war bereits 18:50 Uhr. Sie riss ein Blatt Papier von seinem Notizblock und schrieb ihm eine Nachricht, die sie ihm aufs Bett legte.

Vielen Dank für alles, du Lieber! Du bist wirklich ein Engel! Ich musste leider los, da ich mit Hanni zum Essen verabredet bin. Ich hoffe, die Massage hat etwas geholfen. Jederzeit gern wieder! ;-)

Ich habe gerade eine Idee: Komm doch Donnerstag zum Zumba. Tut wahnsinnig gut und lockert! Und du kannst doch so gut tanzen ... Um 19 Uhr in Kampen am Strand.

Das war ihr gerade spontan eingefallen. Erstens würde sie ihn dann schnell wiedersehen – und zweitens wäre es vielleicht tatsächlich wohltuend für seine Verspannung. Sie glaubte allerdings nicht, dass er tatsächlich kommen würde.

Hanni wartete bereits auf der Terrasse vor einem orangefarbenen Glas Aperol Spritz, als Marina im *Amici* eintraf.

»Sorry für die Verspätung«, entschuldigte sich Marina. »Ich habe mit Inger an den Entwürfen für den Verleih gearbeitet und darüber die Zeit aus den Augen verloren. Muss ja jetzt alles schnell fertig werden ...«

»Is klar«, grinste Hanni.

Marina gab ihr links und rechts ein Begrüßungsküsschen, hängte ihre Handtasche über die Stuhllehne und setzte sich. Sofort eilte ein Kellner heran und überreichte ihr die Speisekarte.

»Was läuft da eigentlich zwischen dir und diesem Schäfer?«, fragte Hanni.

»Gar nichts!« Marina wurde rot.

»Sicher!«, lachte Hanni. »Und warum schaust du ihn dann immer an wie ein Kaninchen die Schlange?«

»So paralysiert gucke ich?«

»Hm.« Hanni nickte grinsend, während sie an ihrem Aperol-Strohhalm saugte.

»Das ist ungünstig. Ich dachte, der Blick würde umwerfend sexy aussehen ...«, scherzte Marina.

»Keine Angst! Da geht was! Das sieht man in seinen Augen«, behauptete Hanni.

»Mensch, Hanni! Hör auf!«, empörte sich Marina. »Das geht doch alles gar nicht! Ich bin verheiratet!« Sie hielt demonstrativ die Hand mit ihrem Ehering hoch.

»Das war ich auch. Verheiratet heißt aber nicht, lebenslang in Alcatraz gefangen zu sein. Die Flucht ist dir ja bereits gelungen. Jetzt musst du nur noch die Fußfesseln sprengen.«

»Das kann ich nicht!«

»Und ob du das kannst! Und jetzt such dir bitte endlich was zu essen aus. Ich habe einen Bärenhunger«, befahl Hanni.

Sie bestellten und bekamen kurz darauf einen Brotkorb, Oliven und zwei Dips serviert, auf die Hanni sich gierig stürzte.

»Vielleicht ist Rolf ja auch doch kein Narzisst«, versuchte es Marina. »Oder zumindest kein so schlimmer ...« Sie schaute Hanni hoffnungsvoll an. »Also einer, den man vielleicht wieder hinkriegt?«

»Süße, wovon träumst du nachts?« Hanni verdrehte die Augen. »Jetzt lass mal die klinischen Definitionen beiseite, ich wollte dir einfach eine andere Perspektive auf eure Ehe ermöglichen. Damit du dich nicht für alles verantwortlich machst!« Sie biss von dem Ciabatta ab, das sie dick mit dem Kräuterdip bestrichen hatte. »Hm! Lecker!«

»Lass uns doch spaßeshalber mal eine Plusminus-Liste deiner Ehe erstellen«, schlug Hanni vor, griff sich einen Bierdeckel und wühlte einen Kugelschreiber aus ihrer Tasche. »Also: Was ist gut?«

»Die Sicherheit, die er mir gibt«, überlegte Marina laut.

»Ist das so?« Hanni schaute zweifelnd.

»Schon ... Finanziell und gesellschaftlich, meine ich«, fügte Marina nach.

»Pfft!«, machte Hanni, verdrehte die Augen und wedelte eine Wischbewegung in die Luft. »Einen Job findest du immer. Hier auf Sylt wird überall händeringend Personal gesucht. Und außerdem relaunchst du ja auch gerade Bines Verleih. Da könntest du sicher auch weiterhin arbeiten.«

Marina zuckte die Achseln.

»Weiter!«, forderte Hanni. »Was noch?«

»Die gemeinsamen Kinder und Freunde«, brachte Marina hervor.

»Eure Kinder sind ausgezogen – und Freunde ...« Sie machte erneut eine wegwischende Handbewegung, so als ob sie eine Fliege verscheuchen wolle. »Was ist denn mit Liebe, Sex, Nähe, innigen Gesprächen, Humor?«

»Sex haben wir schon seit Jahren nicht mehr«, stellte Marina klar. »Und Gespräche ...?« Sie überlegte. »Na ja ...«

»Was liebst du denn an ihm?«, kürzte Hanni den Erinnerungsprozess ab.

»Die Sicherheit, die er mir bietet. Seine starke Schulter ...«

»Und was magst du nicht? Was geht dir auf die Nerven?«

»Seine Konfliktunfähigkeit und dass er immer sofort in die Luft geht. Dass er mich nicht wertschätzt, oder falls er es doch tut, es mir auf jeden Fall nicht zeigt«, sprudelte es aus Marina heraus. Die Aufzählung der negativen Seiten fiel ihr deutlich leichter. »Die fehlende Nähe und Zärtlichkeit und dass wir nur noch selten etwas zusammen unternehmen. Mir fehlen einfach romantische gemeinsame Stunden.«

Sie nahm einen Schluck ihres alkoholfreien Bieres. »Sehr!«

Hanni nickte verständnisvoll. »Ist doch klar!«

»Natürlich vermisse ich den Zauber des Anfangs, aber der ist ja immer verflogen nach ein paar Jahren. Das ist vermutlich normal, oder?«

»Kommt drauf an, ob man sich damit abfindet«, gab Hanni zu bedenken. »Muss man ja nicht ... Was noch?«

»Unsere Urlaube waren auch nicht besonders schön«, stellte Marina fest. »Er ist halt eher ein Einzelgänger als ein Nähe-Mensch. Er macht immer lieber Sachen allein.«

»Du fühlst dich also allein in eurer Ehe? Das Gefühl kenne ich übrigens nur zu gut ...«, stimmte Hanni zu.

»Ja, das tue ich schon seit ein paar Jahren, ehrlich gesagt«, gab Marina traurig zu.

»Was sind denn deine Wünsche?«, erkundigte sich Hanni.

»Wie gesagt: Ich brauche mehr Wertschätzung, mehr Respekt, mehr Nähe, einfach mehr schöne Stunden mit ihm. Mehr Erfüllung. Es wäre schön, wenn ich wieder glücklich wäre, wenn wir zusammen sind – und nicht nur angespannt und angestrengt.«

»Man kann also sagen, unterm Strich tut dir eure Ehe aktuell nicht besonders gut«, fasste Hanni zusammen.

»Ja, das stimmt wohl«, sagte Marina.

»Und du denkst, das wird sich auf magische Weise noch irgendwie ändern?«

»Ich weiß es nicht ...«, seufzte Marina resigniert.

»Schau mal, wie alt bist du jetzt?«, fragte Hanni.

»56!«

»Siehst du! Über die Hälfte deines Lebens ist bereits vorbei. Die Anzahl der Sommer, die du noch hast, ist sehr überschaubar!«

»Überschaubar?«, rief Marina entsetzt.

»Na ja, also 20 bis 30 Sommer noch – realistisch. Aber vermutlich nicht alle davon komplett fit. Was ich damit sagen will: The time is now! Du hast keine Zeit mehr zu verlieren. Willst du dich am Ende tatsächlich darüber ärgern, dass du den Rest deines Lebens in einer unglücklichen Ehe verschwendet hast? Ich glaube, das würdest du sehr bereuen ... Alles, was du brauchst, ist doch nur ein bisschen Mut!«

In diesem Moment kam der Kellner und servierte ihr Essen. Mut, immer dieser Mut, ärgerte Marina sich im Geiste, während sie eine Gabel Spaghetti all'arrabbiata aufdrehte. Der Aufenthalt auf der Insel artete ja in eine einzige uferlose Mutprobe aus ...

»Du hast eben gesagt, dass dein Mann dir Sicherheit geben würde«, überlegte Hanni laut und schob sich einen Bissen Vitello tonnato in den Mund.

»Ja, und?«

»Ich habe eher das Gefühl, dass es genau andersrum ist!« Hanni schaute sie ernst an. »Dass er dir Sicherheit nimmt. Deine innere Sicherheit!

»Ach, Hanni, ich weiß nicht, ob du das wirklich alles beurteilen kannst«, ärgerte sich Marina. »Du warst schließlich nur sechs Jahre verheiratet!«

»Ich war insgesamt 20 Jahre mit meinem Ex-Mann zusammen, und der Unterschied zwischen 20 und 30 Jahren ist, glaube ich, nicht so groß, dass ich es nicht beurteilen könnte«, entgegnete Hanni und hob dazu den Zeigefinger.

»Es klingt in der Theorie alles so einfach, aber in der Praxis ...«, versuchte Marina, sich rauszureden.

»Doch, meine Süße«, widersprach Hanni. »Letztlich ist es viel einfacher, als du denkst. Das kann ich dir aus Erfahrung sagen. Du musst einfach nur den ersten Schritt tun und wirst überrascht sein, wie leicht dann doch alles ist!«

»Ich weiß nicht ...«, zweifelte Marina unsicher.

»Du weißt doch, dass sich eine neue Tür erst öffnet, wenn man eine andere schließt. Warum überlegst du nicht mal ernsthaft, deinen Mann zumindest für eine bestimmte Zeit zu verlassen?«

»Das tue ich doch gerade«, warf Marina ein.

»Und? Wie fühlt es sich an?«

»Ehrlich gesagt besser als jemals gedacht«, musste Marina zugeben. »Ich bin viel glücklicher und freier. Vor allem auch angstfreier«, schob sie nach.

»Noch Fragen?«, lachte Hanni. »Dann lass uns mal zahlen, ich möchte zu meinem Lover ...«

Sie orderten die Rechnung und verabschiedeten sich herzlich. Hanni war eine echte Freundin geworden, dachte Marina gerührt auf dem Weg nach Hause. Sie hatte schon lange nicht mehr mit jemandem so ehrlich reden können.

Sie schloss die Wohnungstür auf, fütterte den bereits wartenden Tiger und ließ sich mit einem Becher Pfefferminztee aufs Sofa fallen. Herr Ott und jetzt auch noch Hanni rieten ihr, Rolf zu verlassen. Offensichtlich war niemand mehr bereit, die Institution »Ehe« zu schützen, so wie sie es aus ihrem Elternhaus gewohnt war, wunderte sich Marina. Die Ehe war anscheinend zu einem Auslaufmodell verkommen, das man durchaus angreifen konnte. Diese Erkenntnis war neu für sie. Sie hatte bislang immer angenommen, sie würde in ihrem Leben alles richtig machen, wenn sie ihre Ehe aufrechterhielt. Jetzt schien es so, als würde sie nur dann alles richtig machen, wenn sie sich selbst aufrechterhielt.

23

Marina startete den Tag mit einer Umfrage in der Klima-Queens-Gruppe: *Was sind eure liebsten Orte auf Sylt?* Die Idee war ihr über Nacht gekommen. Wer außer den Sylterinnen würde am besten wissen, wo es auf der Insel besonders schön war? Natürlich war es besser, genau diese Frauen nach ihren Lieblingsplätzen zu befragen, statt sich endlos durch irgendwelche Reisetipp-Seiten zu googeln.

Sofort trudelten die Antworten ein, und Marina machte sich fleißig Notizen. Die genannten Orte würde sie nachher abfahren, um ein Gefühl dafür zu bekommen, welche Speisen gut dazu passen würden.

Immer wieder ging ihr Rolf beziehungsweise ihre Ehe durch den Kopf. Sie waren gefangen in einem unguten Kreislauf: Er machte sie runter, sie fand sich deshalb immer doofer und weniger liebenswert und verfiel in eine Art Duldungsstarre, immer mit eingezogenem Kopf vor der nächsten Beschimpfung oder Demütigung. Ihn wiederum machte ihre Unterwürfigkeit noch selbstsicherer, und schon wurde alles noch eine Umdrehung schlimmer. Kein Wunder, dass am Ende Angstattacken bei ihr dabei herauskamen, dachte sie.

Sollte sie ihn wirklich verlassen? Auch sie hatte mit ihrer Devotheit schließlich erheblichen Anteil an dieser unguten Dynamik. Sicherheitshalber googelte sie noch mal zum Stichwort Paartherapie und erfuhr, dass sich ein narzisstischer Mensch selten dazu bereit erklären würde. Würde er sich doch dazu herablassen, würde er versuchen, dem Partner die Schuld zu geben und den Therapeuten um den Finger zu wickeln. Keine besonders rosigen Aussichten …

Paartherapie schien also keine Option – und Selbstschutz?

Lassen Sie sich nicht blenden und achten Sie auf Warnzeichen, empfahl eine Ratgeberseite, die sie gerade aufgerufen hatte. *Stärken Sie Ihr Selbstbewusstsein, machen Sie Sport, und pflegen Sie Beziehungen zu Menschen, bei denen Sie sich wohlfühlen, die Sie stärken und Ihnen zeigen, dass es auch noch liebevolle Menschen gibt. Bleiben Sie sich selbst treu, und scheuen Sie sich nicht davor, Ihre Meinung zu vertreten und Ihre Wünsche zu äußern. Träumen Sie zum Beispiel schon lange von einer Reise im Campingbus, machen Sie ihm die Reise schmackhaft.*

Zeigen Sie Ihre Grenzen klar auf, und lassen Sie sich nicht vereinnahmen. Bestehen Sie darauf, dass Ihre Pläne und Wünsche umgesetzt werden und Ihre Bedürfnisse nicht zu kurz kommen. Achten Sie auf Ihr Wohlbefinden. Wenn Sie merken, dass Ihnen Ihr Partner nicht guttut und Ihre Bedürfnisse in der Beziehung untergehen, ist es Alarmstufe Rot!

Ist Ihr Partner nicht bereit, an der Beziehung zu arbeiten, obwohl Sie schon oft versucht haben, mit ihm darüber zu sprechen? Dann bringen Sie sich selbst in Sicherheit, und lösen Sie sich von diesem Menschen! Oft ist es hilfreich, dazu Unterstützung von außen in Anspruch zu nehmen, da sich die Trennung von Narzissten oftmals als herausfordernd erweisen kann. Suchen Sie dazu beispielsweise einen Psychologen oder eine Selbsthilfegruppe auf.

Na prima! Jetzt hatte sie noch mehr Angst vor einer Trennung! Verunsichert klappte sie den Laptop zu und beschäftigte sich den Rest des Tages mit dem Kochen von Probemenüs und dem Besuch der Klima-Queens-Lieblingsplätze. Um 18:30 Uhr brach sie auf nach Kampen zum Zumba.

Sie hatte die Hoffnung im Grunde aufgegeben, dass Inger tatsächlich zum Zumba erscheinen würde. Als sie ihn plötzlich oben auf der Holzbrücke, die zum Kampener Strand führte, winken sah, hatte der Kurs bereits begonnen. Wilde Freude durchfuhr sie wie ein Blitzeinschlag.

»Stopp! Da kommt noch jemand!«, rief sie strahlend.

Hanni schaute sie kurz irritiert an und stellte dann die Musik auf Pause.

»Oh, ein Mann!«, riefen die Frauen erstaunt. »Und was für einer!«

»Oh, là, là«, schnalzte Gerda. »Haben wir jetzt eine gemischt geschlechtliche Gruppe?«

Schnatternd und kichernd beobachteten die Klima Queens, wie der arme Inger unter genauester Beobachtung zahlreicher Augenpaare die Treppe heruntereilte, um zu ihnen zu kommen. Er trug eine merkwürdige Leggins, die aussah, als hätte er seinem Opa die lange Rippunterhose geklaut – und dazu ein altes, ausgeblichenes Sweatshirt. Besondere Eitelkeit konnte man ihm wirklich nicht vorwerfen.

»Guten Abend, die Damen«, begrüßte er sie. »Mein Name ist Inger, und ich freue mich sehr, mich heute hier mit Ihnen körperlich betätigen zu dürfen.«

»Wir freuen uns auch!«, hießen ihn die Frauen willkommen. »Endlich mal ein Kerl in unserer Runde!«

»Na, dann mal los!«, rief Hanni, klatschte in die Hände und stellte die Sambamusik wieder an. »Sie müssen einfach versuchen, den Übungen zu folgen«, rief sie Inger zu und begann mit den ersten Schritten.

Immer wieder schauten die Damen verstohlen aus den Augenwinkeln, wie sich der einzige Mann der Gruppe machte – und er machte seine Sache erstaunlich gut. Die südamerikanischen Rhythmen schienen ihm, dem ur-norddeutschen Friesen, erstaunlicherweise im Blut zu liegen. Geschmeidig schwang er die Hüften und hatte keinerlei Mühe mit den Schrittfolgen.

Marina war total fasziniert, dass dieser Mann sich so gut bewegen konnte. Rolf würde wahrscheinlich aussehen, als hätte man ihn erst eingegipst und dann an ein Starkstromkabel angeschlossen.

Mit viel Spaß und Lachen ging der Kurs schließlich zu Ende, und die Frauen ließen sich danach wie immer erschöpft auf ihre Kissen und Decken fallen, um Luft zu holen und etwas zu trinken. Auch Inger wurden natürlich Getränke und Snacks angeboten, die er gern annahm.

»Und, wie fanden Sie es?«, erkundigte sich Gerda, rotwangig und nach Luft schnappend. Die gestandene Frau strahlte ihn an wie ein kleines Mädchen.

»Es hat mir großen Spaß gemacht«, nickte Inger anerkennend. »Und tatsächlich meine verspannte Muskulatur gelockert.« Er fuhr sich mit der Hand über den Nackenbereich.

»Schön!«, freute sich Hanni. »Der nächste Kurs ist Donnerstag!«

»Leider werde ich nicht regelmäßig Zeit haben«, bedauerte Inger. »Aber vielleicht kann ich meinen Schafen ja ein paar südamerikanische Rhythmen beibringen.«

»Der tanzende Schäfer und seine Zumbaherde!«, kreischten die Frauen.

»Sie haben Ihre Sache jedenfalls sehr gut gemacht«, lobte Hanni.

»Was ist eigentlich aus den Komplimenten geworden, die wir uns gegenseitig machen wollten?«, fragte Michaela plötzlich.

»Oh, das haben wir ja total vergessen«, rief Ilse bestürzt.

»Na, dann mal los jetzt«, forderte Gerda auf.

Es ging der Reihe nach. Birgit fing an und lobte Frisuren, Ausstrahlung, Outfits und Lächeln der verschiedenen Teilnehmerinnen. Bei jedem Kompliment errötete die jeweilige Frau erfreut. Etwas Schönes über sich zu hören tat offenbar so gut wie eine warme Dusche.

Schließlich war Inger an der Reihe. »Ich kenne euch ja nicht alle, deshalb kann ich nur etwas zu Hanni sagen – und zu Marina«, sagte er. Er wandte sich Hanni zu: »Ich finde, du hast eine total positive Energie«, lobte er. »Irgendwie eine Art innere Sonne!«

Die Frauen stimmten geschlossen zu.

»Genau!«

»Finde ich auch!«

»Schön gesagt!«

»Absolut!«

»Oh, wie schön!«, kicherte Hanni. »Vielen Dank!«

»Und mit dir fühle ich mich immer total wohl«, wandte sich Inger an Marina. »Ich mag deinen schnellen Geist und deinen Sinn für Humor. Wenn du lachst, hast du so süße kleine Fältchen um die Augen«, lächelte er.

Marina schaute ihn sprachlos an. Sie konnte sich nicht erinnern, wann zuletzt jemand so etwas Nettes zu ihr gesagt hatte.

Doch Inger war noch nicht fertig: »Ich mag, wie du gehst und dich beim Tanzen bewegst – und du hast schöne Füße!« Er lachte und deutete auf ihre nackten Füße im Sand.

»Oh, là, là ...«, schmunzelte die Frauenrunde und verdrehte die Augen.

»Da geht aber was, oder?«, flüsterte Ilse Gerda zu.

»Aber so was von«, zwinkerte die verschmitzt zurück.

Es wurde viel gelacht und gescherzt, und es hagelte noch etliche Komplimente auf die verschiedenen Frauen herab, bis sich die Gruppe schließlich auflöste und auf den Heimweg machte.

»Wie bist du denn hergekommen?«, fragte Marina Inger, als sie nebeneinander die Holztreppe erklommen.

»Mit dem Bus.«

»Soll ich dich zurück nach Morsum bringen?«, bot Marina an. »Die Busse fahren ja nicht so häufig …«

»Oh, das wäre aber total lieb«, freute sich Inger. »Sehr gern!«

Verlegen schweigend gingen sie nebeneinanderher zum Auto. Marinas Gehirn war wie leer gefegt. Es fiel ihr partout kein Gesprächsthema ein. Inger schien es nicht anders zu gehen, denn er lächelte nur still vor sich hin und machte keinerlei Anstalten, eine Konversation zu beginnen.

»Wie fandest du die Gruppe?«, fragte sie schließlich, um endlich irgendwas zu sagen.

»Sehr nett!«, befand Inger knapp. »Tolle Frauen! Total sympathisch alle.« Er nickte ihr zur Bestätigung zu, schwieg dann weiter. Endlich hatten sie Marinas Golf erreicht und stiegen ein.

»Hast du Hunger? Wollen wir noch etwas essen?«, schlug Marina vor, als sie den Zündschlüssel drehte und den Motor startete.

»Total gern, aber ich kann die Schafe nicht so lange allein lassen«, sagte Inger. »Der Praktikant hat heute Abend noch etwas vor.«

»Wollen wir uns dann vielleicht irgendwo eine Pizza holen und mitnehmen?« Marina wollte sich die Chance nicht entgehen lassen, noch ein paar Stunden mit ihm zu verbringen.

»Gute Idee!«, strahlte Inger.

Da auch im Auto kein Gespräch aufkam, drehte Marina das Radio an. *You're in my heart, you're in my soul*, sang Rod Stewart. Den Song hatte Marina zuletzt gehört, als sie Anfang 20 war. Wehmütige Erinnerungen an ihre erste Zeit mit Rolf schossen in ihr hoch. Wie verliebt sie doch damals war – und jetzt fühlte sie sich wieder ganz ähnlich. Nur mit einem anderen Mann und rund 30 Jahre später …

Über diese Erkenntnis verwirrt und aufgewühlt, hielt Marina in Westerland vor dem *Casa Bianca*, bestellte zwei Tonno-Pizzen zum Mitnehmen und nahm auch gleich noch eine Flasche Rotwein mit.

Inger machte es ihnen vor dem Wohnwagen mit ein paar Handgriffen gemütlich und stimmungsvoll. Er zündete Kerzen an und entfachte ein kleines Feuer im Feuerkorb, der in einer Ecke der Terrasse stand. Das Feuer knackte und prasselte, es war windstill, die Luft lau, und die Abenddämmerung setzte langsam ein, die den Himmel in lila und rosa Pastellfarben anstrich. Aus einer Box klang die chillige, entspannte Surfermusik von Jack Johnson.

Schweigend saßen sie nebeneinander auf der Bank, die von der Sonne noch aufgewärmte Wohnwagenwand im Rücken, aßen die Pizza und tranken den Rotwein.

»Ich möchte eigentlich gar nicht reden«, sagte Inger plötzlich, schob sein Pizzabrett von sich und nahm einen tiefen Schluck Rotwein.

»Nein?«, fragte Marina irritiert. »Warum denn nicht?«

Statt zu antworten, nahm Inger Marinas Gesicht in seine Hände und hauchte ihr einen langen, sanften Kuss auf die Lippen. Sein Bart kitzelte an ihrem Kinn, und ihr wurde schwindelig. Noch nie in ihrem Leben war sie so geküsst worden.

24

Marina erwachte mit Magenschmerzen und müden Gliedern. Nach dem überraschenden Kuss, der ihr komplett den Boden unter den Füßen weggerissen hatte, fühlte sie sich plötzlich total verunsichert. Sie war tief erschrocken über ihre Gefühle und darüber, wie ein Kuss sich anfühlen konnte. Es war, als hätte sich gerade ein klaffender Abgrund vor ihr aufgetan.

Sie hatte sich überstürzt verabschiedet, obwohl Inger deutlich enttäuscht darüber war.

Hektisch und innerlich aufgelöst war sie zurück zum Auto gelaufen. Es ging ihr alles zu schnell. Sie hatte Angst, die Kontrolle zu verlieren – und ihre Ehe.

Ihre Gefühlswallung hatte sie die Nacht über wach gehalten. Sie fühlte sich unruhig, verängstigt und unwohl. Inger war so aufmerksam, wertschätzend, respektvoll, zärtlich und liebevoll zu ihr gewesen, dass sie es kaum ertragen konnte. Denn es war ihr irgendwie unheimlich. Es war emotionales Neuland, nicht kartografiertes Gebiet für sie, und sie bewegte sich darin so unsicher und zögerlich, als könne jederzeit eine fiese Falle zuschnappen. Sie fühlte sich innerlich offenbar deutlich sicherer, wenn sie schlecht behandelt wurde, grübelte sie. Denn das kannte sie. Da taten sich keine beängstigenden Gefühlswallungen auf.

Dass Inger so liebevoll zu ihr war, machte sie sogar fast wütend. Sie wollte solche Gefühle nicht, wollte nicht Gefahr laufen, verletzt zu werden, und hatte nur noch das absurde Bedürfnis, ihn wegzustoßen. Weit weg von ihrem Herzen und von ihrer empfindlichen Seele!

Denn ob sie es nun wahrhaben wollte oder nicht, sie musste sich eingestehen: Sie hatte offenbar panische Angst vor echter Nähe!

Mit tiefen Augenringen schlurfte sie Richtung Bäckerei, um sich Brötchen und Kaffee zu holen, und lief dabei Hanni über den Weg, die gerade dabei war, vor ihrem Haus auf ihr Rad zu steigen, um zur Arbeit zu radeln.

»Na, kommst du von deinem Schäferstündchen?«, begrüßte Hanni sie launig.

»Sehr witzig!«, zischte Marina mürrisch.

»Uh, hat da etwa jemand schlechte Laune?«, fragte Hanni erstaunt. »Ich dachte, du schwebst im siebten Himmel?«

»Nein«, entgegnete Marina wortkarg. »Wie du siehst, stehe ich mit beiden Beinen auf dem Boden.«

»Also ich finde ihn fantastisch!«, schwärmte Hanni ungefragt. »Und er himmelt dich an!«

»Scheint so«, murmelte Marina unbegeistert.

»Na, du bist ja drauf!«, wunderte sich Hanni. »Ich muss

jetzt los, lass uns später quatschen.« Sie gab ihr ein Küsschen auf die Wange und radelte davon.

War sie eigentlich vollkommen verrückt geworden?, schalt Marina sich, als sich der Nebel in ihrem Kopf durch den Kaffee allmählich lichtete. Sie würde die Geschichte mit Inger beenden, bevor sie richtig begonnen hatte – und mit Rolf eine Paartherapie beginnen, um ihre Ehe zu retten. Mit diesem Beschluss, den sie für den einzig vernünftigen hielt, fühlte sie sich schon besser.

Beherzt schrieb sie Rolf eine SMS, in der sie ankündigte, übers Wochenende nach Hause zu kommen.

Samstag?, antwortete Rolf. *Das passt perfekt! Da geh ich ins Stadion, und du kannst ganz ungestört das Wohnzimmer saugen.*

Sie fand Rolfs Sinn für Humor nur mäßig witzig, ließ resigniert das Handy sinken und widmete sich den anstehenden Aufgaben des Tages. Heute war sie in Westerland zum Radiosender RSH geladen, um das vereinbarte Interview zu geben. Die Flyer, die gestern von der Druckerei gekommen waren, wollte sie bei der Gelegenheit großflächig in den Geschäften und Boutiquen der Friedrichstraßen-Fußgängerzone verteilen und den Rest als Postwurfsendung aufgeben.

Morgen würde zudem der Artikel in der *Sylter Rundschau* erscheinen.

Ihr Herz schlug bis zum Hals, als sie das Gebäude des Radiosenders betrat, das in der Fußgängerzone Friedrichstraße lag. Es war irgendwie alles zu viel für sie. Sie war doch kein Filmstar, sondern nur eine einfache Hausfrau aus Hamburg.

Alles an ihr war normal und unspektakulär – und jetzt sollte sie ein Radiointerview geben, das Tausende von Menschen hörten? Es kam ihr total unwirklich vor. Zögernd trat sie an den Empfangstresen und meldete sich an.

»Frau Scholz, schön, dass Sie hier sind!«, begrüßte der Moderator sie herzlich und launig und schüttelte ihre schweißnasse Hand. Die unkomplizierte Lässigkeit, die er versprühte, lockerte sie etwas auf und milderte ihre Verkrampfung.

Er führte sie in einen schallisolierten Raum, in dem ein Schreibtisch mit zwei großen, sich gegenüberstehenden Mikrofonen stand. Davor jeweils ein Stuhl.

Der Moderator bat sie an die eine Seite des Tisches, wo Marina unsicher Platz nahm, und arretierte das schaumstoffummantelte Mikro direkt vor ihrem Mund. Er selbst setzte sich auf die andere Seite, drückte diverse Knöpfe auf einem Schaltpult und bat sie um eine Tonprobe. »Sprechen Sie einfach irgendwas vor sich hin!«

»Hallo, hallo, hallo!«, wisperte Marina. Mehr fiel ihr nicht ein. Totaler Panik-Blackout im Gehirn.

»Prima«, fand der Moderator dennoch. »Dann legen wir jetzt los, o. k?«

Marina nickte. Ihr Puls donnerte in ihrem Hals, vor ihren Augen verschwamm alles.

»Wir haben heute einen ganz besonderen Gast«, begann der Moderator, während Marina versuchte, ihre zunehmende Panik niederzukämpfen. Sie konnte diesen Raum doch jetzt nicht einfach verlassen. Das würden dann ja Tausende von Menschen mitbekommen – und sich wundern. Und den Verleih könnte sie dann endgültig vergessen.

Wie immer, wenn sie sich gefangen fühlte, schoss die Angst wie eine Flutwelle in ihr hoch. In ihren Ohren rauschte es. Sie hatte das Gefühl, gleich ohnmächtig zu werden. Doch eisern zwang sie sich, sich auf die Fragen des Moderators zu konzentrieren.

»Fahrradverleihe gibt es viele auf Sylt«, sagte er. »Aber ›Pedals und Picknicks‹ hat sich etwas ganz Besonderes ausgedacht – mögen Sie uns kurz erzählen, was das genau ist?«

»Wir bieten extrem leckere Proviantpakete an, die genau auf bestimmte Strecken zugeschnitten sind. Mit Orten, wo man eine perfekte Pause machen kann«, krächzte Marina ins Mikro und hoffte, dass es ihren donnernden Puls nicht aufzeichnete. »Außerdem haben wir Rikschatouren mit Wein und Romantikpicknick für Verliebte im Programm«, ergänzte sie. »Und Singletouren mit Speed-Dating-Prosecco-Pausen!«

»Wow, das klingt toll«, freute sich der Moderator, und Marina begriff allmählich, was für eine Chance dieses Interview war. Die Angst ebbte ab, und ihr Kampfgeist erwachte. »Und in unserem Innenhof machen wir regelmäßig Konzerte, Partys, Lesungen und Veranstaltungen jeder Art«, fuhr sie fort.

»Bei euch kann man auch Mitternachtsradeln buchen, habe ich gesehen?«

»Genau«, lachte Marina. Es konnte nicht schaden, wenn sie nicht so verstockt, sondern auch ein bisschen sympathisch rüberkam. »Nachts bietet die Insel ganz besondere Reize – unter anderem den einmaligen Sternenhimmel.«

»Und was verbirgt sich hinter den ›Easy Weibern‹?«, erkundigte sich ihr ehrlich interessiert scheinendes Gegenüber.

»Easy Weiber statt Easy Rider«, kicherte Marina. »Das ist eine Art Selbsthilfe-Radelgruppe für Frauen in der Midlife-Crisis.«

»Großartig«, lobte der Moderator. »Ihr nennt euch ›E-Bike-Verleih mit Herz!‹ Wofür steht das Herz?«

»Wir versuchen einfach, wertschätzend und empathisch zu sein. Zum Beispiel bieten wir eine Menopausen-Ermäßigung für Frauen zwischen 45 und 60. Die bekommen bei uns als Goodie außerdem noch einen Good-Weibs-Coffee to go.«

»Oh, das klingt gut. Was ist das?«

»Ein Kaffee mit einem kleinen Schuss Baileys.«

Der Moderator stellte noch ein paar Fragen, dann verabschiedete er sich herzlich und dankte Marina für das tolle Gespräch.

Stolz verließ sie den Sender. Wieder ein Schritt in die Selbstständigkeit geschafft, freute sie sich.

»Na, ist deine Laune jetzt besser, Hase?, fragte Hanni abends per SMS, als Marina total erschöpft von ihrem Tagespensum vor dem Fernseher auf dem Sofa lag.

Klar, schrieb Marina zurück und schickte zur Bestätigung einen Zwinker-Kuss-Emoji hinterher.

Immer dran denken: Wahres Glück ist, wenn jemand das Besondere in dir erkennt. ;-), antwortete Hanni.

Die nächsten beiden Tage stürzte sich Marina in die Arbeit. Nach dem Radiointerview nahmen die Buchungen deutlich zu, und sie kochte mit Feuereifer Lunchpakete für die gebuchten Touren. Sogar zwei Rikschatouren waren reserviert worden. Die Kasse begann zu klingeln.

Am Freitag wollte sie dennoch für eine Nacht mit der Bahn nach Hamburg reisen, um sich mit Rolf auszusprechen. Sie wollte ihm vorschlagen, dass sie künftig die Woche über auf Sylt arbeiten – und dafür die Wochenenden intensiv mit ihm verbringen würde. Entweder, indem sie zu ihm nach Hamburg kam – oder er zu ihr nach Sylt. Wenn er die Idee gut fand, würde sie eine Aushilfe für die Wochenenden engagieren. Vielleicht würde diese »Zeit zu zweit«, die zumindest auf Sylt nicht in Alltagsroutine untergehen würde, sie einander wieder näherbringen …

Inger, den sie zweimal besucht, aber nicht angetroffen hatte, hatte sie eine Notiz an den Wohnwagen geheftet, dass sie nach Hamburg müsse und sich nächste Woche melden würde. Ihm zu sagen, dass sie ihrer Ehe eine zweite Chance geben wollte, stand ihr noch bevor.

Sie hatte in der Wohnung ein paar Menüs eingetuppert und war gerade dabei, die Töpfe abzuwaschen, als unten eine junge Frau an der Ladentür klingelte. Marina schaute auf ihre Uhr. Es war kurz nach 14 Uhr.

»Wir haben eigentlich Mittagspause«, rief sie der Frau

von oben aus dem offenen Fenster zu, riss sich dann aber zusammen, denn aktuell konnte sie es sich noch nicht leisten, Kunden zu verprellen. Also schickte sie schnell ein »Moment, ich komme runter!« hinterher und eilte die Treppen hinab.

»Was möchten Sie denn buchen?«, fragte Marina die schätzungsweise Anfang 30-jährige Frau mit braunen Locken und sichtlich dickem Schwangerschaftsbauch, die vor dem Laden wartete, und schloss die Tür auf. »Kommen Sie doch rein!«

Die Frau trat ein und guckte sich im Laden um. »Ich brauche kein Fahrrad«, sagte sie dann und schaute Marina ernst an.

»Sondern?«, fragte Marina verwundert.

»Mein Name ist Lena Stricker. Ich habe seit zwei Jahren eine Beziehung mit Ihrem Mann!«

ZONGGGG! Lena Strickers Worte trafen Marina wie ein Kinnhaken. K. o. in der ersten Runde. Angeschlagen musste sie sich setzen, um nicht umzukippen. »Seit zwei Jahren?«, stammelte sie atemlos. »Eine Beziehung?«

»Ich bin schwanger«, sagte die Frau und strich sich demonstrativ über den Bauch. »Ich bin hier, weil ich möchte, dass Sie Rolf freigeben!«

Marina starrte sie mit offenem Mund an. War das zu fassen?

»Ich möchte endlich Nägel mit Köpfen machen und eine Familie gründen. Rolf hätte Ihnen das vermutlich nie gestanden, deswegen mache ich das jetzt«, sagte Lena Stricker ruhig.

»Feigling!«, entfuhr es Marina.

»Ich glaube, er hat es einfach nicht übers Herz gebracht, Sie zu verletzen. Er ist ja so sensibel«, schwärmte sie verklärt.

Ja, so sensibel wie eine Planierraupe, dachte Marina. Träum weiter, Mädel.

»Ich habe auch schon eine Doppelhaushälfte in Rellingen für uns gefunden«, verkündete die Frau und schaute Marina triumphierend und kampflustig an.

Doch Marina nickte nur kraftlos.

»Schockiert Sie das gar nicht?«, wunderte sich Lena Stricker.

»Nein, meine Liebe. Erstens habe ich so etwas schon geahnt – und zweitens wollte ich mich sowieso von Rolf trennen«, behauptete Marina, obwohl ihr von dem Schock immer noch schwindelig war und sie das Gefühl hatte, sich gleich übergeben zu müssen.

»Aber wieso? Er ist doch so ein toller Mann?« Lena schaute sie verblüfft an.

»Das mag sein, und das ist er sicher auch – aber nicht mehr für mich!«, erklärte Marina diplomatisch. Die Gelegenheit zu nutzen, um über Rolf herzuziehen und dadurch seiner neuen Beziehung erste Kratzer zu verpassen, wäre schlechter Stil gewesen.

»Wollen Sie denn ganz allein leben?«, fragte Lena verdutzt.

»Warum nicht?«, flötete Marina scheinbar fröhlich. Dass sie sich an Rolfs Seite oft noch einsamer gefühlt hatte als hier ganz allein auf der Insel, verriet sie nicht. Und wünschte

Lena, dass es ihr anders ergehen würde. »Seine Überstunden ...«, setzte Marina an.

» ... hat er bei mir verbracht«, erriet Lena die Frage.

»Und seine geschäftlichen Meetings in anderen Städten und Ländern?«, fragte Marina und fürchtete sich vor der Antwort.

»Da sind wir nach Mauritius geflogen. Einmal haben wir auch eine Kreuzfahrt gemacht. Das war wunderschön ...«, schwärmte Lena. »Da hat vermutlich auch die Empfängnis stattgefunden.«

»Im wievielten Monat sind Sie denn?«, schluckte Marina ihre Bitterkeit und Verletztheit hinunter.

»Im sechsten!«, strahlte die Frau stolz und strich sich erneut über den Bauch. »Es wird ein Junge!«

»Da werden sich die Geschwister aber freuen«, zischte Marina zynisch. Ihr Puls raste.

»Ja, das wäre toll!«, überhörte Lena die Ironie.

»Ich fass es nicht!«, schrie Marina und sprang wütend auf. Rolf hatte sie offensichtlich von vorne bis hinten verarscht. Kein Wunder, dass sie eine Angststörung entwickelt hatte.

»Ich muss jetzt auch wieder los«, sagte Lena Stricker, der die Situation nun doch zu emotional zu werden schien. »Schön, Sie kennengelernt zu haben.«

Marina schluckte ihren Zorn herunter und riss sich zusammen. Sie würde dieser Lena Stricker jetzt nicht die Genugtuung gönnen, die Contenance zu verlieren. »Viel Glück!«, wünschte sie der jungen Frau mit einem Höchstmaß an Selbstdisziplin. »Meinen Segen haben Sie!«

»Echt?«, strahlte die. »Oh, wie toll! Das ist mir sehr wichtig!« Überschwänglich fiel sie ihr um den Hals. »Wegen Karma und so …«

»Schon klar«, erwiderte Marina trocken und bugsierte sie zur Tür.

»Das muss ich gleich Rolfi erzählen«, flötete sie ekstatisch-fröhlich im Weggehen. »Dem ist das mit dem Karma ja auch so wichtig!«

»Tun Sie das«, murmelte Marina. Rolfi!!! – ging es noch? Kaum dass sie die Ladentür geschlossen hatte, brach sie mit einem heftigen Heulkrampf zusammen.

25

Die Tränen hörten nicht auf zu fließen. »Rolfi« wurde noch mal Vater – und hatte sie zwei Jahre lang eiskalt betrogen. Und angelogen. Hatte ein Doppelleben geführt und ein Doppelhaus angemietet. Sie hatte Mühe, die Ungeheuerlichkeit zu fassen. Der Mann, mit dem sie 32 Jahre verheiratet war, fing noch mal von vorne an, gründete mit einer jungen Frau eine zweite Familie – und sie? Sie knitterte und welkte vor sich hin und hatte schon lange keinen Eisprung mehr! Wie ungerecht war es doch, dass Männer bis ins hohe Alter Kinder zeugen konnten, Frauen dagegen ab Mitte 40 unfruchtbar wurden.

Wutentbrannt rief sie Rolf an. Doch er ging nicht ran. Natürlich nicht! Sie versuchte es mehrfach innerhalb der nächsten 30 Minuten, aber er nahm nicht ab. So ein Feigling!

Sie konnte den kompletten Zusammenbruch ihrer bisherigen Welt noch gar nicht wirklich realisieren. Tiefe Verzweiflung und Hoffnungslosigkeit krochen langsam in ihr hoch, als ihr Handy klingelte. Das Display zeigte eine ihr unbekannte Nummer. Wahrscheinlich Rolf mit dem Handy von seiner Schnepfe, vermutete sie. Sie schnäuzte in ein Taschentuch und nahm ab.

»Hallo?«

»Hallo«, meldete sich eine Männerstimme. »Spreche ich mit Marina?«

»Ja?«, krächzte Marina, deren Stimme vom Weinen noch sehr belegt war.

»Hier ist Inger!«

»Oh.« Die Tatsache, plötzlich Inger am Ohr zu haben, verschlug ihr die Sprache. »Hast du jetzt ein Handy?«, stotterte sie.

»Nein, das ist das von meinem Praktikanten«, erklärte er. Er klang ungewöhnlich ernst.

»Ich habe deine Nachrichten gefunden und wollte dir nur kurz sagen, dass ich mich aus deinem Geschäftskonzept zurückziehen möchte.« Er räusperte sich und machte eine Pause, um zu horchen, wie sie darauf reagierte. Marina sagte nichts, weil sie nichts sagen konnte. Sie fühlte sich innerlich vollkommen leer.

»Ich möchte nicht zurück in mein altes Leben«, fuhr er fort. »Es hat mir nicht gutgetan, mich wieder mit all dem kapitalistischen Kram zu beschäftigen. Das wollte ich nicht mehr, deshalb bin ich ja Schäfer geworden. Ich wollte bewusst entschleunigen.«

»Ich möchte auch nicht zurück in mein altes Leben«, flüsterte Marina erschöpft. Noch mehr negative Nachrichten konnte sie jetzt wirklich nicht verkraften.

»Ich brauche etwas Zeit für mich, um mich wieder zu ordnen«, sagte Inger, und sie hörte seiner Stimme an, wie schwer ihm diese Aussagen fielen. »Ich bin mir sicher, dass meine Verspannungen psychosomatischer Natur sind und mit dem Stress zusammenhängen, den ich mir in den letzten Wochen wegen des Verleihs gemacht habe.«

»Oh«, krächzte Marina betroffen. »Das tut mir leid. Ich wusste nicht, dass dich das so mitnimmt.«

»Ich auch nicht.« Inger räusperte sich verlegen.

»In Ordnung«, wisperte Marina und hoffte, sie könnte die neue Tränenflut, die sich gerade in ihr aufstaute, noch ein paar Minuten zurückhalten. »Das verstehe ich.«

»Das freut mich!« Inger klang erleichtert. »Es war mir wichtig, dass du das nicht als persönliche Zurückweisung wertest. Mit dir hat es nichts zu tun«, sagte er eindringlich.

Sie nickte stumm. In ihren Augen stand schon das Wasser.

»Ich denke, es ist jetzt auch so weit alles angeschoben, dass es läuft«, brachte Inger das Gespräch zurück auf die sachliche Ebene. »Dein Radiointerview war toll«, lobte er.

»Danke«, presste Marina mit erstickter Stimme hervor. Ihr Magen fühlte sich an, als hätte man einen Betonklotz daraufgelegt. »Ich muss jetzt auflegen. Kundschaft!«, log sie, um nicht vor Inger in einen Heulkrampf auszubrechen.

»Ist gut. Dann bis bald!«

»Ja«, schaffte sie gerade noch, drückte dann endlich den erlösenden roten Hörer-Button und ließ den Tränen freien Lauf. Was denn noch alles, schluchzte sie innerlich und wurde von Verzweiflung geschüttelt. Jetzt war auch noch Inger weg!

Irgendwann versiegten die Tränen, und sie fiel auf dem Sofa in einen erschöpften Schlaf. »Fluchtschlaf« – das hatte sie schon als Kind stets gemacht, wenn ihr eine Situation über den Kopf gewachsen oder nicht mehr zu ertragen war.

Es war bereits kurz vor 17 Uhr, als sie wieder aufwachte. Sie fühlte sich, als hätte ein Lastwagen sie überfahren. Sie war vollkommen zerschlagen, total gerädert. Benommen rappelte sie sich hoch, schlurfte in die Küche und brühte sich einen extrastarken Kaffee. Dann eilte sie in den Laden, um die Rückgaben zu koordinieren. Das Geschäft musste ja weitergehen. Auf Autopilot, mit eiserner Disziplin, gezwungenem Lächeln und wie ferngesteuert, nahm sie die Übergaben an.

Als sie gegen 19 Uhr die Ladentür abschloss, schickte sie, vom Zusammenreißen restlos erschöpft, einen Hilferuf in die Klima-Queens-Gruppe: *Habe gerade erfahren, dass mein Mann eine 30-Jährige geschwängert hat. Könnte einen Drink gebrauchen!*

Sofort hagelte es entsetzte Kommentare:

Waaaas? (mit Aufgerissene-Augen-Emoji)

Gibt es nicht! (mit dem Munch-Schrei-Emoji)

Unfassbar! (mit rotgesichtigem Wut-Emoji)

So ein A++++!! (mit diversen Zeichen)

Halt durch! Bin gleich da!, schrieb Gerda.

Ich auch!, schloss sich Ilse an. *Bringe Alkohol mit!*

Me too!, kam von Hanni.

Kurze Zeit später standen vier Klima Queens in der Tür – mit Liebeskummer-Notfall-Versorgung unterm Arm: diverse Getränke, Pralinenschachteln, Schokolade, Eisbecher, Chips und eine Riesenpackung Taschentüchern. Bei selbst gemachtem Maracujapunsch und Salzkaramelleis mit Schokosoße setzten sie sich in den Innenhof, um Marina zu trösten.

»So ein Arschloch!«, empörte sich Ilse. »Und du hast nichts gemerkt!«

Marina schüttelte heulend den Kopf, während sie einen Löffel Eis ablutschte.

»Wie lange ging das denn schon?«, erkundigte sich Gerda.

»Zwei Jahre!«, schluchzte Marina.

»Warte mal ab«, tröstete Birgit. »Der kriegt sein Fett schon noch weg! Mit Mitte 50 sind auch für Männer durchbrüllte Nächte, vollgeschissene Windeln und Babykotze nicht mehr so leicht zu ertragen. Und wenn sie dann womöglich noch eine dieser Schwangerschaftsdepressionen kriegt und zur aufgedunsenen Heulboje wird«, prognostizierte Birgit.

»Na dann, gute Nacht!«, vollendete Ilse das Szenario. »Dann steht er ganz schnell wieder reumütig vor der Tür und will zurück zu Muddi!«

»Ich will ihn aber nicht zurück!«, schniefte Marina trotzig. »Und ich will auch nicht mehr Muddi sein!«

»Richtig so!«, rief Gerda und goss Marina noch mal Punsch nach. »Aufstehen, Krönchen richten – und weiter! Wir helfen dir!«

»Ja, auf uns kannste zählen!«, bestätigte Ilse, und auch Hanni und Birgit nickten.

»Ich wette, er hat ein quälend schlechtes Gewissen«, überlegte Birgit, die Finanzexpertin. »Das ist gut, denn dadurch hast du alle Trümpfe in der Hand. Jetzt gilt es, dadurch das Beste für dich rauszuholen!«

Marina nickte tapfer.

»Kennt ihr eigentlich den Song *Flowers* von Miley Cyrus?«, fragte Hanni plötzlich, sprang auf, holte sich ihre Handtasche und wühlte die Bluetooth-Box heraus. Sie tippte auf ihr Handy ein, und die ersten Töne erklangen, woraufhin Hanni begeistert die Hüften schwang. »Ja klar, der ist super!«, rief Gerda, sprang auch auf und begann ebenfalls zu tanzen. Auch die anderen erhoben sich, bis sie am Ende alle lachend losrockten.

In dem Song behauptete Miley Cyrus, dass sie sich selbst viel besser lieben könne als ihr Ex-Partner. Sie sang davon, dass sie sich selbst Blumen kaufen, ihren Namen in den Sand schreiben, sich selbst stundenlang zuhören und über Sachen sprechen könne, die ihr Partner niemals verstehen würde. Sie wollte sich selbst zum Tanzen ausführen und ihre eigene Hand halten. Es klang trotzig, aber stark. Nach einer tröstenden Vision nach einer Trennung. Und diese Vision kam an: Der Song hatte einen Nerv getroffen und offenbar Millionen von Frauen aus der Seele gesprochen, sonst wäre er kein Nummer-eins-Hit geworden. Marina war also nicht allein. Es gab noch unendlich viele andere Frauen, die sich von ihren Männern nicht gut behandelt fühlten. Der Song war ein Aufschrei an Selbstliebe und ein neues Selbstbewusstsein, und genau das wollte sie jetzt wild entschlossen noch stärker entwickeln …

»Selbstliebe! Darauf stoßen wir an!«, rief Hanni und hielt ihr Glas hoch.

»Nich lang schnacken, Kopp in Nacken«, sang Gerda. »Prosit!«

Die Frauen stießen klirrend ihre Getränke aneinander.

»Eine für alle – alle für eine! Wie bei den Musketieren!«, rief Ilse begeistert.

26

Zwei Wochen später ...

Es schien, als wäre Marina mit ihrem Mann auch ihre Ängste losgeworden. Sie hatte kaum noch Panikattacken, stattdessen war ein unerwarteter Kampfgeist in ihr erwacht. Ihr altes angstgeplagtes und frustrierendes Leben war vorbei – jetzt begann ein neues Kapitel! Sie würde es allen zeigen. Sie würde nicht zusammenbrechen und untergehen. Jetzt erst recht nicht! Was wäre das auch für eine Genugtuung für »Rolfi« und seine neue Freundin ... Und auch vor den Queens konnte sie nicht das Gesicht verlieren.

Und Inger ... Ach, Inger! Schade! Sie hätte seine starke Schulter in diesen Tagen gut gebrauchen können, aber sie war auch zu stolz, sich ihm zu offenbaren.

Und sie hatte zudem mehr als genug zu tun: Dank der Radio- und Presse-PR und der Flyer brummte der Laden. Die Kasse klingelte, und es hagelte jede Menge 5-Sterne-Rezensionen auf Google, die das Geschäft zusätzlich ankurbelten.

Sabine offenbarte Marina, dass sie gern »auf unbestimmte Zeit« in Barcelona bleiben wolle, weil sie dort »jemanden« kennengelernt hätte, Bea immer noch ihre Hilfe brauche und sie bei ihr im Büro mitarbeiten könne. Sie überschrieb Marina den Pachtvertrag für den Laden und den Mietvertrag für die Wohnung.

Die Trennung von Rolf verlief sachlich. Birgit hatte recht behalten: Er hatte ein extrem schlechtes Gewissen und stimmte deshalb widerstandslos all ihren Bedingungen zu: Ein zinsloser Kredit für den Verleih, eine großzügige monatliche Unterstützung – und einen Angestellten für die erste Zeit. Sie vereinbarten, sich mit der Scheidung bis zum nächsten Jahr Zeit zu lassen.

Ihre Kinder schlugen sich voll auf ihre Seite und fanden es empörend, dass ihr Vater ihre Mutter betrogen, verlassen und eine andere Frau geschwängert hatte. Sie wollten nichts mehr mit ihm zu tun haben und erst recht nichts von ihrem Geschwisterkind wissen. Carla kam sogar zweimal nach Sylt, um Marina emotional zu unterstützen – und Simon nahm Rolf ins Gebet, indem er persönlich bei ihm auftauchte und ihn zurechtwies.

Die Turbulenzen flauten ab, der Sturm beruhigte sich, und der Alltag kehrte ein. Der Verleih schrieb schwarze Zahlen, und Marina war froh, endlich selbstständig zu sein, ihr eigenes Geld zu verdienen und eine Beschäftigung zu haben, die sie von ihrem privaten Desaster ablenkte.

Es war bereits Ende August, Marina stand auf einer Leiter und putzte gerade das Namensschild über dem Laden, als sie plötzlich eine wohlbekannte Stimme unter sich »Hallo« sagen hörte. Es war Inger. In der Hand hielt er einen wunderschönen Strauß Strandflieder. Sein Bart war abrasiert – Marina hätte ihn fast nicht erkannt.

»Das ist ja eine Überraschung«, sagte Marina verblüfft und kletterte von der Leiter.

»Hier, meine Liebe. Der ist für dich!« Inger überreichte ihr den Strauß. »Glückwunsch zum Erfolg des Verleihs!«

»Oh, danke«, sagte Marina, nahm den Strauß und sog den berauschend süßen Duft des Flieders ein.

»Das ist aber nicht der einzige Grund, warum ich hier bin«, brachte Inger stockend hervor und starrte verlegen auf den Boden.

»Sondern?«

»Als ich sagte, ich will nicht in mein altes Leben zurück, war das nur die halbe Wahrheit«, sagte er. »Ich will mein altes Leben nicht zurück, das stimmt – denn ich will ein neues Leben, und zwar mit dir!« Er löste seinen Blick vom Boden und schaute ihr nun so direkt in die Augen, dass es sie heiß durchfuhr. Sein Blick war so weich und intensiv, dass ihr ganz schwindlig wurde.

»Äh ...«, stammelte sie. Das Blut schoss ihr in die Wangen.

»Ich habe mich in dich verliebt!« Er streichelte ihre Wange. »SEHR in dich verliebt! Ich wollte das erst nicht wahrhaben, weil ich wahnsinnige Angst habe, wieder verletzt zu werden. Aber was gibt es denn eigentlich Schöneres als die Liebe und verliebt zu sein?«

Marina traten die Tränen in die Augen.

»Willst du mich eigentlich nicht endlich mal reinbitten?«, lachte er. »Oder soll ich noch ewig hier im Hof rumstehen?«

»Komm, du Idiot!«, sagte Marina, zog ihn an sich und gab ihm einen leidenschaftlichen Kuss.

In ihrem Inneren loderte ein Feuer hoch, als hätte man Benzin auf schwelende Glut gekippt. Ihr wurde kochend heiß, und in ihrem Unterleib brüllte irgendetwas lange unter Verschluss Gehaltenes freudig auf.

Inger schien es nicht anders zu gehen, wenn sie seine Pupillen, die vor Begehren ganz dunkel geworden waren, und die Ausbuchtung in seiner Jeans richtig deutete. Jetzt oder nie – entschlossen zog sie ihn in Richtung Schlafzimmer, wo sie auf dem Bett sofort übereinander herfielen.

Marina kam sich schrecklich unbeholfen vor, als sie versuchte, ihre Hose und ihr T-Shirt auszuziehen. Sie hatte schließlich seit Ewigkeiten keinen Sex mehr gehabt und konnte sich kaum noch erinnern, wie das eigentlich ging. Ihr Unterleib war ja schon ewig außer Betrieb. Außerdem fürchtete sie sich davor, ihren Mittfünfziger-Körper mit all seinen Schwachstellen nackt zu präsentieren. Was, wenn Inger von ihrer Figur, ihren erschlafften Brüsten und ihren Cellulite-Dellen abgetörnt wurde? Verschämt zog sie die Bettdecke hoch.

»Hey«, flüsterte Inger sanft und streichelte über ihr Haar. »Ich habe mindestens so viel Angst wie du! Lass es uns ganz langsam angehen, okay?«

Marina nickte erleichtert.

»Ich ziehe mich jetzt auch aus und komme unter die Decke«, kündigte Inger an und zog sein Hemd über den Kopf.

Sekunden später lag er nackt neben ihr. Vorsichtig nahm er ihr Gesicht in beide Hände und küsste sie zart und leidenschaftlich. Und wieder loderte die Flamme in ihr hoch – diesmal direkt aus dem Unterleib. Sie wollte diesen Mann! Unbedingt und jetzt!

Inger war so zärtlich, kreativ, einfühlsam und selbstlos im Bett, wie sie es mit Rolf nie erlebt hatte. Und ihr Unterleib funktionierte noch bestens – wie sie erfreut feststellte.

Der von Inger übrigens auch.

Später, als sie verschwitzt nebeneinander im Bett lagen und er zärtlich durch ihr zerwühltes Haar fuhr, amüsierten sie sich köstlich über ihre anfängliche gegenseitige Unsicherheit.

»Sie haben alle recht«, strahlte Marina. »Es ist tatsächlich wie Fahrradfahren. Man verlernt es nicht.«

»Ganz und gar nicht«, bestätigte Inger. »Komm her, mein wunderschönes Speed-Bike«, flüsterte er, zog sie an sich, küsste sie leidenschaftlich und initiierte eine zweite Runde.

»Warum hast du dich eigentlich jetzt erst gemeldet?«, fragte Marina am nächsten Morgen, als sie albernd und kichernd zusammen im Bett frühstückten.

»Ich dachte, du gehst sowieso zurück zu deinem Mann, so loyal, wie du bist – was ich übrigens sehr schätze«, sagte Inger und gab ihr einen Kuss. »Und ich wollte mir nicht noch mal das Herz brechen lassen. Deshalb habe ich versucht, meine Gefühle zu stoppen, bevor sie nicht mehr zu bändigen gewesen wären.«

»Hat ja prima geklappt!«, lachte Marina.

»Oder?« Inger grinste verschmitzt.

»Und dann hat Hanni mich besucht und mir von dem Drama deiner Ehe erzählt«, fuhr er fort. »Das fand ich natürlich traurig für dich – aber super für mich!«

»Is klar«, schmatzte Marina, an einem Marmeladenbrot kauend.

»Aber ich musste mich erst mal selbst ordnen und sortieren. Um klarzusehen, was ich wirklich will. Und ich wollte auch, dass du es aus eigener Kraft schaffst und mich nicht nur als Lückenbüßer benutzt.«

»Das warst du nie«, empörte sich Marina.

»Wir werden diesmal alles ganz anders machen, oder?« Inger schaute sie fragend an.

»Ja, ganz anders«, nickte sie.

»Nicht noch mal dieselben Fehler«, beschloss er.

»Auf keinen Fall!«

»Ich glaube, eine erwachsene Beziehung kann nur dann funktionieren und befriedigend und harmonisch sein, wenn beide unabhängig sind. Wenn beide sich ihrer eigenen Stärke bewusst sind und nicht aus Angst vor Einsamkeit einen Partner brauchen.« Inger beugte sich vor, um sich Kaffee aus der Thermoskanne nachzuschenken.

»Da hast du vollkommen recht«, nickte Marina. »Brauchen ist nicht Lieben – das habe ich ja gerade schmerzhaft gelernt ...« Sie biss noch ein Stück Brot ab. »Wobei Rolf mich ja noch nicht mal gebraucht hat.«

»Ideal ist doch, wenn beide mit ihrem Leben auch allein zufrieden sind und die Liebe als Geschenk oder Sahnehäubchen obendrauf betrachten«, sinnierte Inger. »Eine gesunde Beziehung bedeutet für mich inzwischen, mich selbst an die erste Stelle zu setzen und nicht noch mal denselben Fehler zu machen.«

»Du bist ja so klug, mein geliebter Schafhirte«, frotzelte Marina und legte sich auf seinen behaarten Bauch.

»Und du findest nicht zufällig, dass ich die erotische Ausstrahlung einer verhärmten Finanzbuchhalterin habe?«, fragte sie plötzlich, weil ihr gerade Rolfs letzte Herabwürdigung eingefallen war.

»Waas? Wie kommst du denn auf so einen Blödsinn?« Irritiert schaute Inger sie an.

»Das hat Rolf zu mir gesagt.«

»Der Mann hat keine Ahnung!« Inger schüttelte fassungslos den Kopf. »Der Arme!«

»Warum hast du dich in mich verliebt?«, fragte sie unsicher.

»Warum willst du das wissen? Reicht es nicht, dass es so ist?«, schmunzelte Inger.

»Damit ich es glauben kann«, entgegnete Marina verschämt.

»Also, mein Schatz ...« Er nahm ihre Hand und schaute ihr tief in die Augen. »Für mich bist du wie ein ungeschliffener Rohdiamant. Ich sehe tausend Facetten, die noch unentdeckt in dir schlummern.«

Marina wurde rot vor Verlegenheit. Und Freude.

»Außerdem bist du so warm und weich – und hast ein gutes, gütiges Herz. Das ist sehr selten.«

Marina traten die Tränen in die Augen.

»Ich mag deine Stimme und finde dich sehr hübsch«, fuhr Inger vor. Seine Komplimente waren wie eine warme Dusche, wie Balsam für ihre Seele.

»Und das letzte Quäntchen kann man nicht erklären«, schloss Inger. »Liebe ist magisch und soll es auch bleiben. Warum, wieso und in wen ist letztlich nicht aufzuschlüsseln. Es ist einfach so.«

Marina gab ihm einen innigen Kuss. Noch nie hatte jemand so etwas Schönes zu ihr gesagt. »Danke!«, hauchte sie.

»Und gerade, weil du mir so unendlich wertvoll bist, möchte ich es diesmal ganz anders machen«, sagte er und schaute sie plötzlich sehr ernst an. »Lass uns jeweils unsere eigene Priorität in unserem Leben sein und das Beste für uns und füreinander wollen. Lass uns uns selbst, einander und zusammen gedeihen sehen.«

Er lächelte sanft und nahm ihre Hand. Marina wischte sich eine Träne von der Wange.

»Selbstverständlich unterstützen wir uns gegenseitig beim Erreichen unserer Ziele – aber das bedeutet niemals, dass einer von uns sich selbst aufgibt! Wie klingt das für dich?«

»Wunderschön«, murmelte Marina, gab ihm einen langen, leidenschaftlichen Kuss und zog ihn zurück ins Laken, um weitere unentdeckte Facetten ihrer Persönlichkeit freizulegen.

»Du klingst so anders«, fragte Carla am nächsten Morgen am Telefon besorgt. »Ist irgendwas passiert?«

»Wie anders?«, fragte Marina.

»Na ja, irgendwie so fröhlich, so strahlend …«

»Na ja«, druckste Marina herum.

»MAMA!«, mahnte Carla streng. »Ich kenn dich. Was ist los?«

»Ich glaube, ich habe mich verliebt«, gestand Marina.

»Verliebt?«, schrie Carla. »In wen denn?«

»In Inger«, lächelte Marina in den Hörer.

»Inga? Welche Inga? Stehst du jetzt auch auf Frauen?« Carla hielt atemlos inne. »Hast du plötzlich so Late-Bloomer-mäßig das Ufer gewechselt?«

Marina lachte.

»Das finde ich ja total fortschrittlich von dir, Mama! Super!«

»Nein, tut mir leid, so ist es nicht«, entschuldigte sich Marina, immer noch lächelnd. »Ich hätte zwar nichts dagegen gehabt, aber es ist ein Mann.«

»Na ja, ist ja nicht so schlimm«, lachte Carla. »Hauptsache, du bist glücklich.«

»Das bin ich …«

»Genau diesen Satz hast du vor fünf Jahren übrigens auch zu mir gesagt, als ich dir gestanden hatte, dass ich mich in Keira verliebt habe.«

»Ich weiß«, erinnerte sich Marina. »Und? Bist du denn glücklich?«

»Ja, sehr, soweit man es durch einen anderen Menschen überhaupt sein kann …«, antwortete ihre kluge Tochter. »Aber ich fühle mich sehr gut mit ihr. Sie tut mir gut.«

»Inger tut mir auch gut. Mit deinem Vater …«, wollte Marina gerade erzählen, als Carla sie barsch unterbrach.

»Stop! Too much information! Ich will davon nichts hören, Mutti. Das ist eure Sache …«

»Schon gut«, sagte Marina schmunzelnd und wechselte das Thema, bis sie sich herzlich voneinander verabschiedeten.

Carla hatte vollkommen recht: Inger war so was von ihre Sache – und sollte es hoffentlich auch noch sehr lange bleiben.

Epilog

Zwei Monate später ...

Zufriedenheit ist der erste Schritt ins Paradies – das fiel Marina auf der Hängematte vor Ingers Wohnwagen ein. Es war so friedlich, so sonnig, so still. Die Sonne wärmte Herz und Gesicht, die Vögel sangen, das Meer rauschte in der Ferne, und die Wiesen rochen erdig nach Natur. Man brauchte nur die Augen zuzumachen, um zufrieden zu sein, um glücklich zu sein!

So einfach war das ...

Liebe, Liebe – jetzt kannst du kommen!

Ende (und Anfang zugleich)

Ich danke ...

... meinen Leserinnen und Lesern! Euer Interesse, Feedback und Support machen mich glücklich! ☺

... meiner Mutter Gisela für ihre niemals endende Unterstützung und Liebe – und für die erfolgreiche Aussaat von sprudelnder Kreativität in die Seelen ihrer Töchter.

... meinen Schwestern Julia und Lara für Liebe, Lachen, Lina und Lärry.

... der »anderen« Claudia für Wärme, Witz und Wein.

... meinem Vater Klaus für seine Stärke, seine Positivität, seinen schnellen Geist und spritzigen Humor – und das »Immer nach den Sternen greifen«-Gen, das er in meine DNA gepflanzt hat.

... Lini-Bini für ständiges Entzücken und Dauergrinsen in meinem Gesicht. Kein Kind ist hübscher, smarter, intelligenter – und charmanter. Vor allem hat kein anderes Mädchen grünere Augen. :-)

... Pauline dafür, dass sie ihr weiches Wuschelfell stets bereitwillig für meine Streichelattacken hergibt, ihre wunderschönen orange-braunen Bernsteinaugen, ihr hundertprozentiges Gespür für meine Stimmungen, ihre unvergleichliche Treue, ihren Elvis-artigen Hüftschwung beim Spazierengehen und ihr beruhigend ruhiges Atmen bei unserem gemeinsamen Mittagsschlaf auf dem Sofa.

... der fantastischen Gisa Pauly für Freundschaft, hoffentlich noch jede Menge Abendessen beim Italiener und natürlich ihr tolles Zitat!

... der großartigen Susanne Matthiessen für Austausch und Inspiration.

... Christina G. für warme Freundschaft, kalte Strandspaziergänge, lange Böbchen-Abende, inspirierende Gespräche und kreative Ideen.

... Hauke, Martin und Quino für Freundschaft, Witz und wunderschöne Restaurantabende.

... Angelika Gamsjäger und Sandra Finzel von Wempe in Kampen für ihren grandiosen Service und ihre einmalige Freundlichkeit und Kompetenz.

... Svenja H., weil sie die beste Haarkünstlerin aller Zeiten ist und sogar mein störrisches Problemhaar glänzen lässt.

... Silke vom Hundefriseur Fell-Rebell, weil sie Gleiches an Pauline vollbringt! www.fellrebell.dog

... und endlich auch mal dir, Anna, du Perle! Was wären wir ohne dich – schon seit so vielen Jahren!! Jetzt ist mal eine Gelegenheit, dir von Herzen zu danken für deinen stets zuverlässigen, erstklassigen und warmherzigen Einsatz. Also: Danke! ☺

... Andreas Falkenhagen von der Bücherei Sankt-Peter-Ording für seine einmalig supporteten tollen Lesungsveranstaltungen.

... meiner Cousine Anja und Schwippschwager Christian für Anregung und Inspiration.

...Andreas Blumenthal von Wempe Hamburg für stets grandiosen Service.

... meinen Tanten Frauke und Barbara dafür, dass sie meine geliebten Tanten sind.

... meiner geliebten Oma Annemarie.

... meinen Cousinen und Cousins Kerstin, Jan, Stefan und Nina und deren »besseren Hälften« Viola, Heike, Olli und Ingo – einfach fürs Dasein.

...meinen toughen coolen Halbschwestern und Cousinen väterlicherseits: Katharina, Friderike und Alexandra und ihren Kinderhorden sowie Juliane und Franziska.

... den zahlreichen Nichten und Neffen »um die Ecke« – Ben, Maria-Fee, Theresa, Antonia, Alena, Julian, Tom, Laurin und Julian Nr. 2 – genauso.

... Susanna für Freundschaft, Nervenstärke, Geduld und Unterstützung.

... Veronika und Friedhelm für Liebe, Wärme, Respekt, Großzügigkeit, Humor – und ihr wirklich absolut wundervolles Kind.

... Karina L. für Freundschaft und kollegiales Verständnis.

... meinem Agenten Markus Michalek für Inspiration, Positivität, Unterstützung und großartiges Management.

... Heinke Hager, Meike Herrmann, Stefan Lingg und allen anderen Mitarbeitern der Agentur Graf für ihren großartigen Support.

... ganz besonders auch diesmal wieder Claudia Winkler

vom Ullstein Verlag fürs unbeirrbare und erfolgreiche »An mich glauben« und die wie immer inspirierende und produktive Zusammenarbeit.

.. Jörg Auf dem Hövel von Rock Lobster Webdesign (www.rocklobsterweb.de) für die Gestaltung und Wartung meiner Website: www.claudiathesenfitz.de

... Elke Wenning für die tollen Lesungen im Kursaal Hoch 3.

... Eric Weissmann für den PH-Running Gag, Unterstützung und Inspiration.

... Florence und Patti von der Daniela-Bar für Freundschaft und die Teilnahme an ihrem spannenden Buchprojekt.

... Boots by Boots, dem besten Stiefelladen Deutschlands, für großartigen Service und wunderschöne Boots! (www.bootsbyboots.de)

... Anja und Carl für die liebevolle Pauli-Betreuung inkl. stündlicher Fotos für die besorgte Hundemami ;-)

... den Sankt-Peteraner Restaurants *Deichreiter* (www.deichreiter-spo.de), *Am Sommerdeich* (www.am-sommerdeich.de), *Buongiorno* (www.buongiornospo.de) und *Salt & Silver* (www.saltandsilver.de/restaurants/salt-silver-am-meer) für großartige Küche und Rettungsinsel-Sein in kreativen Hängephasen.

... und zum Schluss natürlich dir, Sylt, du wundervolle Insel, für deine ganz besondere Magie, das grüne Meer, die wilde Brandung und das Glück, das jedes Mal in mir aufsteigt, wenn ich deinen sandigen Boden betrete.